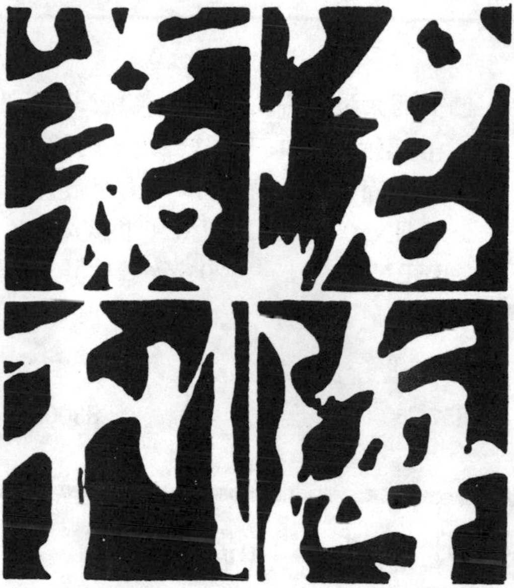

明天的太陽

許文廷 著　東大圖書公司 印行

國立中央圖書館出版品預行編目資料

明天的太陽／許文廷著.--初版.--臺北
市：東大發行：三民總經銷，民83
面；　　　公分.--（滄海叢刊）
ISBN 957-19-1647-1（平裝）
ISBN 957-19-1729-X（精裝）

857.7　　　　　　　　　　　83005890

著作人　許文廷
發行人　劉仲文
著作財
產權人　東大圖書股份有限公司
　　　　臺北市復興北路三八六號
發行所　東大圖書股份有限公司
　　　地　址／臺北市復興北路三八六號
　　　郵　撥／○一○七一七五——○號
印刷所　東大圖書股份有限公司
總經銷　三民書局股份有限公司
門市部　復北店／臺北市復興北路三八六號
　　　　重南店／臺北市重慶南路一段六十一號
初　版　中華民國八十三年八月
編　號　E 85252①
基本定價　參元

行政院新聞局登記證局版臺業字第○一九七號

　　　　　　　　　　　　　不准侵害

ISBN 957-19-1729-X（精裝）

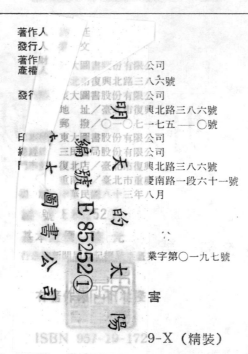

「第六版」序

□報紙連載：六十年代，臺灣中部最大的日報——民聲日報，自民國五十年八月七日至五十一年二月五日連載半年。

□出單行本：五十一年四月，由中央出版社發行單行本，一年之間計印行四版，並曾被盜印，五十五年發行第五版。

□電臺廣播：臺灣還沒有電視之前，廣播電臺在晚間黃金時段盛行播講廣播小說，本書於五十一年八月，獲臺中軍中廣播電臺採用為該臺第一部廣播小說，播出一個半月。

筆者寫這部小說時年方廿五歲，除了個人熱愛文藝之外，由於當時在報社編副刊、新聞，每天幾乎都可收到不少青年男女的投稿，傾訴在那半封建時代新舊思想轉型期，所遭遇的愛情煩惱與婚姻的痛苦，因此而啓發這本書的寫作。另外，中央出版社發行人許耀南先生（現任臺灣省文藝作家協會理事長）不斷的鼓勵跟給予勇氣，以及報社編輯部幾位寫作高手不時的指導，才促成連載與出書。
二十幾年來，從新聞界轉入教育界服務，受到工作環境的影響，往往心有餘而力不足，總難於再繼續文藝寫作，至少在目前是如此。
非常感激，東大圖書公司董事長劉振強先生，對這本書的關愛，才讓它有機會發行第六版。或許，書中某些情節已不符時代潮流，但為了忠實反映六十年代青年男女「愛的故事」，並未加刪改。非常衷心地盼望，能在讀者諸君的鞭策與指點之下，讓筆者那塵封已久的心扉與筆桿，再度敞開與揮動！

許文廷
八十三年三月三十一日
於中商昌明樓窗畔

明天，在時間的過程中，
是無窮，無盡。
明天，在人生的過程中，
是絢麗，燦爛。
它，
是一個有太陽的明天！

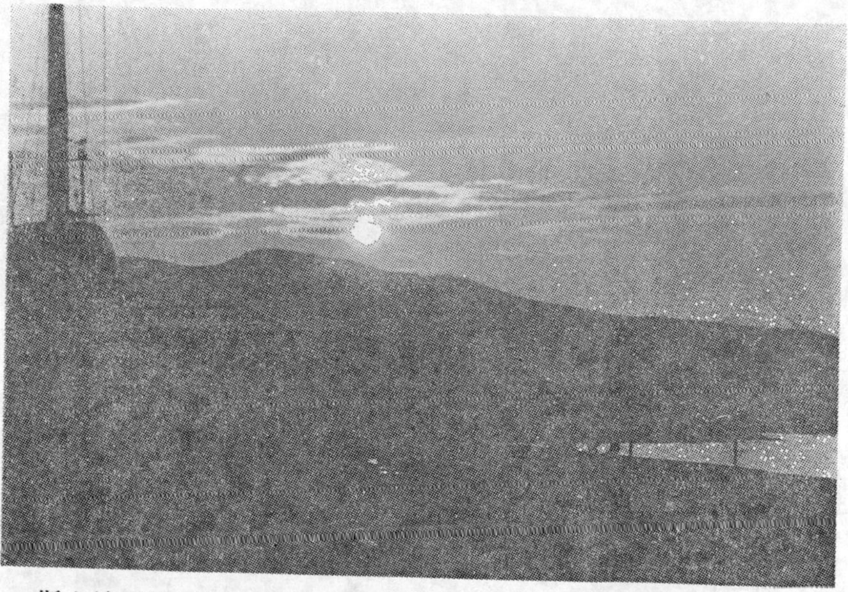

作者於一九九四年一月十六日晨攝於希臘雅典港都比雷埃夫斯

1

「那個少年不鍾情，那個少女不懷春。」我對歌德這句話有著深切的感觸：「愛」是青春男女不可缺少的！年歲的增長，使我嚮往那美麗的字眼一天比一天急切。

然而，濃重的道德觀念，卻時常束縛了我那如野馬狂奔的情感，幾次結交女友的機會，都一一失去。曾經在深山林內，我發狂的呼喚著「愛！愛！」，聽到那聲聲的回音，未免能彌補一點空虛的心靈。

有些時候，看到許多實際生活中的戀愛故事被演成悲劇，我也想到培根、牛頓，他們高唱獨身而專心於事業的人。可是，每當看到一對對一雙雙情侶們的歡愉，那充滿著青春快活的情趣，便緊促地勾引著我的心，想念著一個屬於自己的春天的豔陽。

祖母——在這人世上，我唯一的親人，已三番五次催促我儘早成家立業。在她老人家的心目中，一個二十二歲的青年人已不再是小孩子了，而且為了撫養我，忍受了二十寒暑的艱辛歲月，將最大的期望寄託在我身上。她常給我很多的警惕與最大的鼓勵；她沒有唸過書，但很瞭解人情世故。

我讀過李密的「陳情表」，那篇文章不知令我流過多少淚水！每當祖母那佝僂的形影，浮現在我腦際時，一種辛酸便充塞在我底心坎。「乖孫子，你獨個兒去吧！我這上了年紀的鄉下老太婆，有礙你的體面。」我依稀記得第一次遠離家鄉時祖母說的話，只見她老淚縱橫，我對她發誓一定好好奮鬥。

從小，生長在海邊的我，常眺望著那水連天，天連水一片茫茫無際的大海，在孩提時代，我夢想著將來要當一名最出色的漁夫，手裏拿著刺魚標，站在漁船的最前端，眼睛搜索著魚兒，風吹，我不怕，浪來，我不驚，滿身濺淋著海水，嘴角邊的海水味道是甜的——那是我幻想中的英雄，只是，祖母不斷的阻止，她常流著淚水，勸我不要重蹈父親的覆轍，我還有趣的回答她，將來一定要去殺那隻鯊魚，替父親報仇。

祖母辛苦地栽培我完成了中學教育，更幸運的，承蒙校長先生的推薦，從東部西來，在臺中市附近的C鎮一家紡織公司當一名會計。

來到這靜穆的山城——C鎮，已一年有半了，這兒沒有大都市的繁囂熱鬧，鎮民生活簡單樸素，尤其，山底下又有一條不大不小的溪流，岸堤上井然有序的一排楊柳低垂，更襯托出這山城一種恬靜安寧的氣氛。

工作餘暇的時候，偶而也到臺中，看場電影，到中山公園划划船，到書局買幾本書；或者也買點衣料，寄給在山那邊的祖母。但是，大部分的時間，都消磨在溪岸的一座水閘上。坐在那兒獨自欣賞楊柳隨風飄動的舞姿，還有夕陽的餘暉，黃昏時的紅霞，靜聽潺潺流水聲播送著大自然的交響曲，默默無言，在這種靜謐的境地裏，雜亂的心靈也隨著淨化。

有時，興之所至，竟把整個星期日一天的時間，花費在水閘上，隨著流水流過去。我吟哦著詩篇，研讀著哲人們底心血、智慧、淚水摻雜成的書籍，當有所感懷的時候，我也動動筆，抒寫我的心聲，於是，逐漸便藉著文字來發洩我內心底苦悶。

離水閘不遠，有一所教堂，我常佇望著高聳屋頂上的那漆著白色的大十字架，我彷彿聽到它在向普天下的人們，發出「仁慈，博愛」的呼聲，聽到從教堂飄揚出來的頌善歌聲，隨著悠悠的音韻，我低下頭，虔誠默祝祖母安好，朋友們快樂，世界上的人們大家都好！

2

像往日一樣，吃過晚飯後，從宿舍後門獨自出來散步，這裏越過馬路離水閘約有兩百多公尺的泥土路，這條路是從教堂前面轉過來的，路旁的一些紅色、紫色、白色不知名兒的野花點綴在雜草中，在春風的吹拂下，沁出一陣雜然並不單純的香氣，非常引人。

太陽快將下山，把整個天幕染得通紅，我邁著緩適的步子，邊走邊哼著電影「激流」的插曲，輕鬆而富有振奮生命活力的曲調，使我覺得好像這世界只有自己一個人似的。

驀地，隱約從楊柳細條間，我發現一個陌生的女人，坐在水閘上，頓時我楞住了，心想：這可怪了，從來就很少有女人到楊柳岸來，尤其是陌生人，不想便罷，仔細再一思索，難道是想來自殺的嗎？

一種好奇心的驅使，我疾步走上前去，等到定睛一看，天呀，是一個年輕的女孩子呢！她兩隻手托著下巴，眼睛直望著淙淙的流水，看得很出神的樣子。馬尾形的髮式，綠底白點的外套，黑色的長褲，從她的裝束，可以看得出一種高尚優雅的情態。

我想折回來，但，奇異得很，那像是一股不可抗拒的力量在吸引著我，一顆心早已忐忑地跳個不止。雖然，還沒看到她的眞面目，可是，單從背面看，我就認爲那是我心目中所喜歡的女孩子的典型，接著，我想，這也許是上天給我作緣的吧？我該鼓起勇氣去和她認識！

但，男性的尊嚴卻制止了這個念頭，在猶豫不覺之中，我竟拾起一塊石頭，往水裏扔去，

「撲通！」水面上濺起了水花，這聲音使她移轉過頭來，向我這邊望了一下，啊！這張臉是多麼充滿了智慧，清秀的濃眉、閃亮的眸子、挺直的鼻子、櫻桃似的小嘴，流露一種文靜的樣兒，我不由得地說：

「對不起，打擾妳！」說罷我還點了一下頭，覺得很難爲情，轉身就想回去。

「沒關係！」她突然開口。

那音調是極柔和，而有著不可言喩的可愛，更從她面容上的表情看出一種和藹與友善，於是，我放開心，大膽的說：

「妳一個人來這兒？」

「……，」她沒有馬上回答。

良久，她才答道：「嗯，一個人！」

「我看，妳不像是本鎭的人吧？」我試著打開話匣子。

「何以見得？」她微微露出一絲笑意。

「我來這鎭上已二年多，大部分的人都有點面熟，只有妳像是從來沒見過。」

「嘿！」她笑出了一聲。然後，有趣的問：「大部分的人，是指女孩子嗎？」

「這……這……不是那意思！」我支支吾吾地說。

「我是在這鎭上出生的呢！」

「哦！那眞是有眼不識泰山。」

她羞怯的笑了一笑。我偷偷注視她的笑容，笑得眞甜。忽然，她停住笑聲，用手輕撫幾根散下的髮絲，又轉回身去。

這時，我才發現在她的身旁有一本書，是徐志摩的散文集《北戴河海邊的幻想》，立刻，我意識到，這女孩子是喜愛文藝的，於是，我轉移了話題：

「妳喜歡讀徐志摩的作品？」

「嗯！非常喜愛。」

「從什麼時候開始？」我得寸進尺不甘放過機會。

她稍微思索了一下說：「高二！」

「爲什麼？」我問。

她好像對這話題感到興趣，而轉過身來，口吻很文雅的說：

「高二，那年剛開學的時候，我一篇叫「憶童年」的散文在××日報副刊上發表，從此，我就愛上了文藝。」

「呵！原來是一位作家。」

「……」她低下頭默然不語。

我想我太過分了，對於一個初次見面的女孩子，應該禮貌一點，不能如法官在盤問著人一樣。

於是，我歉然的說：「很對不起，我太冒昧了。」

她現出一種少女本能的矜持，良久才又啓口：

「但是，我很少寫稿；你也喜歡文藝？」

「跟妳一樣的喜愛！」我答。

「你寫過稿嗎？」

「已有一本屬於自己作品的剪貼簿。」我用爽亮的口氣說。

「唷！原來你才是作家！」她表現亦驚亦喜的樣兒。

她這一句話，很令我不好意思，不過，我認爲這是進一步接近她的很好機會。

「不敢當，請多指教。」我隨口應了她一句。

突然，她站起身來，用手示意叫我也坐到水閘上端的水泥地上，這水泥地長約二公尺。「男女授受不親」我怕太接近她，會引起她的反感，就坐在邊緣上，她也坐了下來，大家卻默默不語，我不知該如何？該再談些什麼？除了潺潺的流水聲，與楊柳細條偶而被風吹動的沙沙聲以外，也許，就只有兩顆跳動的心，有著神奇奧妙的感覺。

「請問，你有筆名嗎？」我點了頭，她停頓了一下又說：「我最喜歡跟愛好文藝的人做朋友！」

我聽到「做朋友」眞是欣喜若狂，於是我馬上回答她：「藍海！」

「嘿！原來你是藍海先生，我常拜讀你的大作哩！」

一時，我竟束手無策，不曉得如何回答是好。

「不過！不過！……」她欲言又止，接著終於囁嚅地說：「容我批評你的作品？」

「歡迎指教！」我表示謙虛的說。

「你的作品，充滿太多的憂悒。」

「憂悒，不好嗎？」我問道。

「並不是，我也喜歡憂悒的意味。」

這是我第一次聽到一個喜愛憂悒的女孩子，不由得吃吃的笑了一下。

「但是，憂悒中帶有奮鬥的氣息。」

「哦，那麼這點值得我安慰啦！」

突然間，她又默然了，我也感到一陣無法形容的困窘，頓時，我想到她爲什麼會來這兒。於是我毫不顧忌的問她：「妳來這裏做什麼？」

「我愛靜！」她很坦然的樣子。

「別處也有靜的地方呀！」

「是呀，我以前就常到教堂後面的小花園，今天突然發現這邊又有個新天地。」她略為思維一下又說：「難道不能來？」

「有些是的，因爲這兒是我的專利地。」

「有沒有經過法定手續？」她有點不服氣。

「沒有！」

「那怎麼可以叫專利地？」她理直氣壯的說。

「差不多，我每天都來這裏，久而久之就成爲我專有了！」我也不服氣的說。

「你也愛靜?!」

「嗯！我又愛沉思，想著世界上一切一切的事物。」

「哦！那眞有趣吧？」

「也許！」我只能這樣回答，因爲我一時找不出別的話來形容。

太陽下山了，黑幕已漸漸籠罩著大地，這時，她立起身說道：「我該回去了！」

「回到那裏？」我問。

「我五叔家呀！」

「在鎭上？」

「有五叔，那麼妳家一定是個大家庭？」

「嗯！」

「差不多，還有八叔呢！」她漫不經心的說著，同時，慢慢的離開水閘。

「明天，我們能再談談嗎？」

「不能了，明天上午我就得回臺中。」

聽了這話，我有點感到失望。

我們隔了些距離，緩緩地步出楊柳岸，走上泥土路，她好像怕被人家看到似的，左顧右盼張望著。事實上，男女在一起常易給人家講閒話，更何況，我們又是剛認識的人。

於是，我停住腳步，讓她先走，走了沒幾步遠，她忽然回過身來：「請問，你住在那兒？」

「哦，我……我在中友紡織公司工作，住在公司的宿舍，我叫陳志淸。」我不但告訴她住址，還自我報了名，我想這又有一絲生機了，連忙也問她：「妳呢？」

「我不告訴你。」她調皮的說著轉回身就走。

「那太不公平了！」我嘮叨的說。

「喂！不，小姐！明天，我可以送行嗎？」眼見大勢已去，我急死了。

「不行，請你千萬不要來！」她用很強硬的口氣回答。

聽了這話，我楞住了半天，連聲再見都沒道，爲了維護自己的尊嚴，也不好貿然追上前去。

只見那美麗的身影，逐漸在蒼茫的暮色裏消失。

我重新回到水閘來，看著適才一位安琪兒坐過的地方，不禁感慨萬千。面對一輪團圓的明月高懸在深藍的天空，我發出一種遐想，一種期待——月圓人也圓。

回到宿舍後，我在日記本上寫下：「二月廿一日，永遠不能忘懷的一天，我第一次遇到了一位我所喜愛的女孩子，……。」

躺在床上，兩眼直望著天花板，腦際的思維，不斷地起伏著，我想到哲人亞里斯多德說的一句話：「萬物的奇異，比不了人的奇異。」的確，就以我今晚意外的邂逅，我也不禁相信：人是奇異的。

3

第二天，當我睜開眼睛的時候，一道暖和的朝陽，已從窗口照射進來，前面工廠人聲、機器聲鬧哄哄地融和在一起，望了一下錶已是八點過一刻鐘！

走進辦公室，只見同事大都到齊了，會計課在樓上，而我的辦公桌是臨窗的，只要轉過身就可望到不遠的公路局車站。

我始終無法安下心來，把昨天的傳票收支正確的數目計算出，一遍又一遍數目都不相同。

一有汽車經過，我的神經就緊張起來，幾次，我假裝著伏在窗口呼吸空氣，其實，我如同用獵狗尋覓目的物似的，以敏捷的目光，掃視著鎮上唯一大街——橫街上來往的人，更凝神屏氣地看著每一班開往臺中的公路客車，我希望能發現那神秘的女孩子。

幾次，想跑去車站碰碰運氣，是否會再遇到她，然而一想到「請你千萬不要來」她那一句話時，我就極力壓制這情感的激動。迷迷糊糊地一個上午過去了，直到中午下班，我還沒看到她的影子。

「大作家靈感又來了嗎？」出納員張士賢最愛同我打趣。

「那裏！我只是靠窗曬曬陽光噓噓寒氣。」

「別騙我啦！斜對面那家百貨店的『白蘭公主』王美惠小姐，前天談到你呢！」他拍了我一下肩膀，又說：「努力呀，小陳！不要失去機會！」

我只好用苦笑來回答他。

比往日早得又早，下班後，我就一直朝著水閘跑，這是我從來沒有過的現象，心裏懷著萬分的期待，希望她會在那裏，而不是眞的回臺中。

事實上，她眞的沒來。可是，我還不灰心，心想，或許等一會兒，她會來，於是，呆在那裏，還不時的舉目瞭望。

夕陽西沉了，二月的春風夾帶著一股刺骨的寒意，隨著黑夜的降臨，我扣緊了夾克的鈕子，可是，陣陣逼人難於忍耐的冷風與飢餓，不斷地襲擊著我。水泥地上是冷冰冰的，四肢冷得發抖，我的一顆心，卻是無比的熱騰，我感受到「愛」會給我溫暖，給我生命的活力。

淙淙的流水聲，依然不停止，楊柳細條依然低垂，水閘上的水泥地依然光滑如昔，然而，昨天傍晚那迷住我靈魂的人兒已不復在，我懷疑，難道那是夢？不是現實？

但是，我幾乎可以背得出昨晚寫的日記呢！啊！莫非昨天那美麗的世界，曇花一現或者是迷失了！

我意識到夜是相當的深了，她不會來的，也許永遠永遠我再也見不到她，帶著失望的心情，拖著疲憊、冷顫、飢餓的身軀回到宿舍，這一夜，我初嚐了失眠的滋味。

另外一個期望，我以爲或許她會寫信給我，因爲她已知道我的地址與姓名，除非她不喜歡我。

我有一個很値得引以自豪的人緣，凡是跟我接觸過的人，大都會表示親切好感，可是，我就不知道那一次的邂逅，會給她有什麼印象。

一天，二天，三天……，尋覓她的影踪，等待她的音信，我已無心在水閘上看書與靜思，那優美的景色，已不復能引起我的興趣。

一星期後，彷彿在沙漠中跋涉的我，還是尋找不到綠洲，我發現我第一次感到寂寞的痛苦，眞像挨餓那麼難受，而她的形貌，隨著時間的消失，模模糊糊，已記不清了，光有一個輪廓是一張秀麗的面龐，我後悔，那天沒有看清楚，更遺憾，沒有問到她的地址，甚至連「請問芳名」都碰壁。

或許，那是我太認眞、太自作多情吧！於是，我想到常在報刊雜誌上看到「豔遇記」一類的文章，難道自己身臨其境的邂逅，也是屬於「豔遇記」？

一絲智慧的燈光，照亮了我的理智，我恐懼那陷入感情漩渦中的痛苦，會像古剎的僧人，在無邊的寥寂中埋葬一切。

有些時，我感到缺乏很多很多的愛，自從遇到了一個跟自己有著最大喜愛——文藝，與性情相近的女孩子後，我覺得我需要她，在我平靜的心湖掀起不斷串串的漣漪，思念的痛苦卻無情地將我置於鐵鍋上煎熬。

我記起，昔日的婆羅門高僧有一句雋語：「世間受過毒害的樹，能夠產生比生命甘泉更甜蜜的兩顆果子：『一是詩歌，一是友誼。』」我想得開了，她說過喜歡讀我的作品，於是在千頭萬緒的心情交集之下，將我的痛苦、我的希望，絞盡腦汁，壓搾出我的心血結晶——詩，然後仍用藍海的筆名投到××日報的副刊去，我祈求能以詩得到友誼。

十日後，那篇詩稿被刊登出來：

只愛妳

夕陽下，我只愛那
天際飄浮著的雲霞
花朵間，我只愛那
其中一朵含羞的小花
心底裏，我只愛說
一句最真實的話

在芸芸衆生的宇宙裏
我只愛上了妳

一個喜愛文藝的人，是會經常注意看副刊的，我相信：她一定會看到我那篇詩，假如她能體會我的一片眞情，她會來信的，我想到她會來信，不禁自己又沾沾自喜了。

愛神外表看來，似乎是極其溫柔，事實上卻慘酷得很。三天後，我還是沒有收到她的音信，當然更談不到，她會再來楊柳岸同我見面。我感到異常的痛苦，一顆沉溺在情感漩渦中的心，這眞是不堪忍受的煎熬，我好像沒有她，世界是空的，人生是空的，一切都是空的。

在極端失望之餘，我又執起筆，抱著「失敗爲成功之母」，又作一次的嘗試。

過了些天，我的一篇詩稿又在××日報副刊上刊登出來：

愛人！妳在何方？

無言的痛楚不知要拖到何時
我深怕會被捲入痛苦的漩渦
月光照著我們分離了的影子

一股阻力使我不能隨意走動

我本無意認識妳只因是邂逅
妳的智慧妳的美麗令我傾心
或許那是我自己情感的過多
孤單隻影地虛作無為的發洩

對於自己的蠢動我無法瞭解
為什麼我會如此地對妳嚮往
想念使我流下了創世的淚滴
愛人喲妳在何方請給我音信

我坐在水閘上，一次又一次地唸著，我想像，我的心聲，會隨著風兒的飄揚，送到她的耳畔，期望她聽到我痛苦的呻吟，聽到我赤誠的衷語！

素來，我不曾走進教堂，因爲我不是教徒，但是，此刻我突然覺得這世界好像有神的存在，祂會賜給人類快樂與幸福。

望著在陽光下那教堂的十字架，發出更是燦爛奪目的光采，我有了信心！她一定會給我音信的！

4

終於，收到她的來信，我像尋得了綠洲，一滴甘泉滋潤了我的生命。我小心翼翼地拆開信封，第一次收到那來自心愛人兒的手筆，我感到無比的興奮：

陳先生：

一個星期前，拜讀了您的大作「只愛妳」，今天又拜讀了「愛人！妳在何方？」，假使不是我過分的猜測，我相信那是您為我而寫的。我曾一遍又一遍地讀。不禁給您那純樸崇高的情感扣動了我底心弦。

但是，您知道我寫這封信，是經過多少次理智與感情的衝突嗎？但是，最後還是感情得到了勝利，所以我提起筆，攤下信紙來寫給您。

我從未跟任何一個男人私下談過話、通過信，除了家人外。但是我有種怪癖：只要是喜愛文藝的人，不管是老、是少，是男抑或是女，我總把他當做我心目中的神，我願衷心的跟他為友，這種潛在力促使我壯起膽量來握筆。

雖然，我們只見過一次面，可是，由於您酷像我的八叔——最疼愛我的一位叔叔。尤其是您那挺直的鼻子，與爽朗的風度，令我對您有一種好感。

您猜說得對，我家是個大家庭，而且是封建色彩濃厚的大家庭！以前，在我求學時代，就曾經有一個男學生不時寫信給我，他一開口就是：「小姐，我美麗的小姐！妳的女德真高尚，妳的才藝迷惑了我，在寂靜的月夜裡，我看到妳浮現在我的面前……。」一開口就是：「我真誠的請妳在×月×日×地與我見面，我有很多心語想向妳傾吐，……。」我把信都交給父親，結果父親震怒了，勞煩了警察先生與學校，幾乎把那個男學生開除。

陳先生，這樣您想像得到我家的家教是如何的嚴格吧！我相信您寫信不會那麼肉麻的。然而，我覺得仍然缺乏勇氣與您為友。

您能稍稍再等待我的考慮嗎？

敬祝

工作快樂

一個不懂事的人　敬上

信封信紙上沒有寫地址也沒有簽寫姓名。

看完了以後，仔細的將它鎖在抽屜裏，我驚異她的文筆不凡，面對著桌上的玻璃墊，我彷彿看到她在對著我說話似的，心神恍惚之間，我竟輕輕的自言自語：「好，我等待！」

「對啦！小陳，要這樣子虛心，才能獲得白蘭公主。」張士賢在旁邊聽到我的囈語後補上一句。

「不是她！」我心裡默想不是叫什麼白蘭公主的。

上午收到信，心緒來了個一百八十度的大轉變，計算傳票數目正確不誤，作起試算表、平衡表，嘿！嘿！一個數字不差，借貸平衡。

「文學家，今天得請客呀！」坐在我對面一向有「克拉克蓋博」雅號的郭金德，裝著蓋博微笑的樣子對著我說。

「是嘛！剛才收到情書，非請不可！」張士賢又加油添醋地補上一句。

我表示投降，拱手求情：「請你們兩位不要挖苦好嗎？」

「你這人眞不夠朋友！」張士賢帶著冷譏的口吻說。

「請客啦！請客啦！用不著辯。」旁邊的黃中吉，與鄰旁的打字員林阿秀跟著也隨聲附和。

「請客！請客！……」一時，會計課裡「請客」聲四起。

我感到眞無法應付，幸好，曾課長來上班了，大家才靜下來。

中午休息時間，我在宿舍裡躺在床上，腦子裏浮現目前的兩個女孩子。想到在鎮上有「白蘭公主」之稱的王美惠，我就給她那帶有磁性的歌喉迷住，一曲「綠島小夜曲」深深地震盪著我的腦海，還有她那一對彷彿會說話的眼睛和柔潤白嫩的膚色，與不時掛著微笑的甜面孔，這些在我的心底，永遠是一幅絕代佳人的美女圖。可是我總覺得我與她之間好像有什麼隔閡，和缺少什麼似的。

突然間，我又記起了那個喜歡憂悒的女孩子底面龐，啊！那種文雅的、純樸的高貴氣息，卻是我生命中的靈魂！

「碰！」蓋博連跑帶衝，推開我的房門，打破了我的沉思。他喘著氣說：「走，快！快！快！」

「什麼事大驚小怪？」我問。

「還用得著問？密斯王被士賢兄請來，現在就在倉庫門前打乒乓球呢！」他邊說邊把我拉起。

他沒徵得我同意，拉著我的手就直望倉庫門前跑。

張士賢與王美惠正打著乒乓球，她看到我來，向我瞟了一個微笑的酒渦。

「來！這一下看看文學家的本領。密斯王的技術又進步了！」張士賢說罷就將打球板遞給我。

「小張，還是你打，我不行哩！」我說。

「沒關係嘛，陳先生！」我被她這話兒打動了心，只好拿起打球板應戰。

我的技術委實不行，打了三場，我只贏了一場，結果算我敗北。

「再打呀！這好比是追女朋友呢！」張士賢說這話很令我難堪。

我望了王美惠一下，她卻迷迷地對我笑著。

每逢週末的下午，在公司裏頭是最充滿快活氣氛的時間，大家計畫著明天的節目。

「小陳，下午帶密斯王到臺中玩去，晚上到新生廳蓬拆拆。」張士賢對我說。

「啊！張兄，你們有輕快的舞鞋，我的心緒好比是一塊鉛緊壓著似的，使我的腳步不能移動。」

他擺了擺頭說：「你又在悲觀了，實在不能如此。」他停頓了一下又說：「王家的父母很開明，他們都知道你的身世，而且他們很稱讚你，難道可以自暴自棄？」

「……」我沒有回答。

「或許，你想到你祖母？」

「……」我也沒有開腔。

「那麼，我們走了！」

我想他們是不能了解我今天的心情，我向著窗外探望，不多久，士賢、金德跟著他們的女伴施、洪兩位小姐搭公路客車去臺中，當車子經過公司門前時，我在窗口向他們揮揮手，祝他們此行快樂。

許多時候，我總覺得有許多地方，對不起這些待我這樣好的朋友，我非常慶幸能夠在異鄉得到友誼的溫馨，這也是祖母所放心的。

我正打算走出辦公室時，小工友阿雄送來一封限時信，我認得那字跡，是我想念的人兒的，我懷疑有什麼急事寫限時信，會是約會嗎？

我急急打開一看，那信上寫著：

陳先生：

當我昨天將前函投入郵筒後，我的心一直鬧著彆扭，午飯只吃了半碗，下午我昏沉沉躺在床上，我不知自己到底為什麼會如此。

昨晚，我請教了一位跟我最要好的李姐姐，我告訴她我們認識的經過，最後，她贊同我和您做朋友。

今天，我考慮了一個上午，我決定跟您做朋友，但目前不能見面，我歡迎您常來信，無論是寫作或做人處事，希望您給我寶貴的指教。

我怕您久等，所以寄限時專送。

祝　　您

週末快樂！

翠玉　敬上

看完信，從上午一直到剛才等她來信焦急的心情，頓時輕鬆了下來。原來，她叫翠玉，這名字很動耳啊！這次，她寫了地址是：「臺中市××合作社，李秀珍小姐轉」不過，我還不知翠玉是姓什麼？

雖然，這不是約會的信，可是，她答應跟我做朋友，已是夠幸運的了！

晚上，我在臥房裡，伏在桌上，搜索我所看過的、聽過的與自己的心得，有文學、有哲學、甚至音樂、藝術、電影以及我對人生的看法，甚至提到我有規律的生活，將最美麗最富有分量的字眼，一一出現在我的筆下。我覺得這是比普通寫一篇文稿還要來得費力得多，在苦思的澀味中，我卻感到無限的甜蜜。

星期日的早晨，當我把第一封，自以爲是情書的信投入郵筒後，整天，我腦子裡所想的，總離不開我寄出去的那封信，現在可能到什麼地方又到那個郵局，然後到合作社，再由那個李小姐轉給翠玉，當她看到信會有怎樣的表示，是喜愛？抑或是討厭……。

後來，我又想去臺中，到合作社找那位姓李的小姐，請她幫忙找翠玉，我又考慮到這樣做未免太魯莽了。

我坐在水閘上，面對著藍天、碧水，以及所有的一切，我都覺得非常可愛，我所希望的、等待著的一個屬於自己底春天的豔陽，眼見快將來臨了。星期一的下午，綠衣使者送來我的佳音，除了證明我準確的猜算外，我更驚嘆她回信的迅速。這算是第三封信吧！

陳先生：

您的來信，像是一朵洋溢著芳味的花兒，使我這隻貪饞的蝴蝶不倦地飛舞在它的四圍。

我敬佩您的學識，和對人生有正確的認識，而且覺得您那樂趣的生活好像我的八叔，他也是不留長髮，不擦油，他對攝影、電影很有興趣，他還常指導我寫作的方法。但是他已是一位結了婚的小丈夫哩！他是滴酒不沾唇的，跟您一樣！

不過，我要請您原諒的，那是因為我的家庭是個封建的家庭，所以，關於您提起的——最好能常見面這椿事，我很難辦到。

假使，您有真誠跟我做朋友，就是僅僅通通信也可以互相交換學識、寫作、處事等的心得，並不一定要見面才算是朋友，您以為如何？

敬　祝

工作快樂

翠玉 敬上

讀完信，我多少感到失望，我寫了大約有二千字的信，她只回給我三百多個字，而且又拒絕了見面，難道她不瞭解我是想跟她做更進一步的朋友？

然而，她的封建家庭，卻令我想到自己的身世，假使我告訴了她關於我的身世，不知她會感覺如何？

她的家庭是什麼樣的階級？她的職業是什麼？在目前，這是我想明白的，至少我得知道她的五叔是誰，然後再進一步去認識她。

於是，我領悟了追求女朋友，不能開門見山，更不能自我大吹，就是眞的有學識有才能，甚至有萬貫家財，也必須以謙虛爲前提，以漸次建立雙方的友誼。

在我給她的第二封信，我就儘量的這樣做，將我的文學、藝術、音樂等之愛好與涵養，形容得如滄海中之一粟，不足爲道。我記起莎士比亞的一句名言：「愛情的發展，不能太快也不能太慢，要順其自然。」因此，我在信中極力表示，能跟她爲友，是畢生最大的榮幸。

其實，天知道我這一顆心想念著她多麼急切，我恨不得立刻長上翅膀飛到她的身邊，或如握有阿拉丁的神燈，只要一擦，希望什麼就有什麼。

隔了一天，我接到她的第四封信，她稱讚我「謙虛是美德」，除了寫一些普通應酬話以外，沒有寫什麼，對於我所探問的職業與何樣的家庭，也隻字不提。我想，要是這樣下去，我是耐不住性子等的。

自第三次她的來信以後，我就要她把信寄到宿舍那邊去，爲的是避免同事們的騷擾，我給她的信，也都在臥房裏寫。這樣偷偷摸摸的，加上她不表示熱情，那種冷漠令我感到我們友誼的遠景是茫無涯岸，雖然，明明知道愛情是需要時間的培植，但大都凡沉湎在愛河中的人，過一天好比渡三秋似的，這或許會是自作多情的想法？

有時候，當我轉過身向窗外探望，無意間，我的目光就接觸到那白蘭公主迷人的眼神，她總給我一個微笑，我想她要是翠玉，那該多好。實際上，王家對我照顧很多，一家人對我都很有好感，想到前些日子，打乒乓球後，她給我的微笑，不正是一個暗示？只要，我向她說句較顯明的話，她定會投進我的懷抱，因此，近來我對她的感情起了變化，有高潮也有低潮，低潮時，就是我底靈魂跑向翠玉那邊去了。

我接到翠玉的第四封信後，我馬上回信，隔了一天，我又收到她的第五封信，這一天是三月廿日，離我們邂逅的日期將近有一個月，我本以爲她會再跟我見面，打開信一看，又是套平平凡凡的字句，我眞想死了這條心吧！可是，她這樣有去信必覆的情形，無形中，給了我一點信心，那證明她對我印象不惡。

當天下午，綠衣使者，如同天使帶福音給虔誠的教徒一樣，我收到翠玉的限時信，她說傍晚要來C鎮，在五叔家玩兩天，她約我晚上八點在水閘見面，她希望能和我談談。啊！這是多麼令人歡喜雀躍的消息，第一次正式跟一個女孩子的約會，值得在生命史上寫下一頁，永恒的記憶！

5

初次跟女孩子的約會，在未曾有過戀愛經驗的我，是懷著喜悅與恐懼的，我思索著如何對她訴情，如何得她的歡心，要是萬一不愼引起她的不愉快，那麼我又該如何呢？……

一個問題，卻使我幾乎改變了整個幻想：她會視我爲情人？

雖然，我不善於打扮，不過，約會是莊重的事，我特地穿起西裝來，也稍微灑上幾滴香水，七點半就到楊柳岸來，我用手帕把水閘上的水泥地，拂拭得乾淨，不時向附近瞭望，眼見美麗的伊甸園卽將降臨，不論她將把我看待什麼，跟一個女孩子的約會，總是快樂的事。

八點過了，我有點不耐煩，一秒鐘，一秒鐘，一分鐘，一分鐘的過去，我的心緒隨之急躁起來。

大約，過了半個鐘頭，才見到一個美麗的身影，姍姍地由教堂旁邊轉向楊柳岸這邊來，在皎潔的月光下，我毫不費神的一眼就認得出是她！是翠玉！

當她走近離水閘約有十來步時，她停了下來，我想上前向她打招呼，但又不知道要如何表示，我們只互相注視了一個片刻，我想男人應該先開口才有禮貌，我又不敢當面稱她小姐，於是我先說了一聲：

「妳來了！」

「嗯！」她回答得很簡短就那麼一聲鼻腔音。

「請到這邊坐！」我一面說一面用手示意叫她坐到水泥地上來。

她有點羞赧的樣子移動腳步，坐定以後，就說：「很對不起我來遲了。」

「哦，沒關係。」我連忙說。

良久，我們都沒有再開口，她只是看看月亮，或用手搓摸幾根楊柳細條。

「……………………」

「……………………」

我望著她剛要開腔，突然間她也看著我，張開嘴，好像有什麼話要說，在這種尷尬情景之下，我們不禁都發笑。

「妳先說吧！」

「還是請你先說。」

「我尊重女權。」

「這又不是開會，有什麼可尊重？」她這句話可把我難倒了，想不到她眞有靈巧的頭腦。

「我很崇慕歐洲中古時代，那種敬重女性的淳厚風俗。」我停頓了一下，接著說：「所以還是請妳先說。」

「呵！那倒令我覺得，你是很有風趣的人。」她說著笑得很可愛。

在明月的銀光之下，我很輕易地窺視她的芳顏，我驚異地覺得比上一次看的時候更美，那種美不是通俗所謂的「國色天香」或「妖豔迷人」，而是一種清秀文靜的美，這是我做夢也沒有想到，會有這樣一個秀麗的女孩子同我約會。

「我們到堤岸下去玩水好嗎？」她說。

「好！好！」我也不知道要怎麼樣就順口回答她。

在春分的季節，溪流的水並不多，只有中間一條水流，溪旁的石頭磷磷地露出。

我們就坐在卵石上，她不時的伸下手到水中潑弄，她說她最喜歡玩水，尤其是故鄉的溪水。

「海水，怎麼樣？」我聽到她說故鄉的溪水，無意間，我也聯想起自己故鄉的近海。

「那可不好玩，不過我很喜歡海。」

「呵，妳喜歡海！」

「有什麼值得驚訝？」

「不是驚訝，我的家就在海邊呢！」我微笑著說。

「那倒會使我感到滿有意思！」跟著她也笑了起來。

「爲什麼？」我問道。

「我認為能呼吸海風的人，是幸運的，海能夠使人胸襟開濶，有蓬勃的生命力……。」她滔滔不絕地答。

「妳是好動的人？」

「不，我喜歡靜，我只是喜愛欣賞海，我不會游泳，而且恐怕還會暈船哩！」她又有趣的說：

「其實，我還沒見過海呢！」

「海明威曾說過海是仁慈的，但有時候也很殘酷。那麼當它殘酷的時候，妳也喜歡它？」我說。

「無論如何，我總喜歡海，就像你的筆名『藍海』給我很好的印象。我希望將來能夠住在藍色的海邊。」

「就像那風光旖旎的地中海的蔚藍海岸？」

「嗯！嗯！」她答得很輕快。

過了一會兒，她表示不服氣的說：「難道要住在非洲的『黃金海岸！』黃金我不喜歡，也很討厭。」

「那是什麼意思？」我問。

「黃金不能給人類眞正的快樂，眞正的幸福，我愛那發自人性純潔的情感，所凝結成的快樂與幸福，我相信是黃金買不到的。」她正經的回答。

「我敬佩妳崇高的思想，還有妳的人生觀！」

「太過獎了！」說罷，她深深地看了我一眼。

我們又沉默了。

我想不到再談些什麼，心頭不時卜卜地跳動，滿腹像是有千言萬語要向她傾訴，但又鼓不起勇氣來。

深藍的天空萬里無雲，一輪明月的光顯得更加亮潔；閃爍著的星辰顯得更加可愛；淙淙有規律的流水聲，好比是一曲優美的音樂，置身於這充滿詩情畫意的人間天堂，我想，陶淵明筆底下的〈桃花源記〉裡的美景也不過如此！

涼爽的晚風吹拂著我，它彷彿給了我鎭靜與勇氣，使我在初次的約會中，從開始到現在還能應付裕如。

最後，由我打破了沉默的僵局，我試探著問她：

「妳家住在臺中那兒？」

「我不告訴你！」

「姓什麼？」我再接再厲。

「也不告訴你。」

「妳太倔強了！」我不由得的說。

「哼！你們男人都這樣。」她有點憤慨的樣子。

這使我感到很爲難，我得罪她了！

「陳先生，請原諒，我說錯了話。」一會兒，她卻表示得較溫和的說。

我以搖頭與微笑去回答她。

「你笑得很好看，很像我的八叔。」

她提到八叔，於是我又趁機問她：

「妳八叔在那裡？」

「在高雄！」她答。接著反問我：

「對啦，你家在那裏的海邊？你家是做什麼的？」

「我也不告訴妳。」

她撒嬌的說：「那麼，我不跟你做朋友。」

這威脅可大了，然而，她的純樸與天眞，激動了我的心，我受不住她的要求，終於道出了我的身世：

「我家世代都以捕魚爲生。當我三歲的時候，是在一個氣候變幻無測的七月天，父親用魚標刺住了一條大鯊魚，漁船隨著鯊魚的掙扎，向前進行，他那時正在放長繩子，冷不防被一個大浪沖擊過來，說時遲那時快，他就失足跌入海中，同伴來不及營救，後來連屍首都沒找到。……」

說到這裏，淚水不禁潸潸落下來，我儘量背向她，免得被她發覺。

「以後呢？」她用溫和而低沉的口吻問。

我停了一下又說：「父親死後，不到兩個月，母親就失踪了，據說是投海自殺。從此，依靠祖母在漁市場擺設香煙攤子過日子，我是她老人家撫養長大的。」

「你的祖母眞偉大！」她聽我說完，隨卽說道。

「現在你家還有什麼人？」她又問。

「除了祖母還有姑姑、姑丈和幾個小侄子。」

「什麼樣的姑姑？」

「是祖母妹妹的女兒。」

「他們都跟你祖母住在一起？」

「我唸初中時，他們才搬來跟我們住在一起。」

我偷偷地拭乾淚水，轉過頭看著她時，我發現她的面頰上有兩道淚痕，一顆淚水正掛在眼角，我不敢打擾她，我心裏暗想，女人的心腸可眞是如此軟弱？

我沉默地望著夜的世界，思想著我從未曾有的感觸。

良久，她說：「我從來沒有聽過這樣動人的故事。」她微微的在眼角上揉了一下：「我覺得你是一個可憐的孩子，你需要人家的安慰與鼓勵！」

「我告訴妳這些，難道只爲求妳對我說這句話嗎？」我想進一步試探她的眞情。

「你沒有嘗到父母之愛，沒有享受到家庭的溫暖。」她接著說：「這不是人生最悲痛的遭遇？」

「也許，妳的話是對的。」我說。

她又把手伸進水裏，潑弄著，偶而也拾起石頭向遠處抛擲過去。

「妳會卑視我嗎？」我問。

「那裏，像你這樣從痛苦中奮鬥出來的人，是我最敬佩的，我父親就常鼓勵我們接近這樣的人。」

我聽到她的父親會喜歡像我這樣遭遇的人，不禁欣喜得很。

「請妳也告訴我，關於妳的家庭好嗎？」

「要是又拒絕，那算是我不公平，好吧！我就告訴你。」

於是，她就告訴我如下的際遇：她的祖父，以前在C鎭是首屈一指的富翁，他娶有兩位太太，一共有九子三女。翠玉的父親，與三叔、五叔、八叔，還有一位大姑母，是翠玉的祖母生的，她是大太太。祖父一死，財產就給大家分光了。她的父親所得的只不過是寥寥不值的幾甲山地，他在高中畢業後，就在銀行服務，後來做建築包商。當翠玉國民學校三年級的時候，他們搬到臺中來，現在她父親已擁有一所規模不算小的營造廠，而且身兼合作社經理，翠玉去年畢業家事學校。

「妳眞幸運，有這樣一個好家庭！」我稱讚的說。

「不過……不過，唉！這不能告訴你。」她慢吞吞的，結果還是沒說出來。

我想初次的約會，必須有禮貌，不能逼得人太緊，得留個以後發展的餘地。可是，我察覺，翠玉在家庭中的生活不一定是快樂的。

她望了一下錶，說是已十點過一刻了，不能太晚回去，我們就爬上楊柳岸，走到水閘邊，我問她：

「妳把我看待做什麼樣的人？」

「普通朋友！」她答。

「我不是那個意思！」

「那麼，你是一位善良求進的青年。」

「你喜歡跟我做朋友嗎？」我大膽的問她。

「我喜歡同你談天！」

她回答得眞巧妙，的確，我們很談得來，雙方都好像很健談的樣子。

「對啦，我幾乎忘了問你，你家到底在那裏？」她詫異的問我。

「在東臺灣的新港鎭。」

她調皮的笑了一下：「是高山族？」

「住在東部的人，並不全是高山族！」

「唔！」她點了點頭。

「對啦，我也要請問妳，妳五叔在C鎮做什麼事？」我問道。

「在××銀行當經理。」她說。

「噢，是周經理！」我有點吃驚。

周經理與我們公司的胡經理過從甚密，聽說他們兩人非常合得來，就是上酒家也可說是「形影不離」，一向他給我的印象就不大好——待人冷漠，好賭好喝。有時我曾懷疑這樣的人，怎能當銀行經理？或許，是由於他有一套特強的工作能力或人事背景吧！

「怎麼！你認識我五叔？」她也表示驚訝。

「面熟而已。」我不好意思說得太清楚。但是我心裏暗想，她的父親會像她五叔一樣？

「我不大喜歡他。」她有點氣急！

「周小姐，我們還是談別的。」我連忙想轉移話題，免得影響談話氣氛。

過了一會兒，我說：「有什麼指敎？」

她略思索一下：「你穿西裝不好看！」

我聽了她這話，熱騰的心頓時冷截了一半，那不是等於在說我長得不帥？

「我喜歡看你穿夾克與牛仔褲，就像上次一樣的，我覺得那樣顯得年輕一些。」她說。

「我本來也不喜歡穿，只是為了……。」我說不下去。

「我認為外表是虛偽的，我八叔的打扮，我最欣賞，他很少穿西裝，經常是穿夾克與卡其褲，他的心腸很好。」

「是的，內在的美，才是眞正的美。」我說。

「噢，我們談得太多了，回去晚了，會挨駡！」

「五叔會駡妳？」

「嗯，我們周家的家教很嚴，例如女孩子隨便跟男人談話或晚歸，便認為不規矩，只有我八叔較開明。」

「好吧，改天才談。」

她猶豫了一會兒說：「明晚，你有空到臺中嗎？」

「有！有！」我心想只要能跟她在一起談話，其他的事都可以拋開。

「那麼就請你在晚上第一場開演前五分鐘，到東海戲院門口等我，然後跟我進去，票我先去買。」

「好，我一定準時到。」

「明天上午，我要回臺中，但還是請你不要來送行，這要請你原諒，再見！」她說完了向我點了一下頭就走了。

我也道了聲：「再見！」

我眞捨不得離開她，眼看著她逐漸向前邁步，我的心也跟著難過起來，當我走出楊柳岸跨向泥土路時，她已走到教堂旁邊，拐個彎，她的身影就看不到了，此時的我，眞是柔腸寸斷。

我覺得翠玉的外表，看起來是滿文靜的樣子，事實上，她的心很好動，這或許是由於她健談的原因吧？她不討厭我，而且說她的父親是喜歡我這類的人，於是我暗自歡喜，尤其，她那一句話：「你需要人家的安慰與鼓勵。」誠然給了我莫大的安心。

6

東海大樓的五光十色的霓虹燈，增添了夜都市的燦美，和羅曼蒂克的氣氛，也給我的心情塗抹上美麗的色素。我準時到達東海戲院門口，大約五分鐘後，電影開演了，翠玉才匆忙趕來，一句話也沒說，我就跟著她進去，票她早已買好。

座位是在樓上，剛上完樓梯，她突然開口說：

「我們最好都不要講話。」

「好！好！」我回答她，我了解她的意思。

她好像很熟悉這家戲院的座位，縱使在黑暗中，她也很輕易找到位子。

坐下不久，正片才開演，是一部路易主演的滑稽片子。銀幕上連串的傻態，逗得觀衆大笑不已，我偶而也會不禁拼出笑聲，一方面看著銀幕，一方面我卻不時地偸窺著她。她始終就是那麼正經的看著銀幕，附和劇情的起伏，笑的時候很放縱的笑，我聽到她那很自然的一種本能的笑聲眞是心花怒放。

我默守她的話，一直沒跟她交談。

當電影快映完時，她突然遞給我一封信，並且輕輕地說：「對不起我先走，再見！」她立即起身就離開座位。

我自然明白她的意思，是怕被人家看到，等到電影散場後，我已看不到她的影子了。願望與實際往往背道而馳。原先，我以爲看完電影，她會跟我去咖啡室談談，雖然那個地方，我從沒去過，不過，我想像中，那一定是一個很富有羅曼蒂克的意味；或者是到中山公園的涼亭，或者是在樹下細細談著可愛的話兒，甚至……像上蒼早給青年男女安排好似的。

走出東海戲院，我就沿著自由路向公園走去，這一天是星期日，馬路上顯得比平時熱鬧得多，出現在我眼前的每一個面孔，似乎都是快快樂樂的，就像這春光和煦的三月天一樣的溫暖。翠玉那句「我先走！」冷淡的口語，卻好比是一盆冷水澆到我身上來，使我在這快樂的人羣中，獨感到酸楚的味兒！

我悵然地踏著踉蹌的脚步，走進中山公園，在入口處的噴水池邊停下來，我想到翠玉是好玩水的女孩子，無意間，我竟伸下手去潑弄著水波，月光的倒影在漣漪間閃爍。假若這是羅馬的神泉，我一定要抛下一枚錢幣祈望神泉的賜福——「獲得情人的一顆心」，只要能達到這個願望，我就能尋求到幸福。

我踽踽地繞著公園的大水池走，數不完的對對情侶，那輕聲的蜜語與依偎的情態，強烈的吸引著我，也彷彿給予我極大的諷刺，一陣辛酸湧上心坎——「我是無能的人！無能的人！……」

後來，我找到一個座椅坐下來休息，這時才想起翠玉給我的信，在昏黃微弱的燈光下，我打開她的信：

陳先生：

昨晚，我覺得很對不起您，躭擱您那麼久，平時我是很少講話的，奇怪的是，我看到了您，就好像看到了我高雄的那位八叔，於是我滔滔不絕的將自己的家世都告訴了您，您一定很討厭的吧？然而，我卻把那些重要的話都忘光了，就是要請教您一些寫作問題，也許，是因為我生平第一次與男朋友約會，究竟有些膽怯的，儘管，我是極力把您當做我的叔叔。

我有五個妹妹，一個弟弟才五歲，是父親的寶貝兒子，由於父親過分的疼愛他，往往冷落了我們六個女兒，我很早就一直渴望有一個很好的人，做我的哥哥，如今，這個人就是您，我相信您，不會拒絕我吧？

我靜候您的回音。以後來信，就請寄中正路××巷××號我家，不必再寄到合作社李小姐那兒再轉交了。

祝您

快樂

翠玉敬上

「當哥哥！」這倒令我感到悵然，要是眞的當起哥哥來，就不能談愛情了。

另外我自以爲這個原因，莫非是一種女孩子的矜持與羞赧，她不敢顯明的表示，只好拐個彎，抹個角，編造出一套理由。

似乎，由於近來感情的激動，一些虛渺的幻覺，戰勝了理智，使我陶醉在「一見鍾情」的溫馨之中，疏遠了「吾日三省吾身」的箴言。

我又重讀翠玉的短箋，我察覺我的感情超越了理智，經過冷靜的思維，我吁嘆感情用事太過分了，瞬息間，彷彿翠玉出現在我的面前，令我慚愧得無地自容……。

回C鎮最後一班公路客車是十點三十分，當車子經過中正路翠玉家的巷口時，我不敢舉目探視，我怕看到她，會感到更難爲情。

車子在黑夜的郊野裏疾駛，驀地，遠遠的天邊，一顆彗星一閃，像是智慧的亮光，給了我一個啓示、一個警惕：

「自古多情空餘恨，好夢由來最易醒。」

7

在一種矛盾的感情中，我感到無比的苦悶。雖然，自己也很淸楚翠玉對我有好感，但我埋怨她，怎不快點給我一絲情意。一個月並不算短，那是比起常在電影中看到的愛情故事而言，我幾乎像要發狂的吶喊：「翠玉啊！我多麼苦悶呵，我……。」

我很簡略回翠玉的信，表明很樂意接受她的好意，除了這個，別無所言。

打字員林阿秀，一個三十多歲的中年婦人，老於世故，經常給我們會計課的三個年輕人，有著許多人生問題的提供，尤其是關於婚姻愛情一類，好像是一位才識經驗俱全的愛情敎師，她所給予我們的課題，是學校裏所沒學過的，我們都稱呼她：「阿秀姊。」

當初，我剛到這裏工作的時候，很不耐煩去細聽她的宏論，也許，久而久之，無形中我被她潛移默化了。

她最愛把社會新聞當作資料，假若曾課長到外埠出差或稍遲才上班，她可能滔滔不絕地講個大半天。最近，她似乎非常重視發生在臺北的那樁轟動全省的婚姻悲劇：男主角貪慕女方的家財，不惜以種種手段威迫利誘，終於如願以償，締結鴛盟。後來，女方的店舖倒閉負債累累，男方不顧道義，竟遺棄女主角，而又另娶一富家女，致使女主角懷著六個月的身孕投淡水河自殺。

阿秀姊一向強調造成婚姻的第一要素——性情合契，有了雙方堅固的感情，建立的婚姻才有幸福可言。她認爲在年輕時、未婚前總喜歡關注到美麗，有些人一旦結婚才知道錯了，像阿秀姊她們這樣的年紀，便明白，性情的契合最爲重要，這是婚姻無限幸福的起源。

我聽了阿秀姊的經驗談，不禁爲她正確的婚姻觀念所動，想到自己與翠玉，不僅性情相近，而且嗜好、人生觀……許多方面都極相似，我想：只要我倆能永結同心，恩愛永恒，幸福之神必定賜福我們。

晚上，輪我値夜，工廠前後內外巡察了一番外，覺得很難消磨一個枯燥的晚上。晚報上一篇〈勿忘現實〉的婚姻小論文，卻引起我的注意。

提到現實，我就多少感到恐懼，在現實的社會中，我沒有社會地位，沒有萬貫的家財，只是一個窮困的漁家子弟、一名公司的小會計，很多很多的地方不如人家。往往，在星期天，我不大喜歡到臺中去，就是怕看到了那些濶氣少爺、花花公子的輕佻情景，而覺得好像自己在一個現實的鏡子照射下，覺得更是渺小，那多少會令我感到前途茫茫而氣餒下去。

翠玉，是一個富家千金，她父親不但是一個大企業家，而且又是合作社經理，每天接觸到的人物，不是達官顯要，必定就是富豪人家，那樣有地位的人，猜想得到，像我這樣一個寒門小卒，不是他們眼中看得起的，雖然翠玉說過她父親會喜歡像我這類的人，可是喜歡到如何的程度，卻是一個疑問。況且，翠玉還沒有結交過更多的男人，無論那方面，比我優越的人一定多得數不完，我有那一點値得她重視？

已經有好幾天了，她沒有再給我來信，難道她不理我這個不期而遇的哥哥？是我得罪她，抑或是又交上別的男朋友？

年輕的男人，對於異性往往有著許許多多本能的幻想，這眞是奇妙的事！

最近，王美惠常來會計課聊天，有時還請阿秀姊敎她打字，當我擡起頭就可看到斜對面的她，時髦的裝束，與有點過分的打扮，深深露出她豐滿的胴體，配合著那黃鶯兒似的聲調，雖然，我有點噁心她的穿著，可是，委實一股魅力太誘惑人了。

我想，我不必煞費心思去跟翠玉爲友，那友誼的遠景太深邃太渺茫了；一個在C鎭有「白蘭公主」之稱的王美惠，的確像是一朶潔白芬芳的白蘭花。如今。我以天時、地利、人和的三項條件都能輕易的得到她，這該說是「何樂而不爲」？而且可以在拜倒她石榴裙下的年輕人面前炫耀炫耀呢！

下午下班後，我經常是最後離開會計課的，因爲我就住在公司後面的宿舍，會計課的門是我負責關鎖的。

「鈴……鈴……」電話鈴聲突然響起來。

我跑過去，拿起放在曾課長桌上的電話聽筒，對方就說：

「請陳志清先生聽電話。」

是女人的聲音！但聲音不是王美惠的，在C鎮除了她，我並沒有旁的女朋友呀！是誰？

「喂！喂！我就是了。」

「八點到水閘見面！」對方說。

「妳到底是誰？」聲音很小有點聽不大清楚，我著急起來。

「等會兒，你就知道。」對方說罷卽掛斷。

哦！天呀！會是她？是翠玉！一定的！

8

楊柳岸附近沒有路燈，除了有月亮的晚上，才看得見泥土路，否則黑黝黝的一片，行起路來不大方便。

我沒有直接就到水閘那裏去，因爲今天晚上，天空一片烏雲，下弦月羞答答的躲在雲端上，泥土路與稻田很難看得清楚，連我這熟悉附近地形的人都困難走過去，何況是翠玉！所以，我就在教堂門前等她。

八點過了五分，她來了，我們之間似乎已沒有陌生的感覺，從談話與通信互相都有了較明確的認識，我一見了她，我就莫名其妙地表露笑意，這或許，是由於讓她看到我的笑容，好把我當她八叔看待。在我內心的激動，倒是她彷彿是我生命中的靈魂，有了她，我的生命色彩才顯得更加絢麗。

「噢！你在這裏？」她第一眼看到我，就表示有點意外。

「沒有月光，看不到泥土路，我們還是不去水閘那邊好。」我解釋道。

「也好，那麼我們去教堂後面的小花園吧！」她好像把我們之間的距離縮短了些，講話比較不客氣。

可是，我從來就不曾走進教堂，至於對那小花園，我更是陌生，我不敢說不去，所以我猶豫了一下。

「陳先生，怎麼不走？」她先走了幾步，回過頭對我說。

「我……我……」我說不出所以然。

「怕什麼！」她看了我這情景，卻笑了起來：「神愛世人，上帝會保佑你。」

我望著她，覺得彷彿翠玉就是神，我心目中至高的神，無意間，我的腳步就跟著她走去。

「你在顧忌什麼？」她問。

「不！那地方我沒去過，不知道那邊有沒有人？」

「人是沒有，除了神以外。」她摻雜著笑聲說。

「但願神能聽到我們的談話，並將它記錄起來！」我說。

「記在聖經裏面？」

「妳眞會講話！」

「只有跟你在一起的時候，我才會講哩！」她輕快地說。

我們漫步地走，不一會兒，就到小花園了，這裏除了一個水泥做成的桌子和四條坐椅，以及周圍的一些修剪得相當整齊的聖誕紅以外，沒有什麼佈置。

面面我們面對面的坐下來，面容上都浮現著喜悅的氣息，但我內心裏頭，感到一種嚴肅與幾乎令我窒息的氣氛。

「陳先生你沒有信教嗎？」她似乎體察得出我的尷尬。

「嗯！」接著我反問她：

「妳信基督教，還是天主教？」

「都沒有，可是，我偶而會去教堂聽道。」

「那是爲什麼？」我又問。

「我很喜愛牧師或神父那種仁慈的表情與充滿博愛的話語。」她停頓了一下又說：「而且，在神的領域裏，人是平等的，只要善良不做虧心事的人，都能上天堂，那多麼可愛！」

「那妳要是去當修女該多好？」

「話不能那麼說，而且處在與人世隔絕的高牆裏邊，那種靜寂，與塵封心園的世界，對於我是不適合的。」她頭頭是道的解釋。

「不過，爲上帝犧牲一切的人，將得到補償。」這是電影「修女傳」開頭的字幕，我想此時此地用來對翠玉講是很恰當的。

「到頭來，還是得解下修女的服裝，悄然的步出那扇發出沉重聲響的大門，做一個凡人哩！」她好像也記起「修女傳」的劇情。

「妳講的是歐黛麗赫本主演的『修女傳』?」我問。

「是呀!你也是嘛!」

我們互相都用笑聲來增添話題的情趣。

過了一會兒，她說：

「我雖然不是修女，然而，我要待人眞誠博愛，做事公正無私!」

「眞是一位好妹妹。」我感嘆的稱讚她，也故意用「妹妹」的稱呼來引起她談我們之間的事。

「哦，對了，我差點就忘了。」她笑得很可愛。

「你猜，我帶來什麼好消息?」

我想了片刻，到底是什麼好消息，會是她要跟我做朋友，不做兄妹了，或是她父母答應她跟我爲友，或是她父親又發了財升了官……，不過，我故意這樣：

「妳找到如意的對象。」

「嗯!你猜得差不多!」她提高著音調說。

我暗地裏吃驚，她果眞的把我當做哥哥，另外交上了男朋友?

「怎麼，你不高興了?」她看到我發楞的樣子發問。

「不!我在想如何對妳這位妹妹祝賀。」

「不用祝賀。」

「我沒有資格向妳祝賀？」

「你應該祝賀你自己！」她說罷還指著我。

天呀！我怎麼這樣得意，眞的能跟翠玉，這樣一個聰明、不慕虛榮、仁慈善良的女孩子做朋友，我幾乎激動得要去握她的手。

「這就是好消息？」我又想到是她的意思，或是已徵得父母同意。

「得到母親的同意，難道不值得高興？」她答。

我聽到她母親的允許，雖然不是她父親，但已有一半的希望了。

「我眞感激妳媽媽！」

「她實在很好！」

於是，她說出她母親賢慧的情形：她像一個日本主婦，順從夫君、慈愛子女、節儉家用。本來，她家雇有一個下女，從翠玉畢業後，家事就全由她母親與她自己做，爲了節儉，將下女解雇了。

翠玉並且說，她母親最喜歡讀雨果的《噫！無情。》（卽《悲慘世界》）這可想像到一個喜歡讀這本悲劇小說的人，必定是一位具有慈善心腸的人。

「假若我有一位母親像妳媽媽一樣，那將是多麼的幸福！」我聽她說完感慨地說。

「讓她當做你的母親好了！」翠玉好像鄭重其事似的。

「呵！這我可不敢奢望。」我思維了一下：「能得到她允許跟妳做朋友，就心滿意足了。」

「我覺得你孤零零的一個人飄泊在異鄉，享受不到家庭生活的溫暖，實在，……。」她支吾地沒說下去。

「妳在憐憫我？」

「我就不知道怎麼說。」她表示很模糊。

「妳有告訴妳媽，關於我的身世？」

「有！」

「妳怎樣對她說？」

「我把我們認識的經過與我所知道關於你的一切情形，都告訴了她。」

「她聽了以後，有什麼表示？」

「她說希望見你。」翠玉低著頭，慢吞吞地接著說：「可是，我告訴她，我們是做兄妹的。」

「唔！」我有點失神似的。

「我可不那麼想。尤其，我提起的那位李姐姐，她很贊同我和你做朋友！」

「眞感謝，那位李姐姐。」我說罷望著她，我們的眼神幾乎都接觸在一起。

她理了一下給晚風吹亂的頭髮，帶著微笑說：「明天，是我最快樂的日子。」

「什麼事？」

「生日。」

「三月廿七日？」我問。

「嗯！」

「青年節的前二天，那我會永遠記住。我得送禮物啦！」

「不必。」

「那怎麼好意思？」

「用你認眞工作的成績給我做禮物！」

「那種成績，妳看不到。」

「只要你好好把傳票統計好，把帳簿報表作好，不就得了？」她停了一下又說：「我覺得事業對男人很重要！」

「是！我贊同妳的看法。」我附和著說。

瞬息間，我想到自己的職業，目前只是一個小會計，但不必自卑輕視自己，古今中外很多成功的人物，不是從奮鬥中苦幹出來的嗎？我望著翠玉，感到一股清新的血液，彷彿灌進了我的軀體，她那智慧的話語，增加了我對前途努力的信心。

我們又沉默著，許久，她沒開口，我也不知道再談什麼好。

街道上的車聲人聲，逐漸靜寂下來，可以意識到夜深了，我看了一下錶，已經快十點了，唉！美麗快樂的辰光，總是過得特別快的。

她也望了一下錶，隨卽從外套的口袋裏掏出一封信，遞給我：「回去才看，我本想用寄的。」

我收下了她的信後，我們便徐徐地步出小花園，走到教堂側門邊，她說：「明天我寄一塊蛋糕給你。」

「哦，不必，那太痲煩了，有誠意就夠了！」我說。

心想：假若明天能到她家去給她祝賀，不知多有意思。

「明天上午，我回臺中，還是請你不必來送行。」她說這句話像是在分別時，成了習慣語。

她走了大約二十公尺，我才跟著在她後面走，我想我必須保護她，免遭意外，經過戲院，拐個彎就到信義街——她五叔的家，直到她走進去，我才回到宿舍。

我打開她的信：

志清先生：

幾日來，我沉浸在感情與理智的搏鬥中，我考慮，與跟我所敬佩的李姐姐商量結果，我決定把我們的友誼告訴我母親，真是天保佑，不，是我祖父——在數十個孫子當中最疼愛我的，他賜福給我，母親終於答應，讓我叫您一聲「哥哥」！

自從那晚，將您的家世盡情傾訴於我，使我對您有多一層的認識，您自幼失去家庭的溫暖，仍能勇敢的生存在這世界上，為自己的前程而奮鬥，這是令我欽佩得五體投地的，深信長此下去，您的前程一定無量，但那更需要友情的安慰與鼓勵！所以，我從現在起，必定更加接近您、鼓舞您，這不是口頭上的形式，而是發出自內心的真情傾吐！

廿七日將降臨了，我真興奮愉快，二十年來，我在長輩的教導與愛護、朋友的溫情與鼓勵之下，那麼平安快樂的生活，尤其是自從跟您認識之後，您知道，我是多麼高興嗎？

剛才，我爸笑嘻嘻的向我要剪貼簿，我覺得有點奇怪！因為他素來就不大重視我寫文章的。

後來，二妹告訴我：「爸向客人炫耀大姊生性聰明，口才好，性格好，還寫一手好文章……」我真擔心那寥寥無幾淺陋的文章還見得人？

我只高興，我爸那麼多年來，這次是首次對我寫文章表示高興，那真是為人子女者對長親的一種孝情啊！相信，此後在您的指導下，一定能寫得更好，父親一定會更加高興。

志清，願我們的友誼永遠純潔，願我們之間，不要有任何的隔膜。「朋友是第二個的我。」願我們的友情在我們的人生旅程中，發射出千萬丈的光芒！

最後，我由衷的祝福您

永遠快樂！

翠玉　敬上

看完信，我相信翠玉對我是有感情的，從她那句「我要更加接近您、鼓舞您」與「朋友是第二個的我。」字裏行間足可證明，而且也消除了我「自作多情」的疑慮。

這樣充滿熱情的信，假若給別人看到，一定會說，翠玉是我的愛人，我深深體會「愛」的眞正滋味！

9

照例，週末在公司裏頭總是洋溢著快樂的氣氛。上午張士賢已跟我約好，晚上要到臺中看場電影，同時，他告訴我，也約了王美惠一塊兒去。

摯友如此爲我安排快樂的節目，感激的淚水蓄滿了我的眼眶，我明瞭他們的好意，然而，在我的心底——「落花有意，流水無情」。我很想告訴這些可愛的朋友，甚至王美惠，我已有了一位理想的伴侶，但是我沒有鼓起勇氣去啓口。

燦紅的夕陽下，車子疾馳在平坦的柏油路上，到臺中渡週末的旅客，面容上都展露著絲絲笑意，彷彿快樂的花木已聞到芬芳的春天。

從C鎭到臺中的交通工具，主要的是依賴公路客車，每逢週末假日，旅客特別擁擠，往往好比沙丁魚似的擠得水洩不通。

我們上車得遲，差點就得搭下班車，張士賢跟他的施小姐站立在靠車門邊，我和王美惠則緊緊地被擠到中間。隨著車子的震動，幾次無意間都碰觸到她，我覺得非常不好意思，她的魅力卻更加引起我的激動，就在這種緊張的情緒之下，很快地臺中到了。

今天，東海戲院放映的是一部不很出色的美國西部片，臺中戲院是一部日本歌舞片，其他幾家戲院也都沒有好片子，兜了一圈子之後，我們決定到小夜曲咖啡室去聽聽音樂。

輕快優美的歌曲，一支接著一支，我們愉快地呷著咖啡。以前，張士賢就曾對我說過，到咖啡室的目的，大都不是只爲了喝點咖啡或別的飲食品，主要的是帶個密斯到這裏談話，輕聲地用最溫柔、最動聽的話語。當然也有一種人是獨個兒爲求身心安靜一下而到這裏來歇息歇息的。

走進咖啡室，這我還是破題兒第一次，就像是一個眞正的鄉下佬初次到大都市一樣，我小心翼翼注意每一個動作，極力裝得挺像是都市的年輕人的模樣。

紅、綠、藍、黃……微亮而朦朧的彩色燈，交雜在一起，輕紗似的煙霧和緊扣著人們心弦的音樂，與依偎在一起的男女，襯托出一種我從來不曾見過也不曾感覺到的景象，我想也許這就是所謂「羅曼蒂克的氣氛」吧！

我和王美惠並肩坐著，張士賢和施小姐坐在我們的對面，從進來開始，他們兩個就毫無顧忌地親蜜的談起來，我和王美惠只是談談這支曲子是誰的作品，或者就是那支曲子如何的動聽。

在昏迷的光線之下，她那嫩白的膚色顯得更加可愛；一個甜美的微笑令人心開；帶有磁性的音調，好比就是一支令人飄飄然的迷魂曲。一向很少接近異性的我，就是一個很有道德修養或是有堅強理智的男人，相信都很難抵制住那種女人美豔的誘惑。從上了公路客車後，腦子裏所盤旋的儘是王美惠，我竟把翠玉幾乎都忘得一乾二淨。

音樂臺奏出了一支電影「學生王子」的插曲——Deep In My Heart，那是一支抒情的調子，隨著悠揚而又悽愴的音韻，我記起了那歌詞：

我時常聽到愛情
和它的快樂歡暢，
每顆心都是如此激動，
男女都是一樣。
雖然是私自愛戀，
也是無比的幸福；
我的雙唇從沒有，
嚐到愛人唇邊的幽香，
我心深處，親愛的，
有思念妳的美夢。
星光正在輝耀，
玫瑰和露珠的清香頻送。
我們縱會離別，

然而我的記憶是永恒的；

我心深處，親愛的，

會常常的夢見妳。

王子將與愛人別離，然而他將永遠地懷念她。當曲終的時候，我聯想起銀幕上，那個王子與深深爲他所愛的姑娘分離時的鏡頭。驀然，翠玉的倩影浮現在腦際，我也想到幾次與她分別時的情景。

「這支曲子眞不錯。」王美惠緩慢地說。

「嗯！」我回答。我還以爲那銀鈴似的聲音，是翠玉的，等到我側過頭望著她時，才意識到坐在身旁的是一位美貌的小姐，但不是我所愛慕的人。

突然，一個意念油然而生，何不去翠玉家向她祝賀，今天是她的生日呀！

於是，我藉詞要去書局買書，離開了他們。

走到翠玉家的巷口時，我一眼就看得出在巷子中間，那家有水泥圍牆與大門掛有一個信箱的就是她的家，這是以前她告訴過我的。

我的心跳動得很厲害，隨著腳步向前地移動，卜卜的情緒一步一步加緊。當走近大門時，我從旁邊一扇小門，看到裏面，有一個男孩子，與兩個女孩子，在玩著鞦韆，我猜想那可能就是翠玉的弟妹。

一股無名的壓力壓抑了我適才打算拜訪這陌生人家的勇氣，我不敢走進去，也不敢冒失地站立在門前，我猶豫的在附近巷子裏徘徊。我想，最好能在門外遇到她。始終，看不到一個人出入，我等得有點不耐煩，最後，跑到公共電話亭，從電話簿裏找出她家的電話號碼。

當我撥完了號碼後，對方很快的就有人來接，我希冀那聽電話的人，會是翠玉，這樣一來就省得麻煩，要是她的母親或妹妹，也許還好，假若，是她父親——從男人的聲音來判斷，那我只好掛斷了！

「喂！」是女人的聲音，但我聽不出是翠玉的。

「我……我敝姓陳，想請……翠玉聽電話。」我顫抖地鼓起最大的勇氣說出來，我感到有點窒息。

「唔！你是從C鎭來的那位陳先生？我是她的母親啦！」對方那種溫和的語調，使我感到翠玉的母親，好像就在我的面前，帶著和藹的笑容對我說話似的。

於是，我稍微放下了心，繼續聽她說：

「翠玉，在傍晚吃過飯後，就到她五叔家去了。」停頓了一下又說：「你有什麼貴事？」

「唔，我只想祝賀她的生日。」我回答。

「她明天下午才會回來，也許在明天上午你可以找到她，來我家坐坐嘛！」

「唔！謝謝！我……我改天再拜候！」

這是我意想不到，翠玉的母親，會是那麼溫和親切，啊！有這樣慈祥的母親的人是多麼幸福，眞難怪翠玉特別的讚美，雖然，我還沒有見過她一面，可是，單從電話中所體會出的感覺，足以溫暖我這自幼失去母愛的人。

尤其，值得我欣幸的，該是翠玉的母親，允許我跟翠玉做朋友。我想必須趕緊回C鎭，免得翠玉找不到我，但我有點氣她，怎不事先通知我，假如她去我來，兩人竟在途中相左，那多遺憾！

當我再度踏上小夜曲咖啡室的樓梯時，就聽到音樂臺正在演奏「綠島小夜曲」，不知怎麼的，這一支曲子，此刻對我已不感興趣，我以爲在這支曲子的氣氛中，是王美惠的領域。以前，第一次聽她唱這曲子時，我曾暗暗地讚賞與傾心過她。

我茫然地走回我的座位，王美惠立刻呈現出她那特有的甜笑，不一會兒，她收斂了笑容，也許，她已察覺出我異樣的情態。

「怎麼搞的，有什麼不對？」張士賢靠過頭來問我。

於是我苦笑了一下：「沒……沒有什麼。」

張士賢蹙著眉頭直望著我，表示有疑惑的樣子。

六隻眼睛集中注視著我，逼得我垂下頭感到一陣窘。內心想儘快回去，急躁的情緒，迫得我脫口而說：

「我想回去！」

「喂！才九點鐘，回去搞什麼鬼！」張士賢看了一下錶說，他好像在怨嘆良宵苦短，何必自討沒趣。

「我身體不舒服。」我敷衍的說。

「買不到喜歡的書，可不會影響身體舒服不舒服吧？」王美惠話中帶刺說。她知道，買書是我的一大嗜好，我想，她多少有點在諷刺我。

我只望了她一眼，我不表示什麼。就算是眞正買不到書，像她那種人，是不會有什麼感覺的，立刻，我發現了，這就是我和她隔閡的原因。

「靜靜聽音樂吧！大家別掃興！」施小姐在爲大家解圍。

一心想著回去會翠玉，加上這場不愉快，使我下了決心——回C鎭去！於是，我還是離開了座位！

這時，音樂臺正奏出舒伯特的小夜曲：「我的歌曲，終夜低聲向你懇請，我的愛人，請來我這寂靜的森林，……，」我想，我的愛人，不會是妳——王美惠。

車子在路上疾馳，正如我一顆急急要回C鎭的心一樣。

時間是還不到十點鐘，可是，在這黑幕籠罩著寂靜的山城，遠非熙來攘往的城市底熱鬧。我在銀行前下車後，就轉向信義街，朝著翠玉的五叔家走去。

我思維著如何能會到翠玉，直接到她五叔家去罷，又怕碰到她五叔，萬一挨了一頓苦頭，那豈不太丟臉？要是回去公司打電話，必定給今夜值班的郭金德知道，那也不好，C鎮的電信局可能已關門了，而且接聽電話的人，不一定會是翠玉，很可能是她五叔家裏的人。

從鐵條門的縫隙間，我看到兩間亮著燈光的房間，我猜想翠玉就在那裏，可是銅牆鐵壁阻止我進去，我只好站立在門外默默地唸著：「翠玉，祝您生日快樂！」

懷著不如意的心情回到公司，剛推開門，就聽到郭金德在值夜室裏大唱茶花女的飲酒歌，頓時，惆悵的心情，被他那宏亮而有魄力的歌聲溶解了。

等到他唱到「……為了青春乾杯啊！為了愛情乾杯啊！」時，我悄悄走了進去，像平時我們友誼間，那種跳跳蹦蹦快樂的情態，附和著唱最後一句：「啊！大家來乾杯啊！」

「噢！」郭金德有點意想不到我的出現，立刻，呈現出他那克拉克蓋博似的笑容：「小陳！為了你的愛情，來！乾一杯。」說罷，他舉起右手裝著拿酒杯的姿勢。

「蓋博，別胡說八道好嗎？」我以為他的想法，是今晚我一定和王美惠有個甜美的週末。

「喲，你這人眞保守！」

「我沒有跟他們去玩呢，獨自先回來呀！」我辯解說。

「當然嘛！回來赴約。」他又笑了起來。

頓時，一個顧忌掠過腦際，難道他已知道翠玉跟我的事？

但是，我依然裝著毫無其事般地說：「王美惠他們還沒回來。」

「嘿，那才好呀，否則她要是回來，不就吃醋了！」

糟糕了，我本能的意識到他一定知道翠玉的事，我暗暗吃驚。

「請不要耍花樣吧！」我有些兒在哀求著說。

「看！那是什麼東西？」說罷，他指著桌子上，用一張印有「美珍香」的大紅字的粉色包裝紙包著的盒狀東西。

一時，我驚訝與詫異不已，這到底是怎麼一回事？

蓋博看我目瞪口呆似的啞然不語，不禁笑了笑：「這可不是耍花樣吧！」

「郭兄，請你好心告訴我，誰送來的。」我走近桌子，用手撫摸那包東西，而正經的對他說。

「首先，要你答應，得分點那包甜東西給我。」他瞇著眼睛笑得滿像是克拉克蓋博似的說著。

「ＯＫ！」我同意他的約法三章。

於是，他繪聲繪影地說：「大約在八點半左右，有一位女人打電話來找你，我就告訴她，你去臺中玩。沒多久，小阿雄在大門前打掃的時候，有一位小姐交給他那包東西，說是要送給你。」

他停頓了一下，又接著說：「據阿雄說，那位小姐穿的是一件很美的綠色外衣，人非常漂亮，——很可能就是打電話的那個女人，因爲驚鴻一瞥，我來不及把她看個清楚。」

那是翠玉，毫無疑問，於是，我急急地問他：「你有沒有告訴她，我跟誰去？」

「咱，嘿！不是那種人。」他鄭重地說。

望著那包東西，與眼前的這位摯誠的好友，內心的深處感到無比的快慰與溫暖，那是我形容不出的。

❖　❖　❖

一道刺目的朝陽，促使我從昨夜苦惱疲憊的睡眠中甦醒過來。呼吸著清晨新鮮的空氣，感覺得異常的舒適，加上週日公司休息，而顯得有一種眞正山城的寧靜，啊！多麼美妙可愛的早晨！

我在昨晚已被蓋博吃掉三分之一的蛋糕上，輕輕的切下一塊送進口裏，甜美得有如甘泉般的令人感到異常甜口，咀嚼著那味道，我深深體會到男女之間神妙的情調。實在，太料想不到，翠玉眞的會送來蛋糕。

昨晚，她母親在電話中告訴我，翠玉今天下午才會回去，依照我的揣測，她一定會到水閘會我，因爲，以前，我就已告訴過她，星期天我常在那兒。

帶了一本朗弗羅詩選，一路上，吟誦著我最喜愛他的一首〈生命之歌〉：

……

不論遇到什麼命運，

不要灰心，

要行動起來；

不斷地努力，

不斷地前進，

學會勤勞與等待。

以前我曾在一篇散文中，抒寫朗弗羅的爲人——謙和與慈愛，他是樂觀歡愉的，從他歌詠人生平淡而堅樸的詩中，尋覓到我對願望的信心。

有人說，只要你心中蘊含著「愛」，那麼，無論對於任何一件事物，都將有親切可愛的感覺。

的確，當我走到楊柳岸，眼前的景物：正在一步一步往上爬的太陽、霧氣逐漸消失的山巒、潺潺流水聲不間斷的溪流、煙嵐從山間氤氳升起、朶朶的白雲、綠的小草、泛著多色的野花、偶而婆娑起舞的楊柳，像淘氣的小號手啁啾著不知名堂歌曲的鳥兒，……一切，一切，都是可愛的。

其次，我將等待著一個可愛人兒的降臨，來點綴著這美麗的大自然。

我思索著下一個步驟，如何跟她談。第一，千萬不能讓她知道，昨晚週末是跟王美惠一塊去的。事實上，我對她一點情意都沒有，然而，男女間的事兒總是微妙不過的，還是事事謹慎爲要，免得萬一爲了她，而破壞了我與翠玉的情感。

第二、最好，得說昨晚是專程前往她家祝賀，這樣多多少少，必定獲得她的好感。愛情會增添生命的活力，似乎我已能感到生命的跳動，在我的心底。

太陽從東方的地平線上，爬升到正空中，已是「日正當中」的十二時了，翠玉沒有來，我等得煩燥極了，帶來的朗弗羅詩選，根本沒讀上一首，兩隻眼睛光望著從教堂轉過楊柳岸來的這條小路。

看樣子，她是不會來了，也許，昨晚遇不到我生了氣馬上回去，或者今天上午就走也說不定。最後，我失望地回到宿舍，在伙食團裏吃過飯後，就躺在床上歇息。

不知不覺中，竟睡著了。

午睡已成爲習慣，只要一躺下床，很快的就能入睡，但是也相當守時，下午二時一定會自動的醒過來。

想到今天，有一個好的開始——可愛的早晨，但卻沒有好的歷程和好的結果。細想之下，我決不能吃了人家的蛋糕，連一句祝賀話都沒道，那怎好意思。於是，我抱著「有恒爲成功之本」

的信心，鼓起勇氣，再走到楊柳岸邊去。

跨出宿舍後門，走上小徑，我一眼就盯住水閘那邊，依然見不到她的踪影，濃密低垂的楊柳腰肢幾乎把水閘遮住，沒有走前去是看不大清楚的，當我漫步地向前踱去時，差點兒嚇壞了我，她！翠玉已坐在水閘的水泥板上，面向著溪流，木然的酷似一座雕塑的女神似的。

照理，她很容易可以聽到我的腳步聲，可是，她就表現得那麼冷漠，好像這個世界僅有她一人存在一樣，不轉過頭來，也不作聲，我移動著步子走近她，一時，我不知要怎樣開腔才好。

記得，以前曾看過一本關於描寫希臘神話的書：有一次，司愛與美的女神維納斯，爲她第二個孩子邱比特——這個孩子不能長大，始終是生著兩小翼的小嬰兒。她懼怕他的不健康，於是她去調教「正直」的底美斯，她答道：「戀愛沒有熱情不能長成。」

哦，戀愛是需要熱情的，於是，我壯起膽子，帶著輕柔而緩慢的語氣說：

「周小姐，對不起，讓妳久等。」

「……………」她仍不作聲。

「我再說一次對不起，請原諒！」

「……」她好像完全沒有聽見似的。

立刻，我本能的感覺，她是一個相當倔強驕傲的女孩子，非用一種刺激她的方法是行不通的，我暫且拋棄熱情僞裝成冷酷的樣子：

「怎麼？妳是不會說話的人！」

果然這句話生效了，她猛然地轉過頭來，皎美的臉龐卻掩不住她倔強的做作，馬上，面頰上浮現出絲絲的笑意，恢復她原來的面目。

「我已經等了將近有一個小時了。」她帶著尤怨的口氣說。

「喲，我上午等候妳四個小時哩！」我也向她訴苦。

「你應該繼續等下去！」她似乎在作報復。

「妳在生氣？」

「⋯⋯⋯⋯」

「我的心要等，可是，肚子偏偏不幫忙。」

「你看過一部西德電影『鴛鴦夢』嗎？」她問。

「嗯，在鎮上的戲院看過！」我答。

「那個男主角，爲了跟女主角到咖啡室，常把吃飯的錢都省下來，當肚子餓的時候，就吃點什麼粉的東西，或束緊腰帶，那些事倒很令女孩子們心動。」她頭頭是道地說。

除非她把我當做情人看待，否則她不會講出那樣的話來，我也順此捉住良機：「妳也願意我，爲了會面而挨餓？」

她看了我一眼，好像表示我這句話說得過分了些似的，停了一會兒才說：

「假如，你爲了跟一個女朋友會面，挨餓是值得的，她必然會很感動。」她在拐彎抹角。

「是這樣嗎？」我帶問的說。

「嗯！」她很輕快的樣子。

「那是妳們女人的驕傲！」我有點不服氣。

她機智地頂了我一句：「那是你的偏見！」

於是我更巧妙的說：「都是奧斯汀的傑作。」

（註：奧斯汀係英國名女作家，《驕傲與偏見》的作者。）

我們不約而同的，作了一個會心的微笑。

然後我想起，一個大上午，她怎麼不來。

「上午，妳到那裏去？」我問。

「跟幾位同學玩！」

「在C鎮，妳還有同學？」

「我常來，就是找她們。」

「唔！」我彷彿有所了解，她常來C鎮的原因，並不全是爲了到五叔家的。

我又問：「是家職學校畢業的？」

「嗯！」

「昨晚到臺中玩得痛快嗎?」她突然問。
「哦,不!是要去妳家給妳祝賀。」
「你敢到我家?」
「怕什麼?」我漫不經心地說。
「你有遇到我父親?」她好像很緊張的樣子。
「沒有,我是打電話去,妳媽接的。」
「她怎麼說?」
「她告訴我,妳來C鎭,今天下午才會回去,我覺得妳媽,正如同妳所說的那般好,我很喜歡她。」
「讓她做你的媽媽吧!」
我記起前天晚上,在教堂小花園,她也同樣對我說這話,我眞是受寵若驚。
接著,她帶著憂悒的語調說:「近來,媽太辛苦,身體常不舒服。」
「那妳不該經常離開她,到C鎭來嘛!」我毫不客氣勸責她。
「是的,今後我必須多幫忙她!安慰她!」
「嗯,這才是好女兒!……」
「可是,我委實有點不喜歡呆在家裏……,那種說不出來的氣氛。」

「不快樂？」

她擺擺頭，不作聲。

這時候，教堂大概是聚會散會了，有幾個人在小徑上走動，我生怕那些人到水閘這邊來，翠玉似乎也發現這情形，立起身說：「我該回去了！」

我想問問她，下次約會的時間，始終我還是不敢開口，單說了一聲謝謝她送的蛋糕後，我們便分手了，我目送著她離去，而吞下正打算傾訴出的千言萬語，感到一陣莫名的惆悵！

10

每個月的月初，是我們會計課最忙碌的時候，往往連晚上都得加班，必須把上一個月的生產與銷貨情形，以及種種支出費用，作一個月的結帳，編造各種報表，送總經理批閱與公司的董事會。

在繁忙的時間中，翠玉的倩影，不時浮現在腦裏，每一想到她，我就會更認眞地工作，彷彿我這工作，是爲了她而更有意義似的。郭金德這人眞夠朋友，他沒有公開那天晚上的事，只不過偶而在休息的時間，向我開開玩笑：「蛋糕還有嗎？」那天晚上，我是告訴他，送蛋糕的是在臺中開布店的一位朋友的太太。

阿雄，我已對他吩咐過，想來，他是不會講出去的，因爲，他去年才從初中畢業，到公司當工友只不過三個月，人小，心純潔，很聽從我的話。

張士賢好像有點在埋怨我，較往日稍爲冷淡，也許那是由於工作繁忙的緣故，他的出納結算，相當吃力，經常爲了借貸的不平衡弄得他搔著頭皮急躁極了！

王美惠，自從那晚在小夜曲同我發生不愉快後，已有好幾天沒來會計課聊天。不過，當結帳期間曾課長總在會計課裏，她多少有點不好意思來的，而且大家都忙著，根本就沒空談天。

我在忙中抽暇，已寫過兩封信給翠玉，一方面除了連絡感情以外，我極力勸告她，要多幫忙母親做家事，好好照顧弟妹，有空，也別忘了寫作。

一個星期後，我收到她的來信：

志清：

請原諒我如此稱呼您，的確，您的小模樣兒太逗人喜愛哩！

此時，正是午夜一點多鐘了，由於這幾天，忙碌的結帳工作，想您必定正做著甜夢吧！我祝福您樂遊夢鄉！我呢？剛洗完弟妹的衣服，正支著疲憊的軀體給您寫信哪！

因為，今天舅舅來函說我外祖母病臥床上，已五天了，我媽明天就要返鄉去探她老人家，唉！真是禍不單行，媽也不顧自己有病，還不停的哭，我勸也沒用。她是獨生女，嫁到我們周家後，便遭受到丈夫的厭棄、婆婆的不歡、我那不要臉的四叔母的迫害，天天做那麼多的家事，可憐她在家裏是千金小姐呢！不出一年便瘦骨嶙峋了。至今，總算上天有眼，賜給她一羣聰明乖乖的孩子，還有一個寶貝的男孩子，爸是回心愛她，祖母也疼她。子女更是孝順她，但她多年積勞常常有病，現在又病倒了，弟妹也正抱藥瓶，爸合作社與營造廠公私事務都忙。

我當人家的女兒，尤其是大女兒，志清，您說我能睜眼看著弄得亂七八糟的家嗎？今天，我忙亂的吃過晚飯後，連忙替弟妹洗澡、換衣、鋪床、講故事、洗衣，……直到現在才吁了口長氣。明天，我媽就要回家去了，家務是我必須擔負的，我不怨天不尤人，我要趁此機會好好的學習，好好孝順父母，好好做個姊姊。

我不明白，為什麼我們會認識？我常想這個問題，莫非是我心目中比上帝更偉大的祖父為我們安排的吧！從您的談吐——像是我的八叔，而對您好感開始，現在，我瞭解，您比我的八叔更好，請您千萬別以為一個不幸的窮苦的漁家子弟而自卑，您那好學與認真工作以及最難得的仁慈心腸，足以令我以您為友而感榮幸，啊！天下那個人不願和好人為友？我豈能例外？

至於您說我有點驕傲，我不敢否認沒有，但我會在您智慧的薰陶下改掉，相信，您慢慢的會了解我的個性與為人。我可坦白告訴您，我是最重視精神生活的！這個星期收到您的兩封來信，謝謝您的雅意，並祈望此後多多賜教！

祝　您

工作快樂

翠玉　敬上

看完信後，那種喜悅的心情，足令我驕傲，並自誇爲世界上最快樂最幸福的人。不是嗎？她不再稱姓或先生，在她底呼喚下：「志清」，多麼輕盈！多麼可愛！而且又告訴了我那麼多有關她家裡的事。足見她是很信任我的，而更蘊育著深切的好感。「無疑的，這是一封定情信！」我想。

◆ ◆ ◆

每個月過了十日以後，結帳工作也差不多作好了，接著就可以領到一筆不算少的加班費。忙碌了一陣，當然就得輕鬆一下，只要加班費一發下來，同事們就忙著到那兒玩，買這買那的。但是，我很少參加他們的節目。因爲，每個月除了生活費用以外，要寄奉兩三百元給祖母，另外自己也得儲蓄一點錢，那是預備將來作爲升學的費用。當初校長先生爲我介紹這份工作時，就勉勵過我：「三年以後一定要升學」。

所幸的是，這家紡織公司，雖然是在C鎮，但是在臺灣中部卻相當有名氣，因爲它的營業情形很好，所以待遇也相當優厚，可以媲美銀行，稱得上是金飯碗。

一提到錢，就會令我發楞。社會上很多無謂的糾紛，往往都是爲了錢。尤其是在愛情方面，不知有多少人爲獲得「愛人」的「心」，不惜以各種手段，非法圖利，以錢作爲武器，獵取愛情，到後來，結果是身敗名裂，一切都完了，這是値得警惕的。

如今，我也有了女朋友，是不是也得像一般人那樣，送她一些東西呢？可是，說不定我所送的，還比不上她家裡現成的呢！而且，翠玉在信中說過，她最重視精神生活的，就是第二次在楊柳岸見面的那一天晚上，她也說過：「金錢買不到眞正的幸福。」那麼，我該送給她的，應該是精神上的鼓勵或安慰，才是她最需要的。

將近兩星期沒和她見面了，心裡頭實在感到沉甸甸的不好過。有些時候，眞是「情思昏昏」把她的面貌都忘了。我也曾經不斷地思索以及在腦子裡描繪她的形貌和擧止，但是總不像樣，這實在太苦了。她也許由於母親不在家，一直忙著家事，沒有再來過C鎭，或者也是她知道我的工作很忙無法聚談，所以沒來。

這一次，是我約她的，因爲我接到她母親已經回來的信，我想她是會有空的。而且，我已敵不過寂寞的侵襲。

車子在臺中火車站對面停下來，我下了車，就走到約定的地點——火車站對面的小花園。在銅像旁邊，翠玉卻早比我先到，她還帶有一位比她年輕的女學生，我猜想是她的妹妹，同時，也是我意想不到的。

我帶著微笑向她們點點頭。

「這就是陳哥哥！」翠玉先向她說，同時也替我介紹：「這是我的大妹淑雲！」

這時候，我眞是感到有點兒「那個」。

今年二十二歲的我，竟然作起兩個大女孩子的哥哥。不想還可，一想到這些事，霎時就感到茫然失措，而改變了原先歡笑的心情。陡然，我又覺得有點失態，我應該莊重一點了！

我隨著她們的後面，離開了小花園，就向北朝著建國路走，我聽到她們好像在吵嘴，她大妹硬是要翠玉一同去豐中戲院看電影，翠玉卻叫她獨個兒去，我眞是丈二和尚摸不著頭腦，不知道她們到底是怎麼一回事。

一直走到物資局辦事處門前時，她倆停了下來，翠玉回過來走近問我，要不要一塊兒去看電影，我的確左右爲難，要是爲了她大妹，應該去；要是爲了跟翠玉談話，還是不去好，無可奈何，我只苦笑了一下，沒法子回答她。

翠玉看我這情形，似乎心裏有數，她把她大妹拉開，說了幾句話，她大妹就匆匆地走了。

我和翠玉不約而同的，又朝向北走，然後拐到南京路，稀疏的路燈，和零落的住戶，在那較烏黑的地方，正是適於我們談話的去處。

「這樣好意思嗎？」我先開腔：「讓妳大妹一個人去看電影。」

「不要緊！她會去找她朋友的。」翠玉好像在擺出大姊的架子。

「但是，對於我這位哥哥，第一次就給她不好印象了。」

「我大妹有點任性。」她沉思了一下：「不過，我已經都告訴過我那些妹妹，關於你，我要她們尊敬你，像一位眞正的哥哥，她們很希望有一位好哥哥呢！」

「像我？」

「嗯！」

「那我以後，就得努力做一個像樣的哥哥啦！」我輕快的說。

「所以，妳大妹先要鑑定我一下，看合格不合格嗎？」我接著問。

「不！今晚，是我要她陪我出來的，因爲最近父親管得很嚴，晚上不許獨自出外，而且十點鐘以前就得回家，否則準挨罵。」

「因此，妳就藉口跟大妹出去看電影，而來會我。」

「是呀！」

「呵！眞是用心良苦。」我慨然地說。

我們依靠在一棵大樹下，由於光線微暗，我們都面對著談，不怎麼感到怕羞，因爲除了看到對方面龐的輪廓外，看不清別的。

我們談了幾句，就沉默下來，兩個星期來，鬱積著的心聲，一時想不到如何傾訴，彷彿一部二十四史不知從何談起。

我想，也許在這種情況之下，只有沉默才是世界上最美麗的語言，它象徵著一種「無聲的美」「靈犀一點通」的情調。

偶爾，一些來往汽車的燈光，刺目的照著我們，雖然很快地閃過去，但很令我們感到窘迫，我心裡眞要咒罵，那些開車的故意搗蛋。

「我們邊走邊談好嗎？」她突然開口說。

「好！」我也眞想換個別的地方。

「我很高興！」走了沒幾步，她說。

「爲什麼？」我心裡暗想，莫非又是跟我在一起而感到快樂。

「我外祖母的病況好轉了！」

「唔！」接著我聯想起她家裡的祖母：「妳的祖母呢？」

「她住在臺南開醫院的三叔家，有時候也來我家，她非常疼我，很懂得人情世故，可是，可是，……」她沉默了一下：「她有點怕我父親！」

「噢！妳父親很兇？」我有點驚奇。

「不是兇，就好像是很嚴厲的樣子。」

「這就是妳不願呆在家裏的原因？」

「似乎有一點兒，但我不承認這樣說。」

那是我料想得到的，果然，從翠玉的口中，我得知她的父親不是很隨便的人，我沉思了一下，我是不能破壞人家父女骨肉之情的，於是我帶著安慰的語氣說：

「不過，當父親的總該有點尊嚴，才像樣哪！」

「……」她不作聲。

接著我又說下去：「俗語說嚴父慈母，妳懂得那意思嗎？」

「嗯！我懂得。」她說著看了我一下：「其實，他很好哪！以前，我還在學校唸書時，好多同學都對我說，要給我父親做女兒，她們都說我父親很英俊，而且有一種君子氣概。」

「後來呢？」我問。

「她們是說著玩的！」她笑了一下。

「有父親的人，總比沒有的好。」我望著蒼穹憮然地說。

「你想起你父親？」

「嗯！」我對於父親的面貌是模糊不清的，但我有一張他在新買的漁船旁邊拍的一張「紀念照」：他有著堅毅不怕苦的神情，象徵著一位優秀的船長，每當我想起他，眼淚便不禁會流出。

不知不覺，走到了旱溪街，我向翠玉示意跟我走。以前，我曾當過一段時期的外務員，對於臺中的市區相當熟悉，我知道在旱溪附近有不少幽靜的地方可以傾談的。

走到平交道時，迎面正有一羣男女小孩，攜著手笑嘻嘻的跑過來，那天眞活潑的歡笑聲，陣陣地緊扣著我底心房：要是，我也能夠和翠玉愉快的拉著手，那多麼有意思！

微微吹拂的晚風，送來香氣濃馥的花香，那像是甜甜的花蜜，在吸引著我這貪饞的蜂兒。翠玉似乎也已聞到撲鼻的香氣，而加快步子走過來，我看她的模樣兒，儼然是在春天裏一隻快樂翩然飛舞的蝴蝶似的。

我們興奮的向飄蕩著花香的地方——離平交道不遠的一家花園走去。

從前，我曾聞說這家花園的花，是大量供給臺中各市場賣花攤的，所以栽植的花種相當多。花園的外圍，是用低矮的籬笆圍住的，雖然摘不到花，但從軌道與花園之間的小路上，很清楚的可以看到園內各種各色的花兒。

在月光普照之下，每一朵花兒，都像是在原色上粉飾了另一種顏色，一片雜然的色彩，顯得異常美麗。

首先聞到的是夜來香，接著我指出那是茉莉花，那是玫瑰花，可惜，我懂得的花太少了，單能指出那兩三種，我後悔平日怎不多留意花名哪，這一下可要被翠玉笑了。

「我也差不多！」翠玉看到我茫然無措的情形，不禁笑了起來，而表示她也跟我一樣。

「妳愛花嗎？」我問。

「女人可以說都喜歡花的，而我最愛的是玫瑰花。」

「爲什麼？」我心裡暗想，難道是因爲玫瑰有刺，而引喻可以防備男人。

「我認爲玫瑰最美，它的遲遲開放，而發出溫靜的芳香，正象徵著有一股優雅溫靜的柔情。」她注視著幾叢近旁的玫瑰花說。

「那也正表現了妳的個性？」

「……」她微笑著不答。

坡上的鋼軌，發出微微的響聲，由小而大，拉長的一聲「嘟！……」接著，一列柴油車閃電似地疾駛而過。

良久，我說：「在車上的旅客，要是看到我們，不知作何感想?」

「散步的人！」她答。

她的口氣有點冷漠，我心裡想，在郊野裡的一對男女，能夠說是在散步?啊！對了，我們不是依偎著，也沒有拉著手，彼此都保持著一點距離，於是，我故意在惱著氣說：

「再走吧！散散步嘛！」

她慍然的不回答，就跟著我朝著北走。

「怎麼?翠玉，妳不高興了?」走了一段，我忍不住沉默的氣氛，先打開僵局。

也許，我叫了她的名字，而顯得較親切的樣子，她咧開了緊閉著一時的嘴唇帶著笑聲：「你這個人，眞是好氣又好笑！」

「呵！妳又在生氣了。眞是有點驕傲！」

「眞是有點偏見！」她立刻回我一句。

「得了，得了。」我本能的甘拜下風。

「你這樣子就是正如你所說的，尊敬女性?!」她露著得意的微笑。

我們漫步地走到磚瓦廠，再走去的路，窄小又崎嶇很難走，而且一片是靜黝黝的，有點令人感到不安，於是，我們掉轉頭走回去。

我發現翠玉，不時的怏怏地吁嚅著。我問：「妳有什麼心事？」

「喲！你這人好厲害。」她呶著嘴說。

「跟妳相處較熟了，當然會清楚嘛！」

「唉！這問題比算代數還難，我還是不告訴你好。」

「既然，妳不能說出，那麼讓我告訴妳，我的猜想。」說罷，我望了她一眼，她也正側過頭來，接著我說：「妳擔憂妳父親，不讓我們做朋友。」

「唉！就是嘛。」她苦嘆了一句，咬弄著指頭徐徐地說：「我很想告訴他，讓我們做朋友，過年過節，你都能到我家來，分享一點天倫之樂。可是……可是，每當我看到他，我就失去勇氣，反而害怕起來。」

「都是我不好，害了妳這樣操心。」我說。

「也不是，我願意跟你做朋友的，我實在有點埋怨父親，不體貼我們女的，我眞妬嫉我弟弟。」她表現得矛盾的樣子。

「妳弟弟還小，父親當然要更加照顧他。」我沉思了一下：「而且，羅馬城不是一天造成的呀！慢慢的，以後趁妳父親心緒好的時候，才跟他講。」

「在我們母女的看法，我父親比羅馬皇帝更厲害也更偉大！」她有點激動的說。

「但願妳有柏拉圖的頭腦！」

「你這像是莎士比亞的聲音？」她吃吃地笑著。

我敏捷的運用著腦子裡積累的知識：「我敬慕智慧的所羅門王，我認為智慧塑造一個人的命運。」

「你很達觀！」她說。

「不達觀怎麼行！天下事十之八九不如意，難道妳是悲觀的人？」

「我對很多事，常抱著悲觀。以前，同學們都給我起了個綽號——林黛玉。」

「也許，從『悲』裡頭，可以體會出『樂』來，那算是一門哲學呢！」

於是，我們發出會心的笑聲。原先，那種悶著氣操慮的心情，頓時，晴朗開來。

「談起話來，我總敵不過你，你有資格當我的哥哥！」

「但願如此！」我說。

她仰視著天空，嘴角掛著絲絲的微笑：「你給了我很大的信心，無論對於任何一件事，使我幾乎可以看到我的前程，很美麗的——幸福美滿！」

我看到她快樂的表情，一顆心也正像此刻又走到這家花園，所看到的是那些美麗的花兒，嗅到的是無比芳香的氣息，感到無比的興奮。

經過旱溪街然後走回南京路，我們沿著路旁的排水溝走，時間的列車也跟著走，我看了錶已快到十點鐘了。

翠玉停住腳步，靠近一棵鳳凰樹，用溫柔的語氣說：「以後，我可以用電話向你祝福晚安嗎？」

「……」一時我怔住了。

「怎麼？」她問。

「打長途電話？」

「嗯！」

「那太麻煩了，又浪費錢。」

「沒關係，我家的電話，立即能接通的。」

「要是被妳父親知道哪？」

「他不在家，我才打呀！」她帶著淘氣的口吻說。

「大約在什麼時間？」我盤算著好在晚上到會計課裡等候。

「八點到八點半之間。」

「請千萬不要掛到值夜室去，打到我會計課來好了。」

接著我又問：「幾天打一次？」

「不一定，反正想打就打。」

我覺得她這種說法，委實是小姐作風，然而，也非常天真可愛。

「我要向妳道晚安，直到天明。」我滿是喜悅的說。

「眞是學起莎士比亞來了！」她笑著說。

我們便在充滿著歡笑聲，與心靈互相共鳴的感覺之中，愉快地離開。

第二天晚上，我早早的就到會計課來，這對我，不算是稀罕的。以前，我就常有這個習慣。坐在舒適的旋轉椅上，伏在乾淨俐落的辦公桌上，看書或寫起稿子來，總比在那稍嫌簡陋與窄小的臥房裡好得多。

值夜室在樓下，我想縱使是張士賢或郭金德值班也無妨，他們在底下，是聽不到我與翠玉通電話的。

八點過了一刻，比我所預料的稍微遲了些，果然電話鈴聲響了，這是C鎭電信局通知有外埠電話的。

一會兒，鈴聲又響，第一響還沒完了，我就已拿起聽筒，這樣可以避免他們樓下值班的人知道，我在會計課裡談起「情話」。

「喂！志淸嗎？我是翠玉，你在作什麼？」對方說。

「嗯！我在看中英對照的《雙城記》。」我答。

「這是一個黑暗的時代，也是一個光明的時代。」接著是嘻嘻的一陣笑聲「好了，再見！」

我也道了聲再見，立卽電話就切斷了。

從此，我常盼望著，從電話帶給我解除寂寞的聲音，那好比是史特勞斯優美的「春之聲」一樣，令我感到異常的快慰。

而我最期待的，是她父親允許她跟我做朋友的好消息。

可是，一個月來，我們通了不少次長途電話與信件，和有過幾次會面，她卻沒再提起要向她父親請求的事。總談些她弟妹間的趣事，或寫作以及自己以前的故事。

雖然，我很急切能得到她父親的反應，如何做法卻茫然得很，我既沒有錢財，又沒有社會地位，缺少這兩樣，在這現實之金錢勢利的世界……唉！我眞不敢再想下去。

有時，我都要抱怨造物者的不公平，讓人間有貧與富的差別。但是，要是父親沒有遭遇到不幸，說不定，今天我的家庭會是多麼美滿！而又多麼富裕！父親當起擁有不少漁船的老板，我就是個大少爺了！多麼令人刮目相看呵！

對命運的怨嘆，眞是使人煩惱！傷心之餘，智慧都要屈服在現實之下。人世間，眞正無憂無慮的人，也許，只有童稚的小孩子享有這種特權吧！或者，人一到成年，不是愛情，就是事業，上帝總照顧不了這熙熙攘攘芸芸的衆生，魔鬼往往會乘隙而入。

當我理智冷靜的時候，我也能想起羅曼羅蘭的名言：「在你要戰勝外來的敵人之前，先得戰勝你內在的敵人。」於是，我就又充滿著無比的信心，來支撐剛剛啓幕的情感人生。

王美惠，偶爾也常到我們會計課來聊天，她依舊是一個很討好的女孩子，對會計課裡的幾位同事，照樣有說有笑，對我，顯然表現得較冷漠些，這是有原因的。

聽阿秀姊講，一個在鎮公所當戶籍員的何姓青年，早已傾心於「白蘭公主」，最近，兩人常一塊兒到臺中玩，我想，那是很可能，自從那一次在小夜曲咖啡室發生不愉快後，她就開始跟我逐漸疏遠。張士賢他們也可能已知道王美惠有了對象，一個多月來，很少再對我提起她。

我倒覺得這樣很好，免得我分了心，想到翠玉，又想到王美惠。最好還能夠順利地「凱撒的歸凱撒」，王美惠歸那個姓何的人，翠玉歸我。

11

沒有天才，只依賴著一股的熱愛，寫作已逐漸成爲我生活裏重要的一部分。就是沉浸在感情的波浪裏，我也沒忘了寫作。

一篇散文〈海戀〉，很幸運的被一家文藝雜誌錄用，那是描寫一個曾經住在海濱的孩子，對海的憧憬、眷戀。發表後，我寄了一本刊載那篇文章的雜誌給翠玉。

兩天後，收到她的來信：

……，我握著這枝藍色的鋼筆，許久、許久不知該從何處寫起才好。因為興奮的情緒正激動著我。

此刻，雖已是將近傍晚時分，然而，長空還是那樣的藍；也許，上天有意使我觸景生情吧！

拜讀您的大作〈海戀〉後，一種奇妙的感情驅使我微笑的仰視那有如藍海的蒼穹，對海，我也懷有無限的憧憬。

剛才，我媽給我兩枚從海中撿來的貝殼，一枚是淡黃色的，另一枚是橙色的。我将它們拿近鼻孔，我聞到一股海的氣味。我将臉頰貼在它們冰冷潤滑的身上，有一種莫名的快感透過我的心頭。我想，以後我若能住在海邊，在黃昏時，沿著沙灘拾著各類美麗的貝殼，那該多麼富有情趣，……

我是一個愛海的孩子，從小就呼吸著海的氣息，心靈上洶湧著海的生命，海便在我的心底裏譜寫出美麗的詩章：「海，我愛！我愛妳！」。如今，不單是我獨自孤零的欣賞著海、嚮往著海的生命；同時，也增加了一位愛海的同好者，我不再寂寞了。當佇立在海濱，面對著那浩瀚的碧波，沉醉在日出時瑰麗奇詭的變幻美景，與享受月夜裏安寧靜謐的景色時，將有另外的一位跟隨著我讚嘆謳歌，想到這裏，我不禁沾沾自喜了！

這一天晚上，我「例行公事」，吃過晚飯後，便到會計課，一面看書一面等候著翠玉的電話。鎮上的那家電影院，今晚放映的是一部歷史名片「木馬屠城記」，以前，我已經在臺中看過了。但是，戲院用了一部三輪車，裝著麥克風，來來去去的在横街上大爲宣傳：傾國傾城的海倫、獷勇的阿且里斯、聰明的優來賽斯，木馬藏兵攻落特洛城……很多很多精彩的鏡頭，在我腦子裏晃盪，荷馬的《依里亞特》，多麼有力的吸引著我，再看一遍的意念油然而生。

八點半過了，翠玉還沒有電話來，我想，或許不會打來了，因爲下午才收到信。

今晚值班的是張士賢，當我經過值夜室時，我告訴他，因爲「木馬屠城記」片子長，可能十一點半才能回來。

看罷電影回到公司，阿雄爲我開門，張士賢正睡得很甜，我便逕自回到宿舍去。

第二天早上，起床的時間較平常遲些，因爲昨夜晚睡的關係，到辦公室時，張士賢與郭金德已比我早到，他們正在竊竊私語。他們看到我來，立卽展露著微笑——張士賢笑得像湯尼寇蒂斯，郭金德像克拉克蓋博，他們有兩個明星特有的笑容。

驀然，我本能的察覺這情景有點異樣。

「喲！小陳什麼時候交了密斯？」張士賢先開腔了。

「什麼？」我假裝不知道。

「送蛋糕的呀！」蓋博在旁邊揷了一句。

「打長途電話的呀！」張士賢又加上一句。

他們兩人的話，頓時，使我還帶有點睡意的腦子，猛醒過來。

「怎麼？你……你們兩位都……都知道了？」我支支吾吾地說。

「那一天晚上送蛋糕的小姐，原來就是你的密斯。但是，你卻騙我，說是在臺中開布店的一個朋友的太太！嘻！嘻！眞有意思。」郭金德說著還做了一個鬼臉。

張士賢又附和著說：「昨天晚上打電話來的，也是那個開布店的太太?!」

一時，他們兩人的取笑聲，使得我茫無所措，我默然地彷彿一個在暴風雨中被吹倒的人。

「難怪你不喜歡那個『白蘭』的，我想她一定很 beautiful！」張士賢說。

我突然急中生智來一個緩兵之計：「請言下留情，中午休息時間，我再告訴你們。」我這樣請求他們，免得再講下去，被其他的同事知道，尤其是那個好講是非長舌婦的阿秀姊。

於是，這事就暫且擱置下來，我猜想一定是昨晚翠玉打電話來，由於我貪看一場電影，而被張士賢接聽到的。我計畫著如何給她去信解釋：第一、她沒守時間。第二，同一天既然有了來信，就不會再打電話來，一個多月來的情形都是這樣，我沒失錯的；至於，被兩位好同事知道，也沒多大關係，反正現在是男女社交公開的時代，用不著顧忌什麼，要是他們兩位看了翠玉的面貌，一定會讚嘆不已，那也是我的一份光榮呀！

好容易挨到中午，我必須告訴他們兩位，關於和翠玉做朋友的經過，吐出了這口氣，就用不著每天的提心弔膽，說不定還會得到好友的鼓勵與幫助。

在宿舍裏，當著兩位摯友的面前，我一五一十和盤托出，一點都沒有隱諱，他們聽得蠻出神的樣子。

「眞不錯，這不正是合乎你的口味？」張士賢說。

「我的口味？」

「是嘛？給你介紹的你不要，你常說喜歡自己在偶然中認識的，也許，這才夠羅曼蒂克！長得怎麼樣？」張士賢大聲地說。

郭金德露著蓋博特有的笑容：「小陳，得介紹一下了。」

我擺擺頭，不作答。我說出了眞情，但一時，看不出友好的反應，光那幾句話，就深深刺傷了我的心，我想，我內心的苦衷，他們是體會不出的。

有人說：「朋友是第二的我。」有困難，朋友互相安慰幫忙解決；有快樂與榮譽時，大家共同分享，我常對著拜倫與雪萊知心之交，感到無比的敬仰與羨慕。

一年多以來，張士賢和郭金德，我們從同事開始，如今夠稱得上是「莫逆之交」了，他們不但給予我工作上的協助，更溫暖了我的孤寂，使我獲得珍貴的友情。我想，他們也能夠在愛情上給我鼓舞的。

感情是雙方面的，我很淸楚自己，但就不曉得翠玉是如何想法，也許，她眞的只是要跟我做兄妹，那也說不定的，因此，我不能毅然向摯友斷定，翠玉就是我的「女朋友」。

我沉思了片刻之後，蹙著眉頭表示我的回答。

「感情還沒成熟嗎？」張士賢打趣的說。

隨卽郭金德又來一句：「再培養一下吧！」

他們這樣充滿著情趣的話兒，逗得我哭笑不得。

「張大哥，到底昨晚她是什麼時候打電話來的？」我問。

「昨晚你剛走了沒一刻鐘，忽然會計課裏的電話響了起來，我就上樓去接，原來是一個女的要找你，我還以爲是王美惠呢！」張士賢繪聲繪影地答。

「有什麼交代？」我再問。

「沒有！一聽到不是你的聲音，就掛斷了。」

下午辦公時間，已在催促我們，臨走前我一再要求他們，不要讓旁人知道這事，暫時守個秘密總是好的。

很意外的，快下班了，翠玉寄來一封限時信，叫我晚上到臺中去一趟。突然，一道陰影籠罩著我底心靈，一個不吉祥的預兆掠過腦際。

今晚，她約我在臺中糖廠中山堂會面。從火車站前下車後，繞過建國路，拐到八德街，再經過平交道，然後從糖廠大門走進去，這一段路程是不算短的。

一陣驟雨過後，柏油路上發出一股股悶熱令人難耐的蒸氣，這一段路燈光稀疏，加之天上沒有月亮，也沒有星星，行人又少，對於我這白天已工作疲累的人，情感的煩惱和肉體的痛苦卻不斷地襲擊著我，這氣氛使我覺得今晚似乎是赴一個「死亡的約會」。

我忐忑地走進糖廠大門，守門的警察看了我一眼，也許，我內心的緊張與不安，使得我的舉止引起他的注意。於是，走了幾步之後，我裝得輕快的樣子吹起「桂河大橋」的口哨來。然後，我再偷偷回頭去看那個警察是否還在注意我。就在這時候，一個騎著車子的女人，很快地正從大門口進來，霎時從我身邊疾馳過去，定睛一看，原來是翠玉，我剛想喊她，車子已經拐到右邊去了。等到我也拐到右邊走到中山堂門前時，她已下了車停在一棵棕櫚樹下。

在昏黃的路燈微弱的照射下，我看到她臉面罩著一層輕愁的樣子，也好像有點憤怒的表情，——她那樣兒是我從沒看過的，與以前每次的約會，那種熱騰騰的心緒比起來，一股冰冷的感覺，像隙間風一樣鑽進了我的心房。

我暗想：壞的開始是失敗的一半，無論如何我都要遷就她，不要錯怪她不守時間打電話，或埋怨她讓我孤獨疲倦地走了這一段冤枉路，儘量挽回僵局。

她推著車子，走到中山堂旁側一排棕櫚樹下，放好車子，就坐在一條木椅上，我跟著也走過去坐在她的旁邊。我故意輕輕的咳嗽一聲，想看看她的反應，但她好像在等著我先開口，一時，我們相對無言。

「這個地方妳好像很熟悉的樣子！」終於，我打破了沉默。

「當然呵！以前，就常常跟男朋友來過了。」她緩慢地幾乎是一個字一個字的說出來。

她這話有如晴空霹靂，使我異常吃驚：「怎麼？妳已交過男朋友？」

「交了又怎麼樣？」她毫不在乎的說。

「妳不是對我說過，沒有交過男朋友嗎？」我記起她幾次跟我提過在信中也寫過。

「人嘛，多少總得保守一點秘密哪！」她停頓了一下，接著說：「我老實告訴你好了！我已經有兩個男朋友：一個是去年在師大國文系畢業現在在中學敎書的賴先生，另一個是在給我大妹補習的林先生，他在農學院念書的。」

她這些話，像一枝枝尖針，深深地刺進我底心窩——我受騙了，一片純潔的眞情付之水流，我不禁強忍著淚水往肚裏呑，強顏著說：

「妳！妳今晚叫我來，就是要……要告訴我這些話？」

「喲！你眞吃起醋來了嗎？」她聽到我變了樣的聲音，卻反而笑了起來。

在黝暗中，我看到她拿出了一條手帕，但又退縮下去：「流眼淚了嗎？我這裏有手帕，拿去擦擦吧！」

「我需要嗎？」我仍強自振作。

她沉思了一下：「不要難過了，志淸，我不過試試你的。」她的語氣顯得較親切起來而帶有安慰。

「妳欺騙我？」我激動得提高了聲音。

「是的，我在騙你，剛才說的都是假的哪！」

「假的？那妳眞會撒謊！」我聽到她說剛才的話是在騙我，立卽我就轉悲爲喜了。

「不過，人是眞的有，友誼卻是假的！」她似乎正經地說。

「那是什麼意思？」我問。

「賴先生，是我一位同學的哥哥，他以前在師大時，就常通信指導我寫作，他對國文很有研究，可是我……我見了他之後，就不喜歡他了。」

「人長得不帥？」

「噢！不！我說不出那種感覺。」她說罷擺擺頭。

「那麼，那位林先生呢？」我緊接著又問。

「人家已經有未婚妻了！」

「訂了婚，還可以解約呀！」我說。

「我根本也不喜歡他。」

我搔著頭皮，感到很難瞭解，既然不喜歡他們，她爲何原先要說那些令我不高興的話，於是，我又問：「既然，那兩人不是妳喜歡的，爲什麼故意說得那麼親密的樣子？」

「呵！你眞是吃醋了！志清。」她調皮而親切的說。

我倒有點不好意思的：「不是吃醋，是吃驚！」

「哼！我昨晚就吃夠了你的驚！」她在對我反擊。

「什麼？」我有點茫然。

她收斂了笑容：「想不到，你這位陳哥哥，居然會是一位花言巧語的人。」

「妳！妳這話是什麼意思？」我焦灼的問。

「還那麼假正經的，哼！」她瞪了我一眼：「王小姐是誰？」

我愕然的回答：「是一個朋友！」

「什麼朋友？」她有點厲聲的問。

「她就是在我公司斜對面那家百貨店老板的女兒。」我屈服在她的憤怒之下，而乖乖的說出來。

「認識多久了？」她又問。

「將近一年，但是前四、五個月才比較熟。」

「現在呢？」

「聽說有一位在鎮公所當戶籍員姓何的，跟她很親密。」

翠玉的語氣緩和下來：「你喜歡她嗎？」

「一點也不喜歡。」我回答得很乾脆。我心裏暗想，跟翠玉認識到現在還不夠四個月，但直升的感情，是超過王美惠幾千幾萬倍的。

當我擡起頭仰視著天空時，不知什麼時候，月亮、星星都已經出來，傍晚時，那一片片鉛灰色的雲，都消逝了。

細長的棕櫚樹葉枝，隨著輕微的晚風，輕輕地搖曳，那晃盪的影子，罩在我們身上。翠玉穿著白上衣與印有很多圖案的花裙，在我看來，從樹縫間所瀉下的月光，交雜著葉影，她彷彿就是一個在旋轉彩色的照明燈照耀之下，在舞臺上表演的角色一般的豐姿美麗。

「美」使人心花怒放，適才我那受屈得差一點流出淚的尷尬情景，剎時，被掩抹掉了。

她望了我片刻之後，溫和地說：「可是，你怎不早告訴我？」

「我認爲她與我們無關嘛！」我爽朗的回答。

「無關？你昨晚是不是同她出去？」

「沒有！」我堅決的說，深深的看了她一眼。

「唉！天下烏鴉一般黑，男人總是這樣！」

「怎麼樣？」

「好惹花拈草！」她的口氣好像很肯定。

「我昨晚是獨自去看電影的！」我辯解的說。

「那麼你們男人是不是以爲多交幾個女的，好可以從中選擇呢？」

「別人我不曉得，但是，我從來沒有那麼想過！」我一面回答她，一面卻感到好笑起來，她「不打自招」在承認她是我的「女朋友」了！

「妳也已經交了賴先生和林先生，那麼請問妳選擇那一個？」我故意在挑逗她，雖然我不清楚那兩個男人與翠玉的認識程度究竟如何。

「唉！眞要把我氣死，還是不談這個好了，我根本和他們沒有感情呀！」

「有感情的話，我這個哥哥，就得有喜酒喝了！」我又再一次的逗她。

她用手撫撫額部，咬咬嘴唇：「我投降了，請你不要再說下去！」

我想，非逗得她哭出來，我眞有點不甘休。但看到她好像受了委屈哀求的樣子，我也不便再爲難她，反正，起初我就已打算無論如何，今晚都要遷就她的。

「好了！好了！我不再講。但是，妳得回答我，爲什麼今晚妳要告訴我姓賴的和姓林的事。」

「給你當頭一棒，算是我的報復。」

「沒有其他的用意？」我又問。

她沉思了一下：「沒有！」然後微笑著說：「還有，讓你運動一下，走一段路。」

我嘆了口氣：「當人家的哥哥眞難！」

「嗯！我也有同樣的感覺，當人家的妹妹也夠苦！」

「我有虐待妳嗎？」

「不是你！」她說著擧起有點失神的眸子望著我：「我媽媽，最近不大喜歡我跟你見面，或通信，還有打電話。」

「爲什麼？」我感到有點意外。

「怕我們相處久了，有感情！」她說完就低下頭。

「她好像是喜歡我的嘛！」我自已暗忖著。

「我媽說，怕父親將來不允許我們做朋友，因爲你的家庭……」翠玉不敢說下去。

「和妳不配……」我接下說。

「但是，無論如何，我都要跟你繼續下去，我對媽說，我的事自己會向父親說的。」

「我怕沒有希望！」

「呵！你沒信心？」

「……」我啞然。

「明年，我希望你能照預定考上大學，將來有一個很好的前途，我父親一定會喜歡你。」

她用明亮的眸子注視著我，當我們的視線接觸在一起時，信心！信心！驟然在我的心底豎起堅強的信念。

我們癡癡地相望著，一陣奇異的心血循環著全身，但我茫無所措不知如何表達這奇異的感覺，也許，時候未到。

感情，是世界上最微妙最難了解，就像昨晚看的「木馬屠城記」，那個提洛城王子巴里斯，爲了佔有絕世佳人海倫，而換來殘酷的戰爭，最後巴里斯在海倫面前被斯巴達人刺死，但他是死也瞑目，爲的是他畢竟得到了海倫的愛。

「你在想什麼？」翠玉的問話，阻斷了我的思路。

「唔！我在想昨晚看的『木馬屠城記』幾個精彩的鏡頭。」

「美麗的海倫？」

「嗯！最後，海倫回到斯巴達，海倫還是一個海倫，不過，她變爲茫然的、沒有喜怒的一個痲木的人了。」

「因爲，她失去了她心愛的人！」翠玉感慨的說。

「愛情！眞是偉大！」我說。

「嗯！愛情……」她欲言又止。

一提到「愛情」，她就不禁感到羞澀起來。

這時候，從中山堂後面，有一道光線慢慢的向我們這邊挪來，是巡邏的警員，我們不便再說，於是，翠玉推著車子，我跟著在她旁邊，向工廠那邊走去。

她很健談地告訴我，她弟妹間許多趣事。我也告訴她那晚接電話的人，是公司的出納張士賢，另外也告訴她，一個面貌笑容很像克拉克蓋博的郭金德，這兩位同事待我如何的好。

經過榨蔗工廠，然後由糖廠後門出去，再走到車站——這一段路相當長。我很想趁機騎她的車子載著她，她就那麼淘氣的說：「我最守交通規則，一輛自行車不准騎兩人。」因此，雖然，有幾次我很想親近她，但都失去機會，那是令我佩服的，她眞的那麼倔強！

搭最後一班客車，回到C鎭，夜已是很深了。

在臺中車站，我是最後一個上車的，因爲前面剛有一個空位我就坐了下來。在C鎭下車，我卻是第一個先下的。

當我下了車，拐向旁邊時，正巧看到王美惠也正跟著一些旅客後面要下車，在她背後一個穿得相當講究的男人，跟她不知談什麼，我想，那男人可能就是鎮公所那個姓何的了。我立即轉過身，邁著大步避過他們的視線，我不知道爲什麼要這樣。

快走到公司門口時，我側過頭看看他們，王美惠已走到她家門口，那個男的在不遠的地方揮著手。

「王美惠，妳害得我今晚吃了不少苦頭！」我眞想這樣的詛罵她一頓——因爲張士賢在電話中，對翠玉說：「妳是密斯王？」而引起的一場風波。

我心裏雖然氣她，但她和那個姓何的男人，親熱的情景，卻不禁激起我的羨慕和嚮往。回到宿舍後，情感的煩惱逐漸糾纏著我。一遍又一遍的回想著翠玉提起的那兩個男人，誰能相信他(她)們之間一點關係都沒有，難道無風會起浪？

也許這是人類的本性，我開始妬嫉那個姓賴的和姓林的人。另外一方面，王美惠給我的刺激，也使我很傷心。我眞沒有想到情場會像戰場一般地陰森陰惡。

…………。

第二天早上醒來時，發現枕邊的被單上被淚水沾濕了一大片。我想，這就是「昨夜夢魂中」的標記吧！情感的折磨，已開始在嚙著我一顆純潔的心。

又到了忙碌的結算工作。六月到八月，是公司營業情形最高的月份，大量夏布的出品，使得批發處門庭若市，跟著會計課一面要按月結算，一面要逐日統計營業情形，忙得連中午幾乎沒有休息的時間，往往要到晚上八九點鐘才能歇息。

翠玉不再打長途電話來了，但我們兩三天就通一封信。每一次去信，我總故意提起那兩個男人；她的來信也離不開王美惠。我多少是相信她那晚說的話——跟他們只是普通友誼，不過，我就不知道我爲什麼要那樣做。

有過幾次，她在信中說，她氣得哭了出來，打算不跟我做朋友了，但她同情我的遭遇，希望我能瞭解她對我是赤誠的。哭！多麼扣人心弦，我雖自信是一個堅強的人，然而，在愛的波折中，我已經不知哭過多少次了。

光說赤誠有什麼用？假若，她能說一句：「我愛你！」那該多好，這樣對於「愛」有一個明確的表示，就可消除一些無謂的煩惱。

12

六、七、八這三個月，工作忙得幾乎不可開交，無形中，我們減少了通信與見面，即使見了面，彼此又鬥著氣，我說她的賴先生林先生，她說我的王小姐，氣氛總弄得烏煙瘴氣的好不快活。

我曾經在一個報刊的婦女家庭欄上看到一篇關於「愛情」的文章，那上面寫說，戀愛中是缺少不了吃醋，吃醋會增加愛情的甜蜜，那麼我跟翠玉這般的醋海興波，是理所當然了！

自從上一次，在七月底鬧翻了以來，已有十七八天沒見面了，雖然彼此都知道在鬥著氣，但是，我卻很渴望能跟她談談話，看看她美麗的容貌，未免不是一件快樂的事。

十四日這一天，由於已經把結算工作結清而顯得較為清閒，又適逢週末，因此，我打算寫封限時信給翠玉，約她晚上見見面。

大約在十點鐘時，樓下看單車的工友匆忙的跑上會計課來，說是底下有人找我。當時，我所猜想的不外是以前在臺中當外務員時認識的一些朋友。

等到我下樓後，會客室裏並沒有人，當跨出大門，才看到在車棚前，一個標緻的女孩子，還帶著一個七八歲年紀的小女孩，一時，我驚喜得忙奔過去。

翠玉在拉著那小女孩的手上擺動了幾下：「淑婉，快叫哥哥！」

「哥……哥！」那小女孩帶著陌生而羞赧的眼光望著我，斷續的叫了一聲。

我不由自主地拉起她另外一隻小手，「小妹！眞可愛。」

翠玉說那是她的四妹。

我怕被人家看到，連忙請她到會客室坐，她卻慢條斯理的說：

「沒多大關係，你是我的哥哥嘛！」

我向她施了個眼色，她才跟著我進去。我暗想，難道一見面就要再吵嘴？

會客室就在大門口進來的右邊，門窗都是透明的玻璃，對面是批發處。經過會客室的人，倒是不少，我覺得在這裏跟翠玉談話，有些不便，被人家看到總有閑話說。要是帶她們到自己的宿舍去，談起話來，雖是方便，可是被那些宿舍的太太們看到，話題必又更多。

最後，我還是安排他們在會客室歇息。

翠玉一直就是笑嘻嘻的，我看到她愉快的表情，內心也跟著興奮起來。

「近來好嗎？」我暫且把鬥氣那件事拋開，客套的問了一句。

「嗯！這兩個多禮拜來，非常快活，我們連那四歲的五妹，組織一個六姊妹會，每週六開會。每個人得交一部分的零用錢，當作我們會的儲蓄金，每個人都要表演一個節目……」翠玉一開口就滔滔不絕的談起來。

對於她那些有關弟妹間的瑣事，我實在不大想聽，我希冀的，倒是她的父親什麼時候會允許我們做朋友，或者就是培養培養彼此的感情。

「妳祖母來了麼？」我截住了她的談話。那是我記起她在信中說過，她祖母要到臺中來的消息，而藉口打斷她那套老是弟弟怎麼樣、妹妹怎麼樣的話兒。

「哦！對啦！她前天下午來了。」翠玉好像突然才想起來似的。接著，她對我微笑著，在我看來，那微笑是極其美麗動人的。彷彿是一幅活的「蒙娜麗莎」(Mona Lisa)——歐洲中古時代文藝復興時，達芬奇的名畫「永恒的微笑」。

「我祖母很高興讓我跟你做朋友，她說她喜歡你的爲人。今天，我是得到她答應，來找你的。」翠玉滿面笑容輕柔地說。

從她滿是愉快的氣氛，我體會出，她底祖母的確是疼愛她的，同時也看重我的。

正當我們談得與高采烈的時候，張士賢一骨碌兒的跑進來，拿著一張紙條：「經理叫你再抄一份報表給董事會。」說罷就遞給我那張紙條，然後裝著有點逗人發笑的樣兒走出去。

我本想介紹一下，不過，他既然沒開口，我也就算了。

我告訴翠玉，剛才進來的那位就是接聽電話的張士賢，她讚美我很幸運有那麼好又那麼知己的朋友。

我們又談了一會兒，她說我不要誤了公事，得趕快抄寫報表；她的四妹也坐得不耐起來，於是，她說打算走了，還沒到五叔家去呢！

當我送她們走出大門口時，翠玉思慮了一下說：

「晚上，我們同到C鎮的戲院看電影，在樓上的一、二、三排左右會面。」

「妳這個會長不回去主持六姊妹會？」我問。

「今晚，特准休會一次。」她有趣的答。

我目送著她們離去，然後回到會計課。批發處的幾位同事早已在課裏跟張士賢他們不知在談些什麼。

阿秀姊首先看到我進來，立即裝著笑臉說：「小陳，那位小姐不錯嘛！怎不請她到會計課來，給大家介紹一下哪？」

這時候大家都露著好奇的眼光看我，我心裏委實有點氣惱，這些人怎麼這樣好管人家的閒事，不過，我只好敷衍的說：

「嗨！別大驚小怪啊，人家不是小姐哪，是一位開布店朋友的太太！」

「喲！那麼年輕就當一個七、八歲孩子的母親？」批發處一個姓徐的同事，立刻還擊。

「那孩子是她的妹妹！」我說。

「誰相信！……」他嘻嘻地笑個不停。

正當我感到忐忑不安時，張士賢爲我解圍：

「對啊！我想起來了，那位太太的丈夫，我也認識的，他們的店舖是在第一市場附近的！」

「我也有點認識！」郭金德也附和說了一句。

於是，他們就半信半疑的停止談論這件事了！

張士賢卻向我提出要求——代理今晚的値班，作爲酬謝他的功勞。

週末了。我也盤算著今晚如何赴翠玉的約會。

到下午三點多鐘，我才把要交給董事會的報表抄好。張士賢他們一夥兒，已準備到臺中歡渡

當太陽逐漸墜入西山時，我站在窗邊，凝視著那夕陽最後的一絲光暉，染滿著天際成一片一片的紅霞不禁興起「夕陽無限好，只是近黃昏」的喟嘆！但對著黑紗逐漸罩著大地的情調，卻感到無比的興奮。夜！多麼神秘，多麼美妙，如今，算我能體會到夜的可愛了。

我買了些鳳梨酥，把一部分給阿雄，當做我對他的賄賂，吩咐他不要隨便走開値夜室，有人找我就說有事出去一下，要緊的事才到戲院找我。

一些好友以及較熟悉的同事，都去臺中玩了，我用不著多大的操心，怕被人看到與一位小姐約會。

當我走到戲院樓上時，一眼就看到翠玉，彷彿萬綠叢中一點紅，在那些觀衆之中，她是最動

人的。

她還帶著她四妹在啃著瓜子，我很快的就走上去，坐在她四妹的旁邊，隨卽那可愛的小嘴說：「哥哥！請你吃瓜子。」說著就遞給我一包。我也掏出鳳梨酥給她，一時，大家吃著瓜子和鳳梨酥，驟然，我感到一陣無比的喜悅，這個情景太美、太可愛了。

放映的電影，是一部由法蘭克辛那屈與秀蘭麥克琳主演的文藝片「魂斷情天」，電影才開映不久，小妹就呼呼入睡了。我與翠玉並沒有交談很多話，我是遵從她的希望——在公共場所儘量少談話。

電影中當牧師主持秀蘭麥克琳的葬禮時，他讀著聖經中的一段：「耶和華是我的牧者，我必不致缺乏。祂使我躺臥在青草地上，領我在可安歇的水邊，祂使我的靈魂甦醒，爲自己的名引導我走義路。我雖然行過死蔭的幽谷，也不怕遭害，因爲你與我同在。你的杖，你的竿，都在安慰我。在我敵人面前，你爲我擺設筵席。你用油膏了我的頭，使我的福杯滿溢。……」銀幕上那悽哀的鏡頭，非常動人心腑的，這時我窺了翠玉一眼，她正淚噙眼眶。

散場後，她說有話跟我談，叫我到她五叔家門外等。

她先把小妹妹帶回去，很快的就出來。

我們沿著她五叔家門前的信義街信步走下去，一直走到不遠的田野，然後在一棵榕樹下停步，她坐在一些起伏的樹根上，也叫我坐在她的旁邊。

我有些不安的問：「妳五叔不在家嗎？」

「他去臺中，可能半夜才會回來。」她滿是快意的說。

「今晚，我們要談什麼？」

「剛才，那部電影你認為怎樣？」

「很動人！」我沉思了一下：「一個男人能獲得那麼傾心、甚至犧牲自己的生命去愛護他的那種女人，實在太難能可貴了！」

「這片子以前在臺中我已看過，連今晚算來是兩次了，我就是覺得這片子眞好，所以陪你再看一次。」她攏了一下給晚風吹亂的頭髮，又說下去：「假使我愛上了一個男人，我必定像那女主角一樣，比愛自己更加倍去愛護他。」

「萬一妳也為妳的男人，而喪失了生命時，我也必為妳讚頌祈禱：『耶和華是妳的牧者，妳必不致缺乏。祂使妳躺臥在青草地上，領妳在可安歇的水邊。祂使妳……』。」

「志淸，請你不要講那一句，我會難過的。」翠玉提高聲音帶著愴然的語氣打斷了我的話。

「好！好！那麼，能得到妳的愛的男人是幸福的。」

「………」她有點羞赧起來。

我望了望腕上的錶，快十點了，我想該是翠玉回去的時間，我也得趕緊回公司去值班。於是，我立起身……「還有什麼要談的嗎？」

「忙什麼，這又不在臺中，五叔又不在，晚點回去沒關係。」她好像有點留戀這個幽靜的地方。

我想了一下，值班是光在那兒睡覺，根本沒什麼事的，況且這種一刻值千金的寶貴機會，豈能讓它失去？考慮的結果，我還是跟她再培養感情，才有意思！

「妳看電影常會落淚嗎？」我一邊坐下一邊繼續再談。

「那裏會常流淚！只是偶爾看到較悲愴的鏡頭，才會哪！」她停頓了一會兒：「難道你們男人就不會？」

「哦！我想凡是有感情的人都會。」

「那麼，今晚看『魂斷情天』你有流出淚水嗎？」

「有一點點，但那不是同情的悲哀，而是敬仰。」

她彷彿有所不解的問：「爲什麼？」

「一個女人爲愛護她的男人而死，對於男人來講，那是值得令人尊敬的。」我頭頭是道的答。

忽然，我記起以前看「雙城記」的情景：「看『雙城記』時，我曾經流了悲傷的眼淚！」

翠玉望了我一下：「但我覺得那片子，並不見得有何令人太傷感的地方，不過，我願聽你說。」

「男主角薛特尼‧卡爾登，一個善良的人，在臨死片刻之前，世界上沒有一個人爲他而哭泣，難道這不值得令人同情？何況，他又是替人家死的呀！」

「嗯！」她凝神的聽我說。

我又繼續講下去：「然而，大智若愚的卡爾登，在他本沒有價值的生命最後僅存的一息間，他卻感到自己的生命是有價值了，雖然，他死於大動亂的時代，但永遠活在愛人的心裏。」

「嘿！表演得眞精彩。」翠玉輕輕地拍著手：「以後，若是我要拍一部『雙城記』，一定請你當主角。」

「那麼妳就當女主角！」我趁著機會說。

「不！我要扮演那個管家的女兒。在臨刑之前，讓我拉著你的手，只要跟你在一起，什麼也不想，什麼也不怕。」

「那妳的表情，應該是：在沒有怨恨的眼睛中，有不少的痛苦充滿著滿眶的眼淚，小小的櫻唇顫動著。」

……………

我們就這樣陶醉在和諧而歡悅的氣氛裏。

最後，我說：「卡爾登的愛，是一種浩然之氣，那象徵了人生的光明面，因爲他肯爲愛犧牲一切，抹棄否定了世俗所謂：男女之間的愛，只有自私與佔有。」

「可是，我認為『愛』應該是自私與佔有的。」

「妳的看法是這樣?!」

「嗯！假設我是愛你的話，我就不讓那個王小姐或別的女人愛你。」她有些激動地說。

聽她那大膽的話，我靈機一動：「在文法裏假設法是有可能與不可能的分別。妳說的假設，是屬於那一種？」

她皺皺眉頭：「你這個人眞怪，老是要問比代數還難的問題。」

翠玉始終就是那麼的倔強靈敏，每當我提起彼此的感情，她都極力迴避，不知要等到什麼時候才可表露心意，眞是茫然無涯！

「妳今天為什麼要帶小妹來？」我只好轉變話題。

「給你叫聲哥哥不好嗎？我打算以後，把幾個弟妹都介紹跟你見面，然後母親、祖母，最後父親。」

「一個遠大的計畫！」

「所以，我說當人家的妹妹，眞夠苦！」

她這一番話，一句一句對我來說，恍如是一位仙女在散播著人間罕聞到的美麗聲音，那親切的語調、純眞的心願，使我想起不久以前，在一本雜誌上看到一幅「少女的祈禱」的畫像。岨時，我被她的虔誠感化，而慚愧有時故意狡猾的挑逗她。

「我瞭解妳的苦衷。」我凝眸注視著她：「而且，永遠尊敬妳。」

也許，由於我的口氣突然轉變，而使得她茫然起來，良久都沒再開口。

我也一直在屏息著氣，在男女交談這方面，委實貧乏得可憐，即搜盡枯腸，下一個步驟該如何？設使我們是在演「雙城記」，我是男主角卡爾登，她是管家的女兒瑪利，最後她是要依偎著我，撫拉著我的手的。

我們面面相覷，良久，卻不禁笑了起來。

「你笑的時候很好看，尤其是你的嘴，我很欣賞。」她說著還用手，指指我的嘴。

「妳也很美！」隨即我也讚美她。

當人們沉浸在快樂的境域時，時光卻好像總覺得消逝得特別快。我們再談了片刻，已是十二點了，我有些躭心，翠玉這樣晚回去，不是她五叔，就是她五叔母也會懷疑發問，我一再催她，於是，才沿著原路走回去。快到她五叔家時，我問她明天星期日作何打算，她說明天一早就必須帶小妹回去，出來太久，父母會放心不下的。

臨別時，我問她還有什麼話要說，她說：我們的話總是談不完的，留些以後再談。

當我懷著歡愉的心情，由信義街拐向橫街時，突然後面叫了一聲：「喂！站住。」下意識裏我想會是遇到賊嗎？在這樣深夜，聽到那種嚴厲而嚇人的話，未免有三分的驚慌，我猜想可能是要勒索「戀愛稅」的吧！不過，我盡力抑壓著內心的驚訝，拿定主意沉著地應付來勢。我掉轉頭往後一看，不禁頭昏腦脹起來。

一個中年男人騎著腳踏車很快地到我身旁下了車：「你在跟誰講話？」聲音裏帶有憤怒的氣氛。

我清楚地看了他一下，天啊！怎麼會是他五叔！假若，在白天，無論在公司或銀行遇到他，我一點也用不著顧忌什麼。可是，此時此地，他彷彿就是這大地的主宰，我發楞得說不出話來。

他大概看了我文靜的外表與有點發抖的樣子，原先那種發怒難看的表情稍微轉好，而口氣也顯得較溫和：「我問你，那個女的是誰？」顯然的，他是故意這樣問的。

儘管我平時就討厭他，那種冷漠的態度與好喝好賭的「上流人」作風，不過，如今我跟他的姪女有情誼的關係，我放棄了一向倔強對他的看法說道：

「周經理，很對不起！」

「什麼？你是誰？」他問。

「我……我在紡織公司當會計，敝姓陳。」我自我介紹一番。

「噢！你們的胡經理同我是好朋友！」他打量了我一下：「我是翠玉的叔父，你們什麼時候認識的？」

我窺視了他一眼，那冷峻的表情依然沒有一點改變。他的問話，很令我爲難。

「已經有半年了！」我答。

「原來，她常來C鎭就是和你約會。」

「唔！不！今天是她祖母允許她來的。」我壯起膽子說。

「什麼？我怎麼一點都不知道！」他好像在咆哮似的。

「周經理，請原諒！」我哀求他。

「有話談也不能談到這麼晚呀，難道你不懂？現在，社會上奇奇怪怪的事很多，一個女孩子在這樣深的晚上，萬一遇到了歹徒怎麼辦？」

我剛想再道聲原諒，他又說了：「我們當人家的家長，對於子女是很關心的！」

我連忙恭敬地又道歉了一番。

聽了他一頓「訓示」之後，大概他滿意了，就推著車子走了。臨走時，還叫我不要把這事告訴翠玉。

雖然，周經理沒有給我難堪，是我意想不到的，那可能是由於我在紡織公司服務的關係。可是，被他知道了總不是愜意的事，因爲我的自卑，使我迷惘。

想到剛才與翠玉充滿著情趣的談話，我又不禁地興奮起來。在那靈犀一點通的氣氛裏，我已百分之百的體會出翠玉對我的感情，我們只差了說一句：「我比誰都愛你。」啊！「我愛你」這簡單的字眼，就是七、八歲的小學生也唸得出，而沉湎在愛河中的人，卻往往很難開口。我常聽到那些莊稼人都會說一句：「I love you」，我就不知道自己要等到什麼時候才有勇氣，明確地對翠玉說出來。

我曾經天眞的想過，假若翠玉與我都是聾啞的人，那我們也就可以來個「卿須憐我我憐卿」，彼此打著手勢，表示著無言的愛，也許，那要比用口說出的「我愛你」容易做到得多吧！

這一天晚上，沉醉在那美麗的約會中，做著甜蜜的夢。一直睡到翌晨八點多鐘才起床。吃過早飯後，正打算收拾一下房間時，阿雄突然跑來告訴我，說剛才有一個女人打電話來，叫我有空到臺中去，我問他什麼時間，他卻在匆忙間忘了。

我只好趕緊跑到車站去，我想一定是翠玉有什麼緊要的事，要同我說。

車子一班一班的開走，一直在那裏探望到十一點，始終見不到翠玉和她妹妹，一顆焦灼的心，幾乎快爆炸起來。

後來，我就決定儘快到臺中去一趟。

這時候是將近中午十二時了，八月天的太陽，正威嚴地發揮著它的熱力，我偶而仰起頭，觸到它強烈的光線，就感到一陣暈眩，我似乎更感覺到，太陽正在懲罰著我，而那太陽彷彿是翠玉的五叔、翠玉的父親。

當我走進電話亭，撥動著翠玉家的電話號碼時，我才發現我的手竟然顫抖得很厲害。電話鈴聲已開始在響，一直很久，對方都沒有人來接。於是，我接著又撥，依然一樣，我所聽到的除了電話機的聲響外，就是我心房卜卜跳動激喘的聲音。

這個時間，可能正是她們吃午飯的時候，我既不敢直接到她家去，只好先到第一市場裏那家賣「蜜豆冰」很出名的冰店歇息一會兒，吃碗冰，讓冷冷的冰水冷卻一下過於熾熱的心靈。我沒有一絲飢餓的感覺，但是，心底裏一股無名火卻熾熱地燃燒著——那是一種恐懼，我從來不曾有過的。

也許，我是在「發燒」，兩碗的蜜豆冰，卻使我退了熱。當我再度踏上那似乎是決定我命運的路途時，覺得比剛才好得多了。

我再度撥動她家的電話號碼，這一次，立刻就有人來接，我想那聽電話的人，必定是翠玉，她叫我打電話去，她得守在電話機旁的。

「喂！」對方說話的是女人的聲音，但卻不是翠玉。

「是周公館嗎？」我問。

「是！你要找誰？」這時，我聽得出那聲音是她的母親。

「哦！是伯母，我是志清。」我有點不好意思的說。

「哦！你是志清，翠玉帶她四妹去C鎮還沒回來哪。」

我還沒說要請翠玉聽電話，她母親就開門見山替我說出來了，但是聽了她說翠玉還沒有回來，我感到非常疑惑。

接著，談了幾句客套話，就掛斷了。

我失望地拖著沉重的腳步，走出電話亭，我一直懷疑她母親的話是騙我的，翠玉她們一走回來了，但爲什麼不讓她跟我談談，難道昨晚那件事，她五叔已來過她家說出來了嗎？

無意間，我走到她家門口那條巷子，正巧，巷口有一家正在辦喜事。一會兒掛著紅彩的車子來了，走下一對新婚的夫妻，這時樂隊奏著婚禮進行曲，掛在樹枝上的一大串爆竹響個不停，熱鬧而喜氣洋洋的情景，不禁激起我的羨慕。

我不由得走過翠玉的家，她們的門扉緊閉著，我原想可能會碰到她的弟妹——他們可能會聞到鼓樂與爆竹聲而跑出來看熱鬧，事實卻大出乎我的意料，別家的男男女女不分老幼都出來看新娘，就只有翠玉她們這一家例外，難道，她家裏現在只有她母親一個人在家？………

最後，我帶著困惑與不安的心情回到C鎭。

晚上，我寫了封信給翠玉，說我不敢打電話去，有事就請她寫信來。

十六日這一天，我迷迷糊糊地過了。我彷彿是一個痲木的人，事實上，我倒願成爲那樣子，就像海倫最後的境遇，不知喜怒哀樂，那或許比能有遭受打擊煩惱的感覺更好。

直到十八日上午收到翠玉的來信，我才好像從另外一個世界回到這地球，而有了知覺，有了接信後，那種喜悅的心情。信上寫著：

此刻，我正沐浴在快樂的幻想裏，只是，現實帶給我微微的困惱，但我有把握解決它，只要您同意，當然，您會同意的。

我家的人都喜歡您（家父例外，因他根本不認識您），我媽稱讚您性情和順，她是由電話裏您的聲音揣測出來的，我希望您不要被她那冷漠的聲音所困。

但他們都斥責我不該晚上去找您談話，又是站在路旁，多不成體統！我深深的後悔自己的荒唐。

所以，我們以後還是少見面。

多通信互相鼓勵，您想好嗎？哦，我的字又退步了，我很期望您常來信教導我。

幸福是自己創造出來的，我們有的是理智與毅力，還怕什麼？

星期天中午，當您打電話來時，母親正在斥責我，因為五叔上午跟我同家，他已告訴母親，我週末晚上和您約會的事，還好父親不在，我想不會有什麼麻煩，您放心好了！

糟糕了！她五叔眞的已經告訴了她母親，我猜他一定會告訴她父親的。想到那一天晚上我一片對他的懾服與恭敬，得不到絲毫的代價，太寃枉了，他臨走還叫我別告訴翠玉，不正是不宣揚出去的意思？唉，我眞眞恨她五叔，破壞了我們的美夢，巴不得到銀行或宿舍去咒罵他一頓！

晚上，我們會計課又加班，七點半鐘，除了阿秀姊，我們都到齊了，又開始忙碌起來。

牆壁上的掛鐘，響亮的噹了八下，當那鐘聲的餘音還縈迴在我耳際時。突然，電話響了起來，我下意識裏感到這電話會是翠玉打來的，我連忙拿起聽筒，果然是從臺中打來的長途電話。霎時，我緊張起來，不知是好抑或壞的消息，說不定她父親答應了………

對方說：「喂，你是陳志清嗎？」我聽得出那是翠玉的聲音。

「嗯，我是的。」

「今天上午，我那個叔叔已經把我們的事告訴我父親，他責罵我怎麼可以交男朋友，他說要是朋友，怎不到家裏來談。」

「結果怎麼樣？」我緊促地問。

「他叫我學習鄰居的幾位小姐，其實她們表面上裝得滿是文靜的樣兒，暗中卻交了不少男朋友哪！他還叫我以後不要同你通信，他說男孩子應該事業成功才能交女朋友。」

「是嘛，他對的，我們不要做朋友就是了！」我抑壓著內心正擴展起來的痛苦，而鎮定的說。

接著，我聽到她斷斷續續的哭泣聲：「不要？怎麼行！」

她這一句話頓使我爲難起來，我猶豫了一會兒說：「那麼就暫時吧！還有妳媽怎麼樣？」

她的哭聲依然還沒有停止：「我媽、祖母都聽他的話，現在他們都出去看電影，我獨自在家哭！」說罷她好像哭得更厲害。

我只好安慰她：「不要難過了！」我眞不好意思說出這句話，因爲張士賢、郭金德、黃中吉他們都似乎在留意聽我說話。

翠玉的哭泣還沒有停止：「……我問你……」她停頓了一下說：「你愛我嗎？」一時，我好像覺得天地在旋轉似的，我形容不出那種感覺。聽到她的哭泣聲，才又使我鎭靜下來，如今，經過幾許的波折，才聽到那世界上最美麗最動人的字眼──「愛」，眞是得來不易的。

然而，我察覺得出，她問這句話時，她是很平穩清朗的說，可見，這「愛」字早已在她心底蘊蓄好久了。

我接著回答：「嗯，沒有疑問，請妳相信我吧！」

我本想也說一句「我愛妳」，只因爲旁邊有同事不好意思說出口，只得那樣說了。

「我眞怕，你常常會鬧會變。」她似乎不相信我對她的感情。

「不會的，請妳用不著難過。」

她的哭聲這時已停止了，她說：「以後，你要寫信給我，最好是讓我上午收到，下午父親常在家。」

「好！不過，這幾天我們都不要寫。」

「我也這樣想！」

「不要難過了！」我再安慰她一番。

「好！再見。」

當我把聽筒擱好後，全身發抖，一股冷汗直流，淚水像決堤的洪水，撲簌簌的落下，我連忙走出會計課，跑到樓下倉庫旁邊——一個黝暗的角落，讓湧現出自心底的痛苦與欣慰交滲成的淚水，盡情地哭個痛快。

夜，依然是一個深藍的天空，嵌著閃爍的星星與滑動的月兒。可是，當陽光照耀的時候，星星、月亮又不見了。當太陽收斂了最後一絲餘暉之後，又是夜的世界。只有那狂風暴雨之際，才能帶給宇宙變幻的氣象。我想起托爾斯泰的一句名言：「所有的幸福家庭都是相似的，每個不幸的家庭有它自己的不幸。」那不幸或許就像是經過一陣狂風暴雨洗禮之後，帶給人們各色各樣的災禍。

此刻，我想到翠玉在電話中所表白的，使我這彷彿遭受過災禍後的人，望著一片斷垣殘瓦零亂的田園，有了重建的勇氣，去建設一個綺麗的人生。

但是，我也替翠玉傷心，爲了我們的情誼，被她父親知道而受責罵。我想像得出，當時她可憐的情景，況且強忍著痛苦，說出一句「你愛我嗎？」，那是比我曾經對她說過的「我喜歡跟妳做朋友。」要珍貴得幾萬倍了，也不知降低了多少她的自尊心。

近幾年來，我不曾像今晚這般歇斯底里的哭過。我本能的感覺，兩個眼睛哭得相當紅腫，然而而，不少的淚水——哭出了我的苦悶與煩惱，卻換來無比的安慰：我嚐到了「愛」的意味。兩個人心靈共同締成的神聖純潔的愛，也令我感到「精誠所至，金石爲開」的信念。

當我回到會計課，掛鐘剛敲過九響，我才知道，在外面痛哭與沉思了將近一個鐘頭。

張士賢他們正在哼著「德克薩斯的黃玫瑰」——我最喜愛的歌曲之一，那雄壯的音韻，在這時候，我聽來彷彿是他們在安慰我的聲音。

「我替你作了一點。」郭金德遞給我一疊報表，同時裝著克拉克蓋博似的微笑說：「小陳，不錯呀！多情的密斯。」

我假正經的說：「別管人家的閒事，否則，小心你的洪小姐。」

說罷，我也附和他們哼起——「德克薩斯的黃玫瑰」。

13

自從與翠玉認識以來，我已很少再去楊柳岸，因爲一顆寂寞的心，已經有了安慰，有了美麗的幻想，只要她的一句話、一封信，就足以令我感到莫大的快慰。那是用不著再把空虛的心靈寄託在夕陽、晚霞、流水、野花、山巒大自然的陶醉。

這一天下班後，我帶著翠玉的來信，走去楊柳岸。由於一個多禮拜沒有收到她的來信，我是不敢輕易隨便拆閱，萬一是有不好的消息，那就不曉得將如何了。

走在小徑上，要不是看到夕陽照耀的紅暉，說眞的，我幾乎忘了我是一個全身有紅色血液循環著的活人。

踽踽地走到楊柳岸就坐在水閘上，我立刻顫抖的拆開信封，我已不再欣賞一番，那曾經自認爲是「陳志清的世界」底美麗景色。

請您放心，我自幼就很少逆忤父母的，此次，當然也不例外。不過，十八日那天我一聽到父親的禁令，我幾乎昏倒。

最近，母親看我整天鬱鬱寡歡，很替我難過。祖母對我的變，表示憐憫。但我並不埋怨父親，始終，我是喜歡他的，天下的父母，沒有不愛自己的子女，我很明白。可是，我為什麼要殘酷的折磨自己？我想不通！因為，我矛盾得很……

直到今天收到您的來信，我才露出微笑，那種笑是我有生以來所未嚐試過的。我相信您說的「時間能治好一切」。

然而，這一個星期來，我一而再三的思慮，要是我們能做兄妹一定很好，您可以隨便到我家來，共享天倫之樂。假若當朋友，恐怕非常麻煩的，我想您會答應的吧？何況，您還有一位王小姐！

我的五妹，前天照了一張像，非常美麗，她……………

我已無心再讀下去，又扯上兄妹，我的確是感到迷惘的，難道她在收回那天晚上她問的「你愛我嗎？」也許是女大十八變，倔強的意念又在作祟她，或者，她又再醋海興波？但也說不定她早已愛上林先生或賴先生了。不過，無論如何，我總有她愛我的感覺，這多少可以叫我稍爲安心的。

晚上，雖然沒有加班，可是，吃過晚飯後，我就呆在會計課裏，盼望著長途電話的來臨，能再帶給我快樂的聲音。

一直等到十點多鐘，電話都沒響過。我就鎖上會計課房門，走到外面去散步。

我蹣跚地走進市場內一家湯圓店，要了一碗湯圓和蜜豆湯。

剛坐上在後頭靠牆壁的一個位子時，在我對面的一個女孩子，突然擡起頭，使我感到有點訝異。

「噢！是王小姐。」

她吞下了在嘴中咀嚼著的湯圓，然後笑出了聲說：「喲！是陳先生。」

見到了王美惠，我的心裏就交雜著痛苦與喜悅。痛苦的是，我無法接受她的感情，更因她與姓何的男人，給予我的打擊，自然不能沒有一點感傷；喜悅的是，能夠面對著一個美麗動人的女孩子，而且她曾愛過我，也許現在還在愛，自然產生一種得意的感覺。

現在我們彼此都有了改變。不過，她是還不曉得我與翠玉的關係。至於，她的何先生，不止聽說過，我還親眼看過哪！雖然如此，我們或許由於好久沒再有過愉快的長談，一見面都不由得表現親切的態度。

「你喜歡吃湯圓？」她問。

「嗯！」我接過剛送上來的一碗熱騰騰的湯圓說：「妳還要嗎？」

「不！我吃不下了。」

我望著她甜蜜的笑容，有著說不出的愉快。

她接著說：「我覺得你有點怪？」

「怪什麼？」

「很難說！」

她輕嘆了一聲：「將來，你才會感覺到，你是世界上最孤獨的人！」

我表示迷惑的說：「難道妳能預卜未來？」

「我很難說出那道理！」

「你不怕寂寞？」她又問。

「但願沒有寂寞的時候。」

她皺皺眉頭：「唉！很難交上一個知心的人。」

頓時，她的面頰上，好像泛起一層哀愁的樣子。

我從沒有想到一向總是笑嘻嘻的王美惠，今晚卻也學會了嘆息。驀然，我察覺她和那個姓何的男人，一定有什麼不愉快的事。但是，我依舊泰然無事般地說：

「何必苦嘆！天涯海角總有知心的人。」

她凝眸注視著我：「我覺得你很好！」

「假若，妳有困難，我願盡力幫忙。」

「有些事，你是辦不到的，我很瞭解。」

王美惠今晚說的話，跟以往有一百八十度的大轉變，不再像以前那樣的近乎天眞又近乎浪漫，而含蓄著智慧的意味，倒令我異常欣賞與愛憐。假若，她以前就是這個樣子的話，說不定我不會再去交翠玉。

想起翠玉我就又聯想到今天收到她的信，那種飄搖不定的愛情，給予我的煩惱。

我們一塊走出湯圓店，我陪著她回家。雖然她極力裝著笑臉，但我看得出那是不自然的，也就是說她內心是有不可告人的苦痛。

我一直送她走進店鋪以後才走，這時我突然記起那一次我窺視王美惠與姓何的男人揮手道別的情景，眞是惹人眼紅。

然而，更進一步的推測，我才豁然有所領悟，最近，王美惠好像心事重重，跟阿秀姊她們談起話來，總愛發脾氣，那證明她心境的不寧與苦悶，會是跟姓何的男人有什麼過不去的？？？？……

❖　❖　❖

我承認自己是具有熾熱的愛底心靈，可是儘管我瘋狂地對著翠玉讓情感奔放，而橫在眼前的問題，卻不容我忽略。居然她父親不允許我們做朋友，那將來的美景，是將有如狂風下顫抖著的花兒，其命運很可擔憂的。

不過，我想愛就要愛得徹底，只要雙方面出自眞心，應該不懼怕任何外力的阻礙。如果要顧忌，畏首畏尾，那不是堅貞的愛情，只能說那是玩弄情感，欺騙自己。因此，我很贊同有一位作家對「蘇珊黃的世界」所下的評語與啓示——「眞的愛情，所能影響的是男女雙方，而不應該受彼此身外之『人』『物』轉移，否則，這愛情是有限度的，是有危險性的。」

因此，經過這一番思慮之後，我決定把還有一點偏向王美惠的心收回來，全部的赤誠的去對待翠玉。尤其，想起那天晚上，姓何的男人與王美惠的親熱情景，不禁妒忌與憤恨的心緒復迸而發。

也許，我應該瞭解女孩子的心理，她們有極大的害羞心，何況自尊心極強的翠玉呢！因此，在以後幾次的通信中，我心平氣和地應付她的倔強性格的捉弄——什麼「志淸哥哥」啦，「祝您與王小姐有一個甜夢」啦，或者就是她的「林先生的英語講得非常好」，「賴先生讚美我的文章」，總之她就有那麼一套玩藝兒。

由於跟翠玉的認識，使我多少懂得一點女孩子的心理。就像蘇絲黃——一個淪落苦難的女人，喜歡自誇爲具有五棟房子的中國大亨的千金，而且還是處女。翠玉就多少帶有一些自誇的心理，或許，那是要讓我別瞧不起她，有很多英俊有爲的男孩子在追求她哩！

在目前愛情至上觀念的我，是顧不了工作如何的忙碌。九月初的一個晚上，拜託黃中吉代爲編造一些報表，而前往臺中赴翠玉的約會，那是她爲了慶賀幾個妹妹新學年的開始，請全部弟妹看電影。

我依照翠玉約定的時間到達東海戲院，而由她大妹帶我進去，我的座位是在靠走道旁邊的，翠玉坐在另外一邊，中間都是她的弟妹。

她們都正在吃著一些餅干與水果。

幾個可愛的小弟妹，穿著不同的服裝，卻同樣有一張小嘴，同樣有一套討人喜愛的口吻，紛紛的叫道：

「哥！哥！」突然，我又想起這一定又是翠玉事先的導演，不禁又有了當人家的妹妹眞是用心良苦的感喟。幾個小弟妹的聲音，引起了不少旁邊觀衆的注視。說眞的，我太難爲情了，不過，我只好不自然地裝著當一個哥哥的模樣，向他們說好說乖。

不久，那個只有四歲的五妹，從翠玉的位子走到我這邊來，把她小手裏拿的一塊餅干，送到我的嘴邊，並且很輕脆地說：

「哥哥，吃餅！」

我接過她的餅，同時望了翠玉一眼，心裏暗暗叫好，這位大導演指導有方該得一項奧斯卡特別金像獎。

她弟弟坐在我的旁邊，從他口中，我探知他父親今天上臺北去，這樣一來我不禁將壓在心頭的巨石放了下來，否則被他撞見，我這冒牌的哥哥，眞不堪設想了。

在電影還沒開映以前，我爲他弟弟說了一些今晚演的這部西部文藝片的劇情。他聽得很入神，看他那種沉靜而有些近於文弱的表情，那證實翠玉平時同我說的一點也不錯，但是竟比我的想像中的一個孤獨的小孩子更寂寞，倒使我異常的愛憐他。也許那正是由於他父母在七個孩子當中，只有一個寶貝的男孩子，過分的寵愛、與獨豎高牆所造成的那種令孩子變成孤獨的氣質。

瞬刻間，我想到，假若我能跟他在一起，一定教他很多男孩子的遊戲，培養他男孩子該有的天眞與活潑，這樣一來，不但他會愉快地生活著，他的父母更不知會如何的快樂，因而也對我發生好感。

電影從放映開始，他就絮絮不休地問著劇情，我也跟著滔滔不絕地爲他說明。有一個鏡頭，當女主角正遭受歹徒調戲之際，男主角奮勇打退他們，女主角就猛地撲向男的懷抱。他竟天眞的問我，爲什麼他們兩人要抱在一起，童稚的話語，逗得我笑個不休。

翠玉就只望了我幾次而已，我心裏眞有點討厭她那種在公共場所冷漠的表情。難道開口說句話，就會損失多少體面？不過，或許我該原諒她，因爲像她這般年紀的女孩子，都有矜持害羞的心理。事實上，她的這些弟妹，所給予我的親切友善，是足於彌補那點不愉快的。

電影散場時，我帶著她弟弟，翠玉帶著她五妹，隨著人潮徐徐走出去。我緊跟著在翠玉的背後，細細的打量她高雅的裝束與美麗的身段，尤其發自她那秀髮上清悠的香氣深深沁入我的心田，不知逗引了我多少的遐想。

當步出了太平門時，翠玉側過頭來，默默地望著我，眼睛裏含著神秘的微笑，遞給我一封信。同時，她的二妹和三妹把還沒吃完的幾串葡萄與一些餅干送給我，要給我在汽車上吃。

在一片「哥哥，再見！」聲中，我們在戲院門前告別。

開往C鎮的車子，經過翠玉家的那條巷口時，我瞥見她的弟妹正在走進去，翠玉牽著她五妹走在最後面，她似乎早就留意車子似的，一聽到車子的聲音，就停止腳步轉過頭來凝視著車子，我立卽興奮的揮著手，她好像也看到了我，微微舉起另一隻手向我擺了幾下，車子已閃電似地疾駛過去了，我連忙伸出頭，望著後面逐漸離遠的可愛人兒，可是，那明亮閃爍的霓虹燈，卻殘酷的阻斷我薄弱的眼力。此刻，我驀然想起茱麗葉對羅密歐說的一句話：「晚安！晚安！離別是這樣甜蜜的淒淸，我眞要向你道晚安直到天明！」翠玉的凝視與擺手，那無言的表情，是媲美茱麗葉的，我這樣想著，感到無比的安慰。

在車上，我一面咀嚼著甘美的葡萄，一面看著翠玉的信。

敬愛的志清哥哥：

我願意這樣，也只能這樣的稱呼您，無論我是快樂或痛苦的時候。首先，我要求您原諒，我給您的信，常常會使您傷心。我沒有勇氣也不知如何啓口去對您訴說，只好透過紙筆來表達。

一位跟家父很要好的建築商，也是合作社的大客戶——鄭先生，當我在初中的時候，就已認識他的兒子了。前幾天，鄭家突然叫媒人來我家提親，看樣子，父母是會答應的。無論如何都要請您寬恕我，因為我是完全聽從父親的。我自信，會繼續做您一個最好的妹妹，也希望您仍然以哥哥的立場，來愛護我、教導我。

我又看了一遍，但當我在重讀的時候，由於在電影院散場時與方才在車上曾見翠玉所產生的喜悅消失了，代之而起的是強烈的失望與苦痛。

在這一封信裏頭，我徹底的發現了翠玉的性情，是多麼的懦弱。不過，她對父親的孝順，是令我敬佩的。因此，我懷疑一般所謂「愛會使人有勇氣」的說法，她對我雖然有著深厚的情感，可是，她絕不違背父親。我更想不到，除了姓林的和姓賴的兩個男人外，還有一個姓鄭的，說不定還有多少多少的男朋友哪，她眞是欺騙了我。此刻我所氣憤的不再是她那些男友，而是一個在玩弄我情感的翠玉。

當我稍微仰起頭凝視著車窗外面夜的世界時，我才發現從玻璃窗上反映出來自己的面孔，那晶瑩的淚珠，彷彿是天上那些寒星似的，使我感受到一個孤獨的生命在顚仆中的痛楚，嘴裏還正在咀嚼的甜葡萄，不禁覺得那味道忽然變得辛酸苦澀的。

有人把愛比喻爲音樂最美麗的歌聲，然而對我來說，是最冷酷的悲歌。自從與翠玉認識以來，我就受著情感的煎熬，因此，翠玉所給予我的，與其說是一個失望的打擊，倒不如說是她沒有眞誠的心意要來得恰當些。

總之，翠玉不是我所應該去愛的女孩子，我可以利用一切天賦，去追尋一個眞正愛著我的人，這樣設想與自信，使我克制了那受到創傷了的心靈。也許，由於我從小命運就遭受到波折，對於任何的困難苦楚，都敏捷地比起一般人，有著從容果斷的處置。當我再仰起頭注視天空中閃爍著永恒光耀的星辰時，它彷彿啓示著我，如那朝暮的星辰，才象徵著眞愛，永恒的美麗的愛。

回到宿舍後，我立即寫了一封最後的信給翠玉，表明我的決心，不再跟她做朋友，同時還發洩了積壓在內心裏頭的怨憤，責備她的懦弱，與帶給我苦痛。這時候，我才領悟了愛的另一面就是恨，愛與恨眞是水火不相容，我恨她，似乎比愛她更深切！

一天，兩天，三天，翠玉沒有給我回信，也沒有打電話來。我開始放棄得到回音的企望，同時，我卻更增加一時情緒衝動的後悔。假若，我不寫信去咒罵她，反而祝福與勉勵她，說不定能挽回她的一顆愛心，增添她抵禦情感阻礙的勇氣，那豈不比現在如此的懊喪著來得更好！不過，也許她們現在已開始跟鄭家談起婚事來了。假如不幸眞是如此，就是我盡了多大的努力也是徒然，到頭來還不是多情空遺恨！

我跟翠玉既然談不上愛情，我們更無法維持普通友誼的關係。因爲我們都是青春的兒女，絕不能做到像柴可夫斯基與梅克夫人之間，那種玉潔冰清的友誼關係。能夠及早斬斷情絲，該是最理智的處置，這是自我安慰的想法吧！

◆ ◆ ◆

幾次在會計課，當我轉過身向窗外探望時，無意間常碰觸到王美惠的視線，她對我好像永遠都不會有改變——甜甜的微笑，看到她可親的笑容，在我心底就綻出朵朵快樂的花兒。但是，隨之那花兒就被姓何的男人摘掉了，在冥冥之中，我彷彿也看到了他偎依在她旁邊。

楊柳岸又重新歸屬我這「陳志清的世界」，陶醉在這世界裏的大自然美景，使我覺得一場情感的經歷折磨，好像是發生在另外一個世界似的。

我坐在水閘上，看著翠玉曾經在我身旁坐過的水泥板，不禁想起了她所喜愛看的徐志摩作品裏的一首詩——〈偶然〉：

我是天空裏的一片雲，
偶爾投影在你的波心——
你不必訝異，
更無須歡喜，
在轉瞬間消滅了蹤影。

你我相逢在黑夜的海上，
你有你的，我有我的，方向；
你記得也好，
最好你忘掉，
在這交會時互放的光亮！

徐志摩這首詩，目前正適合我的際遇，藉以自我解脫情感的苦惱。翠玉就像是天空裏的，片雲，偶爾投影在我的波心，轉瞬間消失了。

望著離水閘不遠，那高聳教堂屋頂上漆著白色的大十字架，我彷彿又聽到它在向普天下的人們，發出「仁慈、博愛」的呼聲，也喚醒了我迷亂的心，我忽然有了上帝的仁慈，自責不該以情感上的打擊去咒恨翠玉，她是善良的人，我應該爲她祈禱爲她祝福。

14

陽光似乎已成爲我靈魂的主宰，當它墜入西山後，我就被以往一段夜的情調所迷惑，我愛上了沉思又沉思。我幻想著以後在什麼年代什麼地方會遇到翠玉，就像福樓拜的《情感敎育》裏的亞魯夫人：

「十餘年後，在毛諾以爲忘掉了亞魯夫人時，有一天黃昏，失踪很久的亞魯夫人走進他的屋裏，她的頭髮斑白，已快成一個老婦，但是使他迷惑的風韻依然存在，她向他承認，她知道他愛她。這次她也默默地把她所有的愛情表示出來，她說：『有時，你的聲音，像被風播揚的鐘聲，遠遠地發出回音，而送到我的耳邊。在我看到書裏的愛情故事的時候，好像你就在那裏。』兩人這樣的追敍了一下既往，分開的時候，她慢慢地拿起帽帶說：『永別了，我親愛的朋友，這是我最後一次愛情的企圖，我的靈魂永遠件著你，願上蒼祝福你，一切都是你的。』她像母親一般吻了他的項頸，並散開她的白髮，用剪刀剪下一束長髮給他做紀念。她走出屋子以後，毛諾打開他的窗戶，亞魯夫人站在走道上，叫住一輛走過的街車，她坐上去，車子消失了，他們再沒有會面。」

啊！假若我能跟翠玉也如同毛諾跟亞魯夫人一樣，在白髮蒼蒼的年歲時相逢，那時互相訴說著永恒的愛，不知多有意思，那我死也瞑目了。因爲，有生以來第一次所愛慕的人，我想就在最後僅存的一息之際，必定還會懷念她，牢記她的芳名。

我的心坎也許盡被烏黑的愁雲掩蓋住了，我很少發出笑聲，笑出那明朗的聲音。張士賢與郭金德看到我這幅可憐相，常勸慰我放開心，再交別的女孩子，或者他們就說要盡力幫忙。我失去爲自己深深所愛的人，就說是另外再交一個，那怎能彌補我以前所受的創痕。他們也絕口不再對我提起王美惠，因爲，最近她與那姓何的來往，似乎更公開了，我已幾次親眼看到他倆很自然很親切的在C鎮的大街小巷漫步。在湯圓店遇到她的那天晚上，從她不得意的表情，我還以爲他們之間已經破裂了，自己落的這般的孤獨與寂寞，看到他人親熱歡悅的情景，煞是有如尖刀割著心腸似的感到痛苦難捱！

現在，我最懼怕夜的來臨，夜會增添我的苦惱，所以，當陽光從東山升起的時候，我彷彿一隻雲雀，受到了春天陽光的恩惠，在枝頭上唱牠底頌歌。因爲，我希冀在白晝的時候，將自己的痛苦溶解在忙碌的工作上。是故，我每天早晨都要面對著朝陽歌頌一番，感激它帶給我新的生命。

對於王美惠，現在，我卻感到那是比失去翠玉要來得可惜得多，我依稀記得那一次去她家店舖買香皂的情景：

她父親流露著和藹可親的表情說：「陳先生，常來我家玩嘛，阿惠說你很忠厚！」

「衣服破了拿來給我縫補，不要客氣啦！」她母親指著我襯衣上已經破了的領子說。

有些時候，我曾經把她父母當作好像是我的親父母。每當我看到他們時，就好像有一股天倫之樂的熱流溫暖了我冰冷的心。

現在，我已失去了以前曾經幻想且容易實現的希望，我只能照舊喊他（她）伯父、伯母了！

九月，這次滙錢回去給祖母時，我還打腫臉充胖子的對她說請她放心，我已交上了一個理想的伴侶。不久，一定帶回家讓她老人家看看，不這樣跟她講美麗的謊言，我眞放不下心，讓離我遙遠的老人爲我的寂寞而操心。

腦海裏浮現了祖母，我就牢記她平日對我的勉勵與期待——我們陳家的重光門楣是完全靠我一個人的。我絕不能爲情感的創傷而氣餒下去，我必須重新安排調整一下我的生活與情緒，才不會被命運凍結、愚弄甚至傷害！

◈　◈　◈

亞里斯多德說：「萬物的奇異，比不了人的奇異。」人是奇異的，人所做的一切事情也是奇異的，有些事奇異得太奇異了，唉，世事挺難意料！

九月十五日這一天，那是離八月十四日有一個月。在我的腦海裏，八月十四日是我惡運轉捩的起點，被翠玉五叔詰問的情景，始終依稀清晰留在腦際。

剛上班不久，阿雄跑上樓來告訴我，收發室有一件掛號的郵包，郵差在等我蓋章。我把印章交給他，囑他帶上來。突然，一陣疑惑的思慮，在我「時間能治癒痛苦」已逐漸安謐下來的心緒中擴展開來。

果眞的，不出乎我的意料，娟秀的字跡是我所熟悉的。接過郵包後，那稍嫌有點兒沉重的感覺，使我意識到翠玉寄來的可能是一本書，會是《雙城記》嗎？也許，她在歌頌我——像書中男主角爲愛犧牲一切的卡爾登。我立卽帶著郵包跑回宿舍去，我想，假若這是愛的判決，那麼我會流淚的，而感到「如今，我的生命有價值了！」當我把郵包拆開時，才發現不是書，而是一本簇新的日記，我的身上驀地掠過一陣近乎痛苦的快感。男孩子能夠看到女孩子的日記，誠然是難得，也可見那是一種最坦然最赤誠的表白。我的手顫抖地翻開日記，第一頁寫著——

志清哥哥：

這本日記是我從我的日記撷記出來的。我信任您的人格，所以，我才敢將它寄給您看，本來，我想親自拿給你，免得萬一被郵局遺失，但是在我不知您看到我後是否能快樂以前，我不敢冒失胡為。

敬　祝

快樂

翠　玉　敬上

九月十四日

・看完請寄回・

接著第二頁以下是……………

×　月×　日

有生以來，第一次遇到了一位跟自己有共同喜愛文學而且有文靜氣質的男人，他很像我的八叔，這是我對他好感的最大因素。他有著挺直的鼻子，與閃耀著智慧的眼神，當他微笑的時候，彷彿笑出了人世間一切的美，尤其他爽朗的風度，令我對他有一種好感。他叫陳志清，筆名是藍海，他在C鎮的一家紡織公司工作，我永遠記得這名字。

×　月　×　日

我在副刊上看到藍海的作品「只愛妳」，寫得眞可愛，我猜那是他想念我的發洩，不知怎麼的，我也有點想念他，但是我不敢去信。

×月×日

他又發表了一篇詩叫「愛人！妳在何方？」我覺得寫的太過火了，我又不是他的愛人，假如他是為我寫的話。然而，我卻莫名其妙的越來越想念他，於是我第一次寫信給一個男人。晚上跟李姐姐商討，我告訴她認識的經過，李姐姐說，只要是好青年跟他做朋友是沒有關係的。

×月×日

第一次跟他算是正式的約會，因為上一次只不過是偶然間的邂逅而已，當我第一眼，看到他已坐在水閘上等我時，我顫動了一下，心臟跳得那麼厲害，大概是因為我從沒跟男人約會過吧！一個身世悲愴、自小失去天倫之樂的人，不管他是否能自治，我都願以一顆赤誠的心去對待他。我是更應該在心靈方面給予他撫慰與鼓舞，當然我並不想得到任何代價，只要他也好好待我。

×月×日

我告訴了母親，關於他的身世後，她不但沒反對我們的繼續交往，反而讚賞他，這是值得快樂與安慰的，只是母親要我告訴父親我們的事，一聽到父親就怕了。

×月×日

昨晚到C鎮去，本來打算同他談談話，不料，他卻到臺中來。回家後，母親告訴我，志清昨晚有打電話來，媽說從電話中他的柔和聲音，可以想像到他一定是聽話的好孩子，我聽了媽的話高興得不得了！

×月×日

晚上，我約他來臺中，我們走到旱溪那邊去，談了很多話，回到家母親責備我出去太久，又沒請他到家裏來坐。

×月×日

母親竟不讓我和他常常見面，怕我們感情加深，而鬧起戀愛，其實，那是多餘的，因爲我有強烈的理智去克制豐富的感情，何況我們彼此還沒有多大瞭解。

×月×日

我發誓，今後，我絕不再交任何一個男朋友。

男人卻這樣虛僞，我痛恨他交了我，又交了一個姓王的眞可恨！眞可恨！

×月×日

他很摯誠的解釋他跟王的事，完全是我的誤解，他說喜歡我這樣，表示有感情存在，天呀！我在吃醋呢！

我摸著良心想，只要他不喜歡談起的事，我應該絕口不提，免得傷他的心。

×月×日

我把志清的事略向祖母提起，我又表示我和他只是兄妹關係，祖母很高興，但她警告我不能與他有任何超越友情界線的觀念和行動。

祖母訓言：

△周家子女無戀愛自由。

△端正、嫺靜、勤儉、善良、禮貌、清潔是女孩子最基本的條件。

×月×日

幾次，我想到一個姓王的女人，竟然比我早跟他認識，我眞是恨她也妬嫉她。因此我把林先生和賴先生故意扯上，以「毒攻毒」。他會使我那樣的痛苦，我也不能懦弱被他欺負，他必須也得受點苦，否則太不公平！

事實上，那兩個男人，我一點也不喜歡。

×月×日

他誤會我，雖使我傷心之至，但我願他有防人之心。

雖然祖母和母親不斷的給我精神上的處罰，而我們之間的疑東疑西，弄得感情上非常不愉快。但是，假使他眞的喜歡我，而且永遠不變心，我仍然情願受點痛苦，讓他快樂，因爲他的快樂就等於我的快樂，而且，我們認識不久，也許，再過些日子，就不會再有情感不定的現象。

然而，我懷疑是否我在自作多情，因爲他只對我說過「我喜歡妳」，他並沒對我說：「我愛妳」呀！

×月×日

上午五叔告訴父親，我與志清的事。父親斥責我一頓，我痛苦得幾乎想一死了之。

晚上，打電話給他，我問他愛我嗎？他都沒有肯定的答覆我，情不自禁地我哭了起來。

×月×日

爲了報復他那種假正經的君子派頭，我又提出了做兄妹的要求，沒給他受點苦，我眞有點不甘心。

其實，我的心比他更痛苦，因爲上帝給我的使命，是要我使他快樂！

「靜坐常思己過」，我想我的缺點一定很多！

×月×日

我恨我的驕傲與矜持的做作，那會令他傷心的，唉！我怎麼改不過來？是環境使我如此或是從小所受的教育使我如此？都是！因此，我……唉！真是自己桎梏自己，這人間可憐呀！可憐！這現實可怕！可怕。

要是一個小孩子從小就給他「人性解放」的教育，不要把男女分得太清楚。那麼小孩就不會存有什麼好奇心或神秘感，等長大後就不會對異性容易發生感情，再給他良好的教育，那麼還怕什麼？

不幸，我就是在這種封建家庭生長大的，才會變成如此的膽小、忸怩、驕傲。

×月×日

一切都是我不好，不但沒使他快樂，還讓他痛苦，這顯現出我的極端無能，而且父親那種嚴厲的態度，未免動搖我對他的感情。我們之間居然老是增添痛苦，不如早點揮起慧劍斬斷情根，但是我卻懼怕別離的苦痛，我想，他也是的，因爲他是個情感豐富的青年人，那麼該怎麼辦呢？矛盾！這樣吧，只維持普通朋友的關係！

×月×日

在電影院裏，我聽到他那親切柔和的話兒，眞使我心花怒放，弟妹都很喜歡他，連聲「哥哥！」的叫著，看他那樣兒夠稱得上是一個標準的哥哥。我一直沒有同他談過話，我想他一定不高興看到我僞裝的冷漠表情，其實，我內心裏頭是多麼興奮呀！

歸途上，在巷口瞥見他在車上向我注視時，一股慚愧的意念油然而生，我又僞造了將與鄭家締結婚事，又增添了他的苦惱，我眞不了解我自己到底是在幹什麼？也許，是那姓王的給我太大的打擊吧！

×月×日

收到他絕交的信，我幾乎昏了過去，飯吃不下，睡也睡不好，我覺得彷彿生命的紅燈在向我照射。

不過，假若自我犧牲，能夠讓他與王小姐成全好事，那我的痛苦是值得的，我這樣做也是應該的，突然，我覺得愛就是犧牲，上帝要我使他快樂，不要令他爲了我的環境所造成的阻礙，而給他痛苦，所以，我也只好忍心離開他！

×月×日

寂寞是多麼痛苦呀！失去了珍貴的友誼是多麼難堪！

失去了一個人，好像到處都使我感到寂寞，使我痛苦。啊，志清對我是多麼重要呀！我忍受不了，如此下去，惡劣的心緒將會奪去我整個的生命。這幾天以來，我已瘦得幾乎只剩下皮包骨頭了。

……志清，我會好好的待您，不再冷淡您，不再跟您瞎鬧，而拿出堅毅的勇氣去克服艱難，赤誠的跟您為友。因為我已飽嚐寂寞、別離等等的痛苦，志清！我會使您快樂的！日子一久，您就會瞭解我，不再猶豫不決了！

父親眞好，又買給我一張唱片，是電影「激流」的揷曲，那是志清最喜愛的歌曲，但願我能貼在他的胸脯，聽聽他生命的跳動。

❖　❖　❖

看完她最後的一頁日記時，我已不知在什麼時候流出了眼淚。我凝視著日記，無意間，我的心裏湧起了對她的無限懷念，因而不由得地發抖起來，情不自禁地把嘴唇緊緊貼伏在書皮上，這本日記是翠玉摸過的，這使我覺得我所愛的人似乎就在眼前一般。一陣陣的溫暖透過我冰冷的心田，驅走了從前些日子以來所感受到的痛楚。

15

收到翠玉寄來的日記後，我立即回信，請她給我一個時間，親自送還她的日記。我不想遵照她的意思，藉口說是怕被郵局遺失。其實，天知道，我看了她摘錄的日記後，好像登上了挨佛勒斯峯，看到遙遠的前景，儘管那是迷茫模糊，但由於她赤誠的情操，而給我美麗可靠的信心，我很渴望立刻見見她，談談話，甚至是永不分離的厮守在一塊兒。

我一直在異常不耐煩的情緒下等了三天，到了十八日這一天晚上，電話鈴聲，彷彿天使般的美妙聲音，才帶來我心魂的安慰，翠玉叫我馬上到臺中去。

我帶著她的日記和上下兩册的美國宓西爾女士偉大傑作《飄》，那是預備送給翠玉的，表示我對她的關懷勉勵，就像宓西爾的丈夫對她的鼓舞才能寫出那麼完美的作品似的。我坐在車上，靜聽那汽車內燃機的聲響，覺得愛的生命又再度復活，天上的明月星兒也好像又在向我眨眼，使我又有了享受夜底情調的幸福。

翠玉早已在車站對面的小公園等我，下了車後，我即刻走上前去。

好些日子沒見過面，而彼此又受著情感的煎熬，這對於沉湎在愛河中的青春男女，是一樁多麼苦痛多麼悲哀的事呀！

一旦，有所諒解，有所認識，彼此的靈魂再度結合在一起時，那又是多麼興奮！多麼值得欣慰！

「……」我興沖沖地走近她，本想開口說話，不意看到她沒有一絲笑容，依然那種冷漠的表情，不禁冷截了我一片熱熾的心。

「日記呢！快還我！」她淡然地說。

我猶豫了一下，今晚豈能只還給她日記就算了事？起碼得一吐心底的抑鬱！於是，我說：

「等一下再還！」

「爲什麼？」說罷她露出一絲笑意。

「讓我先向妳道歉一番。」

「喲！你這個人還會向人家低頭？」

我趁機燃起了愛情的火把：「妳問得太可愛！」

這句話一脫出口，就贏得了她喜悅的發笑。我想那火把是開始在我們黯淡落寞的心房裏照耀了。

她咬咬嘴唇思索了一下：「這裏來往的人太多，我們還是到別的地方去談。」

「到什麼地方？」我天眞也好奇的問。

她命令似地說：「離遠點跟我走！」

越過火車站前的大廣場，走到公路局候車站，她買了兩張到北屯的車票，於是我跟隨她登上開往豐原的班車，大約十來分鐘，就到達郊區北屯了。

下了車後，我又隨她朝北走，我心裏暗想，莫非她早已胸有成竹安排這個節目？不過，我開始就心越走越顯得寂靜的鄉野，同一個女孩子在一起總有危險的顧忌。

走了一段路，她回過頭說：「到這個地方，靠近一點走沒關係啦！」

「哦，是的。」我走近她身旁，同時還放開膽子調皮的說：「我永遠不離開妳。」

她笑出了聲說：「不要臉！」

走出公路，然後彎彎曲曲地走到一處有一大排高大的竹子林，另一邊則有一排不知名堂的樹木，看來可能是果樹，竹子林的旁邊是一條大約兩公尺寬的小溪流。竹林細長搖曳的情景，與清澈見底的小溪，在明月的照撫下，顯得無比的燦美。我驚嘆這奇美的地方，莫非是人間天堂，突然，我倒覺得這正是適合情侶們幽會的好地方呢！

我們沿著比我們大概高有一倍的果樹下走，一直走到中央，那兒有三、四塊大石頭。她在一塊最大的石頭上坐了下來。我想了一下子，最後硬著頭皮坐在她的身旁，假如她還會說不要臉，我也不怕，否則要不這樣的話，可能她內心一定要再咒罵我假紳士了。

坐定之後，我先開口說：

「妳怎麼會知道這地方？」

「上星期日，跟一位表姊作一次郊遊時發現的。你喜歡嗎？」

「只要是妳喜歡的，我也喜歡。」

她感嘆地說：「哦，你變了！」

「當然嘛，人總是會變的，我會變得比以前更……」

「更好！」她截斷了我的說話。

我連忙解釋說：「更好，似乎語氣還差了些。」

「那麼是什麼？」

「唔，是……是更尊敬妳！」

「還有什麼？」

「沒……沒有了。」我期期艾艾地，就不敢說出「愛」字出來。

也許，我的話過於恭維而缺少感情的誠摯，她好像有點兒不高興，望著水流緩慢的小溪，面容又表露她那種特有的冷淡。

我記起她在日記中自己已承認，對我的冷漠，並非眞實的。此刻，我想她又在裝模作樣了：

「怎麼？妳又不高興了！」

「嗯！」她接著說：「我後悔把日記寄給你看。」

「唔！剛見面時，我就是要向妳道歉這件事！」

「眞的？」她似乎不相信。

「我敢向月亮發誓，一點也不假。」

「你要道歉些什麼？」

「首先，向妳陪罪，我太沒禮貌，寫信說要跟妳絕交。其次，是沒依照妳的要求，寄回日記。」

我那些話，或許令她聽得入耳，從她的表情，可以察覺出，已經消失了她好像把日記寄給我看，所感到的自尊心的損害。

她微笑地說：「看了日記之後，你覺得如何？」

我沉思了片刻：「開始眞正的認識妳，同時，覺得能夠跟妳做朋友是一大光榮的事。」

「你會以爲我眞正地要和妳絕交嗎？」我問。

她毫不思慮的就說：「嗯！很可能。」接著說下去：「因爲，你有一位比我什麼都美好的王小姐。」

「唉！不要再提她了，難道也要我把日記給妳看！」我聽得有點不耐煩。

「不要再提日記了，我已簡直把一顆心，赤淋淋地剖開給你看呢！」

她那帶著淒哀的口吻，頓時，令我感到內心的隱隱作痛。

「爲這感情的煩惱，我幾次都夢到死。」她有點激動地說。

提到「死」，我突然想起電影「美男子勃倫彌爾傳」裏，英王喬治第四的華爾斯，看到勃倫彌爾最後的一面時，淚流滿面感慨地說：「一個人結束他的生命，對他自己並不重要，最重要的是他所影響別人的心魂。」我也將這句話對翠玉說了一遍。

「假如，我爲你而死，你會如何？」她說。

「我將會帶著痛苦，渡過這空虛的一生。」

「不！我也要你死。」她似乎始終對愛抱著佔有和自私的觀念。

「那麼妳先死，我就跟妳死。」我打趣地說。

於是，我們不禁作了個會心的微笑。

「志清，還是不要談死，我有點寒心。我想，既然我們能夠活著，就該活下去，能夠生活在這世界，總是可愛的。」

「對！」我眞想拍拍手，讚美她智慧的話語。

突然，她咳嗽了幾下。

「翠玉！妳是不是有病？」我問。

她用手帕在嘴唇拭了拭說：「沒……沒有什麼。」

月亮有時被雲層遮住，有時也突破雲層發射出絲絲的光亮，當那月光照耀在她身上時，一陣迷亂的心血就在我身內翻滾。在這種幽靜得無聲無息的地方，那些人聲、車聲的世界離我們遠遠的，使我忘記了身外的一切。幾次，我眞想靠近她，依偎著她，撫慰著她有點虛弱的身軀，然後，像一般通俗的電影與小說裏的表演一樣。然而，高度的道德觀念，以及從她智慧聖潔的靈魂照射出來的光芒，使我克制了那意念。

我解開了用牛皮紙包裝的日記與兩本書：「翠玉，這本日記還妳，還有這部《飄》送給妳。」

她接過後說：「但願你的心靈，比送書的誠意更親摯！」

一時間，我竟無所措手，不知如何接談下去。

過了良久，翠玉開口說：「明天，我將很快樂地爲祖母祈禱，明天是她的生日。」

「還在妳家嗎？」

「上個星期就回臺南三叔家了，每一次，她走了我都很傷心的。我把她的生日視作我的第二生日。」

「讓我也祝福她萬壽無疆。」

「謝謝，她很稱讚你的。」

一片親切赤誠的話語，又使我這嚐受孤獨寂寞的人，感到異常溫暖可愛。

這時候，一個農夫，突然在我們的旁邊出現，經過前面時，害得我緊張萬分。原來那農夫是在巡看稻田的，顯然沒有惡意，不過，翠玉已嚇得幾乎魂不附體了。等到那農夫走過去之後，她立即站起來，走出果園，我也跟隨在後走。

她害怕得一口氣，差不得跑到了公路上，才停下來。「我愛你」沒道出來，我覺得這是今晚幽會，美中的不足。想起，看了她的日記之後，深深感到，是她在埋怨我不向她肯定的表白——愛她。因此，我決定無論如何，今晚一定要向她表白一下。

可是，要開門見山說出來，我可貞缺乏勇氣，也深怕那樣太輕率，只好含蓄一點的說：

「我有一句話還沒說，妳喜歡聽嗎？」

「不必，我知道了！」她露出得意的笑容，表示她是聰明人。

「那麼，另外還有一句話！」

「呵，那麼多話！」

「假若，妳交上一個比我更好的男朋友時，請妳要告訴我，我一定讓步。」

「你太寬大了，我想不會的。」她沉思了一下：「從小我就有一個觀念，認爲第一次交上的男朋友，就是我終身的伴侶，萬一不能結合，那我再也不交男朋友，終身不嫁。」

「出家當尼姑！」我揷了一句。

她笑了笑說：「到時候再決定。」

「但願我是妳終身的伴侶。」

她似乎是有點羞澀的樣兒，默默不作答，而皺著眉頭，像是在思慮重大的事情似的，然後說：「明天上午來我家，見我媽怎麼樣？」

「妳父親不在家？」

「他今天下午已經去臺南，他們幾個弟兄都要聚在三叔家，為祖母祝壽。」

能夠跟一個對我好感，而且又是那麼慈愛的人見面，我眞是太高興了，就毫無疑問的答應了她的邀請。

我們原想再繼續談下去，可是，天公不作美，烏黑的雲兒已駕臨這大地，而且開始降下細細的雨，我們連忙跑到公路，沒多久，剛好搭上公路客車。下車時，我看到翠玉被剛才一場細雨淋得雖然衣服只沾濕了一點，但有點發抖的樣子，眞覺得今晚太對不起她了，不禁後悔不該為了拿還一本日記，使她如此的受苦。

當我搭上回C鎭的車子，經過翠玉家的巷口時，雨已停止下了，我留意地探望，瞥見她微笑地站在巷口的那棵樹下，使我有一種「雨過天青」的感覺。

無論從什麼角度來看，翠玉對我的感情，是甚過於我對她的。就以還沒收到日記之前來說，我已經能夠一天比一天的克服感情的苦惱。相反的，她卻一天比一天加深那苦惱，這使我想起阿秀姊曾經說過的——一個女人一旦眞正愛上男人，她的愛是勝過男人的。

❖　　❖　　❖

和煦的陽光普照著大地，朵朵的白雲點綴著蔚藍的天空，這是一個風和日麗可愛的日子，這對我是一個吉祥的預兆。

雖然從昨晚得到翠玉的邀請後，一直沉浸在喜悅的暖流中，可是，也有一個隱憂纏繞著我——不知她母親是否歡迎我。因此，到達臺中後，我不敢直接就到她家去。

於是先到電話亭，撥電話到她家。

接聽電話的正是她的母親，這算是第三次，我已能夠在電話中判認得出她的聲音。

我顫抖地說：「伯母，您好！」

「哦！你到臺中了，翠玉已跟我說過，現在就請你過來坐坐！」

她的聲音很和藹，不禁使我情緒放鬆了許多。我就壯起膽子走向翠玉的家門。

硬磞磞的大門還是關著，看樣子儼然是古時候貴族的殿門似的，令人有一種肅穆的感覺。立刻，我想那要是開起來，發出鏗鏘的聲音，一定很有趣。旁邊的小門，開了一半，我本想按下電鈴，無意間，向裏面探了一下頭，恰巧被正在庭院玩鞦韆的四妹看到，小嘴就大聲的叫「哥哥！哥哥！」驀然，令我回憶起那一次，在戲院裏拿瓜子給我吃的情景，那時的歡悅情景此刻又重新在我心幕上浮現，不由得，就逕自跨過門檻走進去。

當我伏下身拉著她的小手時，在旁邊玩小汽車的弟弟，也連忙跑過來，帶著奇異的眼光注視我。

「小弟弟好玩嗎？」

他聽到我的問話後，才逐漸露出不很自然的笑容，彷彿逐漸才想起，我就是上一次在東海戲院爲他解釋劇情的那個陌生的哥哥似的。

當我仰起頭時，突然看到一個婦人不知在什麼時候，已站在我的面前了。從她的面貌與裝束，使我意識到她就是翠玉的媽媽——嬌小的身軀有著和藹可親的顏容，眞有日本婦人溫柔的風度。一個不陌生的感覺，驀然掠過我底腦海，她的容顏，我是多麼熟悉呀！那是從平時翠玉的口中得來，加之我私下的揣測，眞是一個可敬愛的母親。頓時，好像我也有了位這樣慈祥的母親，母愛的光輝照亮了我孤寂的心靈，母愛的溫暖陣陣地擴展開來。

「你是陳先生？」

她的問話，驟然打斷了我發楞的遐想。

我連忙回答：「哦，是的，是的，伯母！」

她很親切地招呼我到客廳坐。

翠玉的家，完全是一幢日本榻榻米式的建築物，客廳的佈置相當別緻，四個單坐沙發椅圍著圓方桌，靠庭院牆邊還有兩座長沙發椅，旁邊擺有一座兩用的收音電唱機，唱片架上疊了很多唱片。

在長沙發椅的另一邊，擺了一座設計相當新穎的書櫃，最上面的一層盡是有關建築工程方面的書籍，第二層是有關金融合作事業的，第三層是一些醫學衞生等書籍，底下堆了不少雜誌。油刷得異常潔白的牆壁上，還懸掛了珊瑚貝殼做成的裝飾品，以及不知用什麼原料做成的花卉。最引人注目的，倒是一幀放得相當大的照片——嚴肅的面孔上微帶一絲笑意，毫無疑問，一定是翠玉的父親。

從客廳的陳設，可以想像得出，這一家的主人，是屬於那種生活嚴謹而學養豐富的男人，他是一個從事於建築事業，同時也熱心金融工作，他對健康方面有相當的重視，並且嚮往那種高貴氣氛的生活。這是我趁翠玉媽媽可能是去廚房拿茶水的時候，獨自地細細打量客廳而引起的感想。

「請用茶！」她走進來，端上一杯茶，同時打開桌上的餅盒：「來，吃一個月餅。」

我輕輕地啜了一口茶，但不好意思拿餅吃。

突然，我覺得有點莫名其妙，怎沒有看到翠玉。

似乎，她也察覺出我的疑惑：「翠玉去合作社，大概快回來了。」

於是，她就問起我的家世。我才瞭解那可能是她故意遣開翠玉，以便談些有關我以及跟翠玉的事。

我簡略的把家世告訴了她之後，我才覺得我的魯莽，因爲我聽到她深深地爲我的際遇嘆息。以自己的不幸，去博取人家的同情，那是我向來所不願意的，也是我認爲那樣做，是不應該，就像一個乞丐可可憐憐地道出自己的苦況而伸手向人家要錢，那是多麼的恥辱。

不過，隨之她卻說，翠玉常常在誇讚我很會整理帳簿與寫文章，這倒令我感到眞正的欣慰。

然後，就談到我與翠玉的事。

「那天晚上，談得太晚，被她五叔看到，眞是太對不起。」我表示歉然地說。

她笑了笑：「這個女孩子就是這樣健談，談起話來就像旋開水龍頭傾瀉出的水似的。」

接著，她又說：「我們家裏一切的事，都要她父親決定。翠玉能夠跟你做朋友，眞是有緣份，不過，最後還是得要她父親決定的。目前，我希望你們不要做出太過分的事來。」

聽後，我感到興奮，也感到喜悅裏蘊含著不安的苦痛。

突然，一陣車鈴聲「釘鈴！釘鈴！」地響。然後大叫：「媽，我回來了！」我聽得出那是翠玉的聲音。

「這女孩子，眞是……」她還沒說出以下的話，翠玉已跑進來，搶著說：「眞聽話！」

她們母女之間，親熱的情景，令我羨慕極了。

「來參觀我們的書房吧！」翠玉說著並且示意叫我跟她走，書房就在客廳的隔壁。

翠玉一一地給我說明，她和幾個妹妹的書桌。

「這些女孩子都太懶，早睡晚起，書都不整理好。」她媽媽指著翠玉桌上一堆零亂的書說。

「好媽媽，言下請留情吧！」翠玉調皮地說。

「好了！我去作飯，妳在這裏招待陳先生。」說罷她媽媽就走開。

翠玉繼續引領我參觀後院有噴水池與假山的花園，以及前院幾排的蘭花盆，她說蘭花是父親最喜愛的。

她還有趣的問兩個小妹妹與弟弟，說我給他們做哥哥要不要，弄得他們直叫著哥哥不休。翠玉指著我的臉說：

「看，臉紅了！」

眞的，我自己摸了一下，熾熱得很，使我越發緊張起來。

又回到客廳之後，翠玉撿了一張唱片，開了電唱機，那悠揚的「激流」主題歌，便飄蕩起來。今天，從一見面開始，我就看到她跳跳蹦蹦滿面笑容，我想，她的本性一定就是如此的明朗活潑，除去環境的桎梏，她絕不會是一個容易憂鬱悲觀的女孩子。

「激流」那支歌唱完時，她告訴我，本來打算請我中午在她家吃飯，但她媽媽恐怕父親會搭到達臺中是中午十二點多鐘的快車回來，因此，只好作罷。不過，她還說爲了彌補這點「招待不週」，她要請我看場電影。

繼續再聽了幾支歌後，我想既然爲了怕她父親知道我來這裏，那倒不如早點走以免有不愉快的事發生。

當我步出客廳，穿上鞋子時，她媽媽匆忙走出來：「陳先生，才十一點多鐘，再坐會兒吧！中午在這裏吃飯，我已經煮了你的份了！」

聽她一片親切的話語，我是異常感動的，但是，我只好帶著有點掃興的心緒強顏作笑謝絕她的好意，而同時也了解她內心的苦衷。

「哥哥，我下午要去上學！」翠玉的四妹對我似乎比較熟悉，當我走到庭院時，她立刻從鞦韆上躍下來，拉著我的手。隨之，五妹與小弟也都攏過來，小弟弟拉著我的衣褲要我陪他玩。

「他總是這樣子，一有人來，就硬要人家陪他玩，有時甚至於不讓人家回去。」翠玉說罷，拉開她弟弟。

我帶著依依不捨之情離開她家。

我在綠川河畔的一家有日本料理的小吃店，選了幾樣平時很少吃的菜，那些都是異常可口的，我設想這就等於是翠玉母親作的菜一樣，吃起來挺覺得滿有意思的。

這一次，她比我先到，而且好像已等得不耐煩的樣子，這印象給我一個感覺——眞是有誠意的招待。

走進戲院後，我依著她在一處靠牆邊而燈光黝暗的地方坐了下來。

臺中的電影院，有一個特殊的現象，或許這也是每一個地方普遍的現象，日場的觀衆總是很少。就像今天，快開演了，我稍微的望了一下，偌大的戲院，觀衆卻寥寥無幾。然而，這種場合也許正是情侶們求之不得的機會哩！

她告訴我，猜得很準，父親中午十二點的快車回來了，同時還問起我，對她母親的印象。

不久，電影開演了，是一部描寫現實社會愛情文藝片。

周遭一片的漆黑，只有那銀幕上逗人發癢的男女熱情鏡頭，不禁陣陣侵襲著我底心坎。女主角一句對白說：「永恒眞實的愛，不只是精神的，還要有肉體的愛。」霍然，我受了這句話的慫恿與啓示，情不自禁地把手擱到跟翠玉相鄰的手把上，而輕輕的碰到她白嫩的玉手。在這種場合裏，我不知道那樣做是順乎自然，抑或是輕率冏動。然而，她卻沒有絲毫的動靜，當然沒有退縮回她的手。我那似乎是過於恐懼的擔憂，就立刻被一種聖潔心靈的共鳴與肌膚的接觸，所凝結成的快感沖失掉了。

她好像表現得很怡然的樣子，眼睛直望著銀幕，不過，我猜想可能她的整個靈魂如同我的一樣，全部都灌注到手臂上了。既然她沒有拒絕，我就更放開膽量，挪近胳臂靠近她，那種溫情使我感到恍若躺在她的懷裏似的快樂。進一步，我很想握著她的手。可是我又考慮到那未免太內厤了。而且以後，又要給她有了藉口罵我「不要臉」，所以我就沒有再想到其他的了！

其實，胳臂跟胳臂，手跟手，我想這樣的碰觸在一起，對於初戀的人必是一大享受，同時也有了心靈的接近、肉體的接近，一切一切都像是比以前更接近。

電影放映後，步出太平門時，我看到她臉上浮現著一層紅暈，我知道，那是一種少女害羞心的表徵，我不敢也不便同她多說話，就僅僅道了聲「再見」就分別了。

看過翠玉的日記，又拜見了她的母親，而且又有了「肉體的愛」的接觸，眞使我幾乎興奮得發狂起來，要向普天下的人類，大聲的讚頌愛的可貴、愛的甜蜜、愛的偉大。

可是，第二天，我就收到她沒有甜蜜字眼的信，她責備我好像是跟她母親說，是她在追我，翠玉倔強地要我承認是我在追她，不過，在電影院裏那回事，她隻字都沒提及，這等於說，她是默認那種行爲是自然應該的。我快活得在回信裏，「我追妳」寫得滿紙盡是，現在，我已逐漸瞭解她的性情，她總喜歡人家向她低頭，就好比是高高在上的女王似的。

❖　❖　❖

這是一個九月底的中午，我把上午剛領得的夏季特別工作獎金五百元放在枕頭邊，懷著領到獎金的喜悅心情，加上收到翠玉的信，所增添的描繪不出的快樂，躺在床鋪上展讀她的來信……

志清：

改完三妹的算術簿，我走到庭院，小心的把上午剛移植的菊花搬到我們的「空中花園」。

我凝視著那鋪滿月光的細枝嫩葉，您知道我心裡想著什麽嗎？志清！

晚風吹過我的身軀，我打了一個寒顫，接著不停的咳嗽。「妳是不是有病？」您那親切的問話，突然在我底耳畔縈迴。我站起身子，對那株小菊花低語：「我希望妳趕快茁壯！」

十八日晚上，您說我有病，但是，因為有您在身旁護衛著，病魔是不敢來侵襲我的。不是嗎？離開了您沒幾天，我就病倒了，直到前天在母親幾天來細心的照護之下才舒服了過來，您說得對，她是很慈祥的，我永遠敬愛她！

昨天，我帶一位朋友到我們去過的北屯那條溪邊玩，我和她裸足沐浴在清涼的溪水中。望著天際的晚霞談論著人生。她說：「青年人都愛編織美麗的幻想，他們似乎不知道幻想是多麼的渺小呀！」我補充的說：「但是，只要肯努力，幻想也能實現成真」志清，您想我說得對嗎？我相信對的——那正是我所應該回覆您的話啊！

夜已深了！靜了！家裡的人都睡了，只有我和陪伴著我的貓兒還沒睡，我想我應該停筆了。最後，讓我向您道晚安，隨函寄一張相片給您，因為……我不講了，夢鄉裡告訴您。希望您也寄一張給我。

快樂

敬祝

翠玉　敬上

讀完她的信，我就凝視著她所寄的照片，那是一張穿著有點像我國古典式的衣服，手裏拿著一條手帕，還微笑地擺了一個姿勢非常美麗、非常可愛的。相片背面簽寫：「夢裏再見！」呵！挺有羅曼蒂克的情調呢！

我細細地咀嚼她在信中說的：「只要肯努力，幻想也能實現成眞。」的那一句她認爲應該是答覆我的話，而聯想起大仲馬的《基度山恩仇記》裏基度山伯爵愛德蒙・鄧蒂斯給瑪茜米蘭的信最後一段說：——

「心愛的孩子呀，享受生命的快樂吧！永遠不要忘記，在上帝揭露人的未來以前，人類的一切智慧是包含在『等待』和『希望』這四個字裏面的。」

無論如何，我都要等待和希望，在未來的歲月中，在遙遠的將來！

16

「月到中秋分外明」，今晚璀璨的銀色光華遍瀉著大地，月光散披在屋頂上，以及街道上，那種使得日光燈頓然失色的近乎白晝又近乎黑夜的景緻，異常奇美。到處洋溢著觀賞月姊風姿的人們，熙熙攘攘的，這樣的一個晚上，顯然是不凡的。

假若允許我自私的發願，我倒不期望這個佳節降臨人間，也許那是因為我得不到天倫團圓的情趣吧！不過，一想到曹松的七絕〈中秋對月〉：──「無雲世界秋三五，共看蟾盤上海涯，直到天頭天盡處，不曾私照一人家」，那就又改變了我自私的祈許，而讚美中秋明月，大公無私的普照寰宇，不論富貴貧賤，居住於高樓大廈或茅草小屋的人們，都有分享皎潔月華的機會。

原先，我是打算回家鄉跟祖母在一起過節。可是，她老人家就總是那麼世故，說東說西的，恐怕我一回家就要耽擱了工作，而且又得花一筆不算少的旅資。因此，我把領得了的夏季特別工作獎金寄了一半給她，希望她與姑姑們大家愉快的過節外，我就只有祈禱月姊的光華祝福她。

公司裏頭為了慶祝佳節，在倉庫旁邊的庭院擺了一個大圓圈，舉辦了一個「賞月會」，全體員工大致都出席參加，另外也邀請了不少平時與公司較有接觸的外人參加，其中王美惠也非正式的被幾位同事邀來。因爲，大家都很喜歡聽她唱的歌。

大家一面吃著月餅，一面進行「賞月會」的節目，首先由門市部同事的吉他演奏與合唱幾首熱門歌曲，繼之是張士賢的「中秋笑話」，郭金德的男高音獨唱「散塔蘆淇亞」，接著輪到我的「口琴獨奏」，我吹奏了一曲「沙漠隊商」與「激流」後，當我從表演臺走回自己的座位時，那熱烈的掌聲，我彷彿覺得是翠玉與她的弟妹們的。霎時，這「賞月會」的情趣，便從我腦中溜走了，而充滿了翠玉他們一家人此刻在省議會賞月如何愉快的幻景。

「陳先生，吹得眞好！」一個熟悉的女人底聲音在我背後響起。

我有些訝異地轉過身：「哦，王小姐，謝謝妳！」

「妳今晚怎麼有空？」我毫不思索地脫口就問她。

「唔！……沒……沒有事嘛！」她期期艾艾的。

她給我這突如其來的問話，迫使得收斂了笑容。

突然，我才發現我的冒昧，我那問話暗中指的是，她怎麼沒有與那個姓何的男人一塊兒到個幽靜的地方賞月？雖然，我曾親眼看過她與那男人並著肩走，可是，我都避過他們的視線。因此，我與她之間，從未曾提過這事，似乎在她的想像中，我這個素來最不愛管人家閒事的人，一定還不知道她早已有男友了。

正當我感到尷尬不安的時候，她卻改變了話題說：

「你猜，我今晚要唱那一支歌？」
語氣顯得又恢復原先那種柔和的聲調。
「要是猜得著呢？」我也和應她而抛開那些疑慮。
「請你到臺中看場電影。」
「要是沒猜到呢？」
「那麼就該由你請！」她說罷還用手指著我。
我點了點頭：「好吧！」
這時，司儀已在催她上臺了。
「大概是有關於月亮方面的歌。」我說。
「大概只猜對了一半。」她笑著說。同時走向表演臺去。
「小陳，眞是豔福不淺！」郭金德側過臉來，還做了一個「克拉克蓋博」式的微笑。
張士賢也揷了嘴：「怎麼？你們都還不知道？」
「知道什麼？」我詫異的問。
「等一下，我再講給你們聽。」張士賢望了望表演臺說：「她在看我們了。」
於是，我們都望著表演臺，聽王美惠唱歌。
她唱的是「明月千里寄相思」，不時的都在注視我，眞的，我只猜對了一半——「明月」。

她那帶有磁性的歌喉，委實太迷人。

一個直覺的想法油然而生，好像她的「寄相思」是在對我訴說。憶起，以前她對我的親切情意，不禁附和她的歌唱，深深地動盪著我的心靈。

但是，我實在有些埋怨，唱完「明月千里寄相思」後又再唱「綠島小夜曲」，偏偏要唱那富有濃烈情感的曲子，像是哀泣、悲訴、怨恨，在我跟翠玉感情正在高峯上昇的當兒，聽來眞有點掃興。

熱烈的掌聲好比春雷般的震耳，她走下了臺，先向我微笑了一下，才走回在我斜對面的座位上。

繼續再過了幾個節目後，胡經理就宣佈「賞月會」結束，而由大家自由活動賞月。

王美惠欣然地走來：「陳先生，今晚有什麼節目？」

我多少懂得她的意思，不過，我是盡量不喜歡同一個已結交過男人的女孩子談話或在一起，我想既然不愛她，就不應該跟她有太多的接觸，於是我回答：

「唔，有的，我們有一個節目。」我指著正去茶几倒茶水的張士賢與郭金德說。

「男人會？」

「嗯！」

「那我不能參加了？」

「對不起！」我表示歉然地說。

「那麼週末，我請你到臺中看電影。」

「呵，那怎麼好意思？我只猜對了一半呢！」

她打趣的說：「沒有明月，就無法寄相思了！」

「美惠！美惠！」幾個女同事喊著她。她再給我一個甜笑，就跑過去跟那幾位女同事玩她們的節目了。

我差點要問她週末會有空？在我的腦子裏，她的影子好像跟那個姓何男人的影子永遠連在一起似的。

等張士賢喝完了茶水，我就到靠圍牆邊較僻靜的角落，好奇的聽他說出那個秘密：

「我是聽阿秀姊說的，原來鎮公所那個姓何的戶籍員，已經是有太太的了，而且還有一個小孩子，他們都住在×鄉。前兩三天，他太太到鎮公所來吵了一頓，弄得現在很彆扭，看樣子密斯王得另找對象了。」張士賢說罷張眼瞪了我一下，又說：「她大概也已經知道這事了，不過，我們站在朋友的立場，還是不要傷她的心。」

郭金德聽後突然問我：「小陳，你還要她嗎？」

「話不能這樣講呀，我已經另有目標了！」我說。

他深思了一下：「嗯，對的，那她怪可憐了！」

「可憐什麼?人長得漂亮,歌又唱得好,難道怕找不到如意郎君嗎?」我有些激動地說。

張士賢一手扶著我肩膀,一手拉著郭金德,鄭重其事地表示:「不要爭了,對於一個受過打擊的人,我們都該同情她,而且比以前更加親善她!」

我聳聳肩:「王爾德說——男女之間是沒有友誼的。」

「喲,文學家少來這套吧!你也可以創造一個理論說——男女之間是有友誼的。」張士賢在我肩膀上拍了幾下說。

「喂,還是去拿點麻豆文旦來吃吃,有得吃,才能活才有勇氣,有勇氣才會有男女間的友情。」郭金德又在賣弄口才了。

記得,去年的中秋節晚上,還是在公司的「賞月會」上,我第一次聽到王美惠的歌唱,我就被她那帶有磁性的歌喉迷住,一曲「綠島小夜曲」便深深地扣動著我的心弦,在喜歡幻想的年輕的我,也開始有了以前從不曾有過的那種青春的憧憬,一聽到她那銀鈴似的聲音,就使我的耳目為之一振;一看到她甜美的微笑,快樂的花朵便在我心中綻放;一談起話來,就使得我飄飄然似的。

唉!世事眞是滄桑多變,僅僅三百六十五天,在無限的時間觀念上之一粟,人生的變幻卻是那麼的飄渺遼大,男女間的情感,卻又是那麼的微妙。

我把小窗打開,讓明澈的月光射進來,照亮了屋內的一隅,躺在床鋪上,沉思著一切:包括過去、現在以及未來。啊！年歲的增加、智慧的成長、生活的體驗，在在對我來說，是構爲成人的因素，也使我感到在生命的過程中是免不了空虛與陰影，但總不能悲觀頹唐。

我覺得今年的中秋節，彷彿是我從孩童蛻變爲成人的洗禮，這或許是由於王美惠那件事的緣故吧！當我憑窗仰望月兒時，又想起曹松的〈中秋對月〉，而有「中秋自古月恒明，但願君心化明月」的感慨。

❖ ❖ ❖

在目前的情形之下，照理我是不能答應王美惠的邀約，否則那是有辜負翠玉的一片眞情。不過，張士賢說的「男女之間應有友誼」，我一次又一次的推敲，才發現自己以前心胸的狹窄，人與人之間的關係有著偏差的成見。於是，霍然使我領會到愛的眞諦，那應該像是普照大地的陽光，滋潤一切生物溫暖人間。何況，對於一個有純潔心靈而遭遇過打擊的人，將是多麼的渴望他人的友情、他人的安慰呢?!

一陣莫名其妙的惻隱之心，頻頻地扣動著我的心弦。終於，在週末，我答應了跟她去臺中看電影。

本來我打算到臺中戲院看一部愛情動人的日本片，她卻偏偏選上金都戲院的滑稽片，既然是她請客的，那我只好唯命是從了。

她看完電影，她提議到中山公園散步，那不正是步入感情的園圃？我很爲難答應。不過，想起在電影院裏的情景，我們規矩得是十足的普通的朋友，這一個感覺畢竟令我在感情的負荷上放下沉重的擔子。

我們選上了靠湖邊的椅子坐了下來，雖然，秋風已絲絲地瑟瑟作響，但還不使人覺得寒意。團團的月亮高懸在天空，湖上有璀璨的波光、閃耀的燈光、以及倒映的修長的樹影，晚風微微掠過搖曳的樹影，湖上就有一層層皺紋的粼粼的波花。像這樣的一個月色清明的夜晚，誠然太使人入迷的，不知怎麼的，我竟怪起翠玉總那麼偷偷摸摸地不像王美惠如此大方，而從沒有來過公園欣賞美麗的夜景，如今能夠有此光明磊落交往的友誼，是多麼美妙！多麼快樂呀！

「陳先生，你怎麼不講話？」王美惠輕柔地說。

「唔！……我……」突然被她打斷遐想，一時間我竟忙亂了起來：「……要談什麼？」

「你不喜歡看滑稽片子？」

「不！我喜歡的。」

我反問她：「難道妳不喜歡看文藝片？」

「你是指今晚臺中戲院演的那部？」

「差不多。」

她喟然說：「現實的人生，已經是夠慘了，那能再熬受銀幕上悲劇的痛苦！」

聽她沉痛的話語，我本能的意識到，她完全已不再是從前的王美惠，經過時日的熬煎，近乎天眞又近乎浪漫的氣質都沒有了，而且似乎變得世故多了。當然，我是了解她那話兒，是跟那個戶籍員搞「亂愛」受到打擊說的。

她又說：「有了痛苦，快樂便遠離你。」

「貝多芬有一句話說：——從痛苦中得來的快樂，才是眞正的快樂。」我把翠玉曾經對我說過那位李姐姐在送給她的書籤上寫的題字，也同樣拿來對王美惠說。而又補充一句：「有痛苦不一定就永遠失去快樂。」

「唉！我最不欣賞你們那種會寫文章的人說的話。」

「爲什麼？」

「一個人有一個人的遭遇，處境不同，對人生的看法也就不一樣，怎能引用一個人的意思來比喻一切?!」她不慌不忙地解釋。

「嗯，妳說得有道理。」

我緊接著說：「妳以前好像沒有說過這樣的話嘛！」

她沉默了一下子：「以前，我實在眞傻！」

她不凡的語氣，使得我有點悃然。

幾經思慮的結果，終於，我毅然地說：

「王小姐，我很同情妳，那位何先生實在太對不起妳了。」

她似乎一點都沒有感到訝異：「有什麼值得同情的！」她望著湖面正被微風吹掠過的粼粼的波紋，聲調很低沉的說：「你們公司的同事全都知道了？」

我敷衍回答她：「我不大清楚。」

其實，那件事，這兩天來，很多人都在談論，甚至有人說那個姓何的，是玩女人的聖手，王美惠那朶「白蘭花」恐怕早就被他折摘掉了，我想，像這樣不堪入耳的閒話，一旦被她聽到，不知她將是如何的傷心。

我放開膽子問她：「難道妳不知道他已經有了太太？」

「唉！」她嘆了嘆氣說：「不要問了！」

突然，我才覺得自己爲什麼這樣也好奇也關心她？說眞的，我倒有些懺悔沒有接受她愛的施予，與給予她至少是普通友誼的溫情，好像一向我與她之間總是格格不入。事實上，有些時候，卻覺得比任何人都更喜愛她。

她凝視著湖面，沉思了片刻之後，終於輕聲說出：「認識一個月後就知道了，但是他說跟太太合不來，要跟她離婚。因此，我也不知怎麼的就糊裏糊塗交往下去，可是！……他後來就翻臉了。」說罷她舉起手在額上輕搥幾下：「唉！我的命運怎麼會這樣不幸！」

接著，她又激動地說：「我恨男人！」

「也恨我嗎？」

「嗯！」她看了我一眼。

悲憤的語調，彷彿將她埋藏在心底的憤怒一迸發出，我愕然的不知如何安慰她才好。

晚風拂盪開她適才激動的情緒，而稍爲溫和下來：「對不起，陳先生。」

「沒有關係，一個人對他人不是愛往往就是恨。」

「然而，我覺得你很好！」她說。

聽了她的恭維，我眞是要起了鷄皮疙瘩。

「也許，我應該慶賀你。」她一反剛才充滿憤怒的語調，而發出微笑的聲音：「找到一位理想的伴侶。」

這意外的話兒，使得我驚異不已。我連忙說：

「那裏，不要瞎說！」

「交了女朋友，有什麼値得秘密。幾個月來，我常看你晚上到臺中，我就知道了。」

「我是來補習英文與數學的。」

「眞是要笑死人！」她說完不禁笑了起來。

既然，她已猜著了我的秘密，而且我也很冀望與她之間的關係，有確切的表示，因此，考慮的結果，終於，我把跟翠玉做朋友的經過簡略的告訴她。

她聽完我的話，立刻說道：「呵，那樣富有羅曼蒂克氣氛的邂逅，眞適合你平時所強調男女之間認識的最好方式吧！」

「不見得，不過眞可以說是太巧了。」

「假若，我是在C鎭出生的，我或許會認識她，只可惜我才跟父母搬來兩、三年。我相信，你們一定很好。」她又繼續說。

「可是，前途遙遠，不可預料。」我說。

「管她父親，你們之間有感情就得了！」

我爲她這樣安慰我的說法感到遺憾，慚愧從前看到她和那個姓何的男人在一起時產生的妒嫉，我不曾安慰過她，卻讓她來安慰我，委實太令我感動了。

她以好像吟詩般的語調說：「這正是所謂——有緣千里來相會，無緣對面不相逢。」

我一時想不開，也很天眞的說：「以後，我們要怎麼樣？」

「嘻！嘻！」她笑了起來：「你是陳志清，我是王美惠嘛！要怎麼樣？你有一位好伴侶周小姐，我，我……我已沒有幸福可言了！」她的聲音突然變得沉重起來。

我感到異常的不安，而霎時領會到了那種陷入矛盾的情感泥沼中的痛苦。一會兒，我強自鎭靜下來，思索著如何安慰她才好。

突然，我記起了「安妮少女日記」那部電影，在我腦子裏印象特別深刻的一句話——「當我再也受不了被困在籠中時，我就設想是在外面，想像著我經常同父親去的那公園裏的小徑，在斜坡上長滿了番紅、長壽花以及紫羅蘭，這樣的想像，在外面是多麼的美妙！」我把這句話拿來對她說，當作我對她的安慰。

「我就是喜歡你這點，能逗引人家快樂。」

我說：「這也許是一個道理，一個人有不如意的事，總不必灰心與憂慮，應該要憧憬未來，希望妳忘掉過去的一切。」

她沉默著不作聲。我想，她必定會被我今晚這些平常很少同她講的話，而有另一種不同的感覺。

「但願我有一位像你這樣好的哥哥，來指導我。」她說。

「妳不再恨我？」

「有時候也許還會。」她停頓了一下，又說：「你能介紹周小姐跟我認識嗎？」

「哦，這個……，我很難決定，因爲她目前……還不許我們公開。」

「慢慢的，以後就會認識。」她看了看錶：「時間不早了，我們還是回去吧！」

要不是她在催我，幾乎我都忘了身在何處，這一場「情感的教育」對我來說有太多的感觸了。

車子經過翠玉家的那條巷口時，我暗地裏慶欣與希望此後，我與翠玉之間再也不會有王美惠的介入，以及她——「男朋友的製造家」所給予我的苦惱，都會一概消除，而享受男女間純誠的情愛。

17

一片蔚藍的晴空，看不到一絲的雲兒，入秋的陽光顯得溫和得多了，橫街上兩排的建築物，有機關、有工廠、有商店、有住宅，家家門口都揷著青天白日滿地紅的國旗，臨風招展，煞是好看，還有散佈在山底下那疏疏落落的國旗，遠遠的看來，令人有一種「萬綠叢中幾點紅」的感覺。

小學生的鼓笛隊奏出雄壯的進行曲，領前的一面大旗標寫著——「慶祝臺灣光復節」，緊跟著鼓笛隊之後，是一隊隊很整齊天眞的小天使，他們的小嘴巴使勁的唱著歌，偶而一陣一陣的爆竹聲，陪襯出這佳節的熱鬧，洋溢著一片興高采烈的氣氛，這喜悅的景象，劃破了秋高氣爽裏山城底寂靜。

我佇立在窗沿，目送公司裏的同事所乘往日月潭遊覽的汽車離去，直到拐過彎後。我再向王美惠家注視了一眼，心想——妳參加了旅行，今天妳是看不到翠玉了。

昨天收到翠玉的來信，她要趁著送東西到五叔家的方便來公司找我，當然我該喜悅的，倒是偏偏在光復節這天輪到我值班，而且同事都去日月潭玩，爲了暢所欲言，我也把工友打發了。現在，這偌大的建築物，除了工廠後頭宿舍還有幾位同事的眷屬以外，只有我一個人在樓上樓下各部門走動，覺得自由自在、無拘無束。

一個上午，在滿懷著無比興奮的心情之下過去了，翠玉沒有來，雖然我有點兒感到失望。不過，「下午她會來」的希望，似乎是百分之百的鐵定。

下午發自臺中的第三次班車，當它內燃機的聲響在橫街上傳過來時，我暗地裏禱告，這是她該來的時刻呀！

大約十分鐘後，一個美麗熟悉的身影，從公司旁邊的小巷慌忙地走出來，我迅速地也以早有過幾次「實習」的動作立刻把大門微微打開，她就敏捷地走進來，然後，我又把兩扇用檜木做成的門扉關攏上，順便也上了鎖。

「為什麼要鎖？」翠玉喘著氣問。

「同事都上日月潭玩去了！這樣比較方便嘛！」我咧開嘴笑著說。

她也報了我一個微笑。

於是，我帶她參觀樓下的批發處、營業課、工廠、倉庫等幾個部門，然後再參觀樓上的總務課、經理室、董事會室等。最後到會計課來，我讓她坐在我的位子上，她也怪調皮的拿起算盤，就滴答滴答地撥動珠子，口裏「二一添作五，逢二進一」的唸唸有詞，拿著筆桿，筆尖不落紙地在紙上蠕動——學著一個會計人員工作的模樣。

一會兒，她在白紙上輕輕地寫了「王美惠」三個字，側過臉來對我說：

「那一家店鋪是她們的？」

「妳來看！」我站起身移到窗邊，指著在公司斜對面那家百貨店說。

「她會看到我們嗎？」

「她也跟著去日月潭了！」我順口回答，同時也漫不經心地說：「她實在怪可憐的。」

「怎麼？」翠玉表示有點訝異。

「哦！」頓時我才發現剛才的失言。

「哼，到底你們男人就是這樣！」

「別光火了。」我帶著有點哀求的口氣說：「不要再瞎鬧好不好？」

「瞎鬧？呸！」她一點也不甘示弱。

關於王美惠遇人不淑的事，我本想不告訴翠玉，我暗地裏思維，將一個女人的不幸去告訴另外一個女人，那只有徒增他們女人之間的一種怨恨罷了，也許她們都要埋怨上帝創造女人的不公平，好像把男女之間的辛酸苦澀偏偏施之於女人。而且翠玉一向就懷疑我與王美惠的來往。不過，既然我已脫口道出我內心對她的憐憫，那麼我就該說出一切，免得影響翠玉的心緒。

於是，我一五一十的把中秋節晚上張士賢告訴我的話以及那天晚上在公園跟王美惠所談的，一齊說出來。

「唉！女人總是最倒霉的。」當翠玉聽完了我的話後，立刻感慨地表示她們身爲女人的憤怒。

我發現她適才那常常同我賭氣——她自己特有的一種表示「倔強」的女人的容顏消失了，而變得悽哀失神的樣兒。這令我意識到，同情心扣動了她的心靈。

「妳也同情她吧？」我順嘴問道。

「嗯，但是還會氣恨她。」

「爲什麼？」

「我妬嫉她比我先認識你。」她說罷凝視著我。

我也凝眸注視著她的眼睛，頓時感到一陣的迷惘。

不知過了多少時候，我才壓抑著內心一股莫名的激動移開視線，好像用盡了我所有的力氣，拉開緊貼在磁引力極大的磁鐵上的一塊鐵片似的，我本能的感覺到心坎上卜卜的跳動。片刻之後，她露出一絲微笑說：「我出一個作文題目給你作——『我的希望』。」

「指那方面的希望？」我問道。

「就像小學生作的，希望將來作什麼職業嘛！」

我們又恢復了原先挺有情趣的談話。

我先把中秋節晚上的感觸說出來，那是我已有一個成人的頭腦。

「我希望將來當一個慈善家，創辦一些慈善事業，尤其是興辦孤兒院，讓失去天倫之愛的孤兒能得到安撫。」我望著窗外那普照大地的陽光，道出了我的憧憬、我的意願。

「妳的希望呢？」我反問道。

她瞇著眼睛說：「嫁給有慈善心腸的人，當一個賢妻良母。」

她說的「賢妻良母」，是一般女人所說將來歸宿的美麗詞句，不過，嫁給有「慈善心腸」的人的說法，莫非是符合我要創辦慈善事業的理想，我幾乎要脫口說出「我愛妳」，償還我欠她的「感情的債」。奇妙的是，我似乎永遠說不出那句話。

「我想，我們的希望都是正確的。」

「做得到嗎？」她問。

「天下無難事，只怕人不做。」

說罷，我們兩人都笑了起來。

繼續談到戀愛的問題，她說她很反對所謂「柏拉圖式的戀愛」。她同意男女間的戀愛，應包含精神和其他，她還頭頭是道的說了很多話，說眞的，我倒有點感到羞澀，可是，看到她的態度——毫無拘束的樣子，卻使我意識到我與她之間，是比以前更熟悉、更接近了。

直到紅霞染滿天邊時，她才把已傾瀉出不少清水的水龍頭關掉似地說：

「今天下午談得眞過癮。」

我望著外頭已逐漸昏黯的天：「這樣晚才去五叔家不會太遲？」

她微笑了一下：「愛人第一嘛！」說著從外套的口袋拿出一張信封似的東西：「給他蓋章，蓋完了我就走。」

「他還會責罵妳嗎？」

「我氣他，現在我都不叫他五叔！」

我聳聳肩：「眞了不起。」

「別挖苦好嗎？」

當我送她到樓下，正打開大門時，她好像要靠近我，但立即又退縮下去，有些膽怯的說：

「你喜歡我嗎？」

「嗯！」

「嗯什麼！冷冰冰的算什麼？」她激動地自己推開大門就走出去。

我已來不及對她說「好話」，無可奈何，只有在暮色蒼茫中，目送她身影的消失。

我實在太後悔，老是把道德觀念枷鎖著自己，我常以爲要是對一個深深爲自己所熱愛的人兒，有不尋常的舉動，說不定會給人家增添惡劣的反感。事實上，翠玉罵我冷冰冰的，那相反的，不就等於推翻我的想法？

當我把大門用力的關攏，「碰」的一聲大響，我好像得到了啓示——「翠玉，下次我不再對妳冷冰冰的了！」

◆　◆　◆

三、四天後的一個晚上，當我在會計課裏溫習功課時，突然電話鈴響了，我立刻下意識的猜測，那是翠玉打來的。

我拿起聽筒，果眞的是臺中打來的長途電話。一會兒，對方有了聲音：「請陳先生聽電話。」聲音極爲柔和不像是翠玉的，我還以爲是她媽媽，過了片刻，音調又變了……「喂，快來，我在車站等你，有要緊的事。」說罷立卽就掛斷。

我放下聽筒，覺得非常的不安，懷著沉重的心情趕緊坐車到臺中。

她早已在老地方等我，她看到我下了車後，就朝北向建國路走去，我保持一點距離跟隨著她，然後沿著綠川走。

走到一處較爲黝黯的地方，我已忍不住她這樣子到底是什麼事，跑上前去擋住她。

「到體育場去！」她冷冷地說道。

經過公園時，我想起那次跟王美惠來公園時並著肩走，毫無顧忌的談話，比起此刻，我與翠玉連走路至少都要分離十公尺的情景，眞是有點心酸呢！

就這樣毫無情趣，而孤獨似的走到體育場。

我急切得耐不住性子開口問道：「到底是什麼事？」

「先坐下來，我再告訴你。」她慢條斯理的說著就坐在草地上。她看到我也坐了下來，才說：「今天下午，一個已經結婚的同學來找我。她一直就滔滔不絕的誇讚她那個滿身藥水味的醫生丈夫，如何的會賺錢，過幾天，新蓋的大厦就快落成，什麼長，什麼議員，都要去參加鷄尾酒會。」

「那很好嘛！」我截了她一口說。

「嗨，先讓我說。」她越說火氣似乎越大：「我對她說，當醫生的應該以服務病人保護健康爲第一。哼！她卻和我頂嘴，說當醫生的是撈錢的最好職業，結果我們鬧得很尷尬。」她頓了頓氣又說：「媽媽還責備我，對待客人的態度不好。氣得我哭了。」

「嘻！嘻！……」我聽了不禁吃吃地笑了起來。而把從C鎭帶來的沉重的心情，輕鬆了過來。內心裏頭不禁佩服她的超人的智慧。

「笑什麼？」她看著我，臉上立刻浮現出喜悅的色彩：「晚上叫你來，就是要讓我發洩一下。」

然後，她又說那個同學，曾把他們的羅曼史告訴她，說是第五次見面，他們就打克司了。

晚風冷淸淸的吹拂著，我只顧著趕來臺中，卻忘了帶件毛線衣或茄克，上身只穿有內衣及長袖的香港衫。當我意識到晚風的寒冷時，我把捲了幾摺的長袖放下來。

「志清，你會冷嗎？」翠玉移近靠過來，甚而傾側依偎著我，她把那件綠底白點的外套脫下來，她叫我拉著一頭，她自己拉著另外一頭：「這樣可以擋住風。」

「妳會受涼的！」我說。

「不會，我還穿了有棉衣、毛線背心，即使會冷，我也不甘心讓你受涼。」她的胳臂已碰觸到我，一股暖流似乎溫暖了我寒冷的全身。

她伸出手看了看說：「天氣一冷，我的手就會脫皮，這是祖母遺傳下來的。」

「會痛嗎？」

「沾到水就會。」

我們的胳膊又再度碰擦了一下，那快感是非常靈敏的。

要不是幾對情侶從我們前面經過，我想她會再給我更多的溫暖。

「我們走到那邊去。」她指著田徑場東面比較黝黯的地方說。

走了沒幾步，她有點顫抖地說：「喲，天眞冷。」

我就乘機用手挽住她的臂膀，但只是幾分鐘，我又退縮開來，說眞的，我覺得太不好意思，雖然她並沒拒絕。

突然，她很可愛的說：「我很想抱一抱你，一定很好玩。」

我聽來怪不好意思的，她的大膽，委實令我感到意外驚訝，然而，莫名其妙得很，我順口回答她：

「妳抱好了！」

「你比我重，我抱不動的。」

此時此地，我也一反平常什麼道德觀念，而學起一向認爲汚穢卑微的話語說：

「妳實在很美，我也眞想抱一抱妳。」

「有一天，會讓你抱的。」

坐下不久，雖然我們的胳臂互相擦碰而感到一陣的溫熱，然而，寒風毫不留情，刺骨的吹擊著我們。

我看得出翠玉也難挨冷風的侵襲，於是，我就催她早點回去，她卻說：

「沒談上幾句話，就回去？」接著，她提議：「找李姐姐去！」

提到那位李小姐，誠然是我的恩人，她鼓勵翠玉與我做朋友，而且從翠玉的口中得知，她是一位好學勤奮的人，從我給翠玉的相片以及我的作品，還不時的稱讚我，對於這樣的一個好人，我是應該及早認識她的。

我跟隨著翠玉的後面，走在冷寂的街道上，身子不停地發抖，內心裏頭卻湧現起無上的興奮，覺得也滿有一番情趣呢！

原來，李姐姐住的，是在翠玉家的隔鄰，那幢有樓的房子，翠玉告訴我，那是合作社的宿舍。

她輕輕地打開外圍一排木板籬笆的外門，我跟著她踏進去，樓下幾家都已掩門入睡的樣子，我隨她後面很輕步踏上木梯，樓上靠近木梯的一間是廚房，她告訴我，從廚房的窗戶可以看到她家，站在那裏講話，家裏的人可以聽到。

我很快的掃視了一眼，由廚房爐鍋的擺設，可以看出樓上人概有三、四家人居住。

翠玉在一間正從裏面發出古典音樂的房門上敲了幾下。

「哦！翠玉……」打開房門的是一位皮膚白皙、眉目秀麗，大約有二十七八歲年紀，有著一種美女型的女人，眞有點像日本女影星若尾文子。當她看到我這陌生的眼睛時，感到有些吃驚。

翠玉似乎一點拘謹也沒有，一骨祿兒就走了進去：「他是志淸。」然後轉過臉來對我說：「這位就是李姐姐。」

「進來嘛，請坐。」這位李姐姐立刻很和氣的招呼我。

我很不自然地坐在一張籐椅上，室內的暖氣，使我感到心身的舒適。

我偸偸的打量了一番房間的陳設——書架上有不少的世界名著與一些日文書籍，牆壁上貼掛了很多美麗的畫片以及精緻的娃娃兒，大概有六席榻榻米床鋪上有一張小巧的寫字桌，旁邊是一座相當新穎的電唱機……一件一物，在我的眼裏，都是新鮮的、高貴的、富有智慧的意味。

李姐姐忙著拿出茶杯，把奶粉與麥片攪在一起，泡了三杯，還拿出香蕉、餅干、麵包，很親切的招待我們。

翠玉一點客氣的樣兒都沒有，拿起這個，拿起那個，就拼命的吃。我實在有點兒那個的，從進來開始，我就被這佈置優雅的房間——一種高貴的氣氛，迷住了，也激使得我感到自己的卑微，當我從李姐姐的手中，接過一杯牛乳摻麥片富有營養的飲料，與高級的餅干時，我意識到自己平日生活的清苦，而覺得假若我眞的有一位這樣美好的姊姊的照顧，不知將會如何的幸福。

吃過點心後，李姐姐問我喜歡聽什麼歌曲，我茫然無以作答。

「『貝多芬第九交響曲』。」翠玉搶著說。

「李姐姐喜歡那支歌？」我想由她喜愛的歌曲，而能跟她有所話談。

「『吉布賽人流浪曲』。」

驀地，我多少瞭解一點李姐姐，那是以前翠玉已經告訴過我，李姐姐從小就離家讀書，現在做事也遠離她的家，顯然她在嘗試流浪異鄉的意味。

聽了幾支歌後，我們就很愉快地暢談，也許，由於翠玉把我與李姐姐陌生的距離拉得很短，她對我有很深切的鼓勵，令我由衷的敬佩她。

已將近十一點了，我本想告辭搭最後的班車回C鎮，無奈我竟捨不得離開，我直覺的感到，寧願永遠陶醉在這溫馨的情調裏。

翠玉走到廚房去，我隱約的可以聽到她在窗口向母親說，晚上要在李姐姐這裏睡，顯然的，可以看出翠玉已把李姐姐當作是一位親姊姊看待。

我們繼續又談了很多話。「噹！」隔室的掛鐘，在靜寂的夜裏，輕脆的響了一下。我看了看她們倆人的臉色，似乎一點睡意都沒有，當然，我更是興致勃然。

不過，突然我才想起，這只是第一次的拜訪，過了十二點已算是太不禮貌，何況又是一點鐘了呢！於是我只好抑制住徜徉在愛人和姊姊似的喜悅裏，非常悵惘的離開她們。

「志清，回來！」當我正踏下樓梯時，翠玉輕聲的把我叫住。

「穿上這件棉毛衣。」她遞給我還暖和的軟綿綿的棉衣。

那件棉衣是她剛才在李姐姐房間的更衣室裏脫下的。

委實，我這單薄的衣服，是不足在這深夜裏禦寒的。我很慚愧，自己都不能把自己照顧好，反而讓人家操心，我露著感激的眼光注視翠玉，很不好意思從她手中接過棉衣，到更衣室把它穿上。穿女人的衣服，這我還是破題兒第一遭呢！雖然我本能的覺得怪彆扭。可是，說實話，一穿上暖和得多了，加上又是愛人的衣服，那是多麼美妙的事呀！

翠玉大概怕被人家看到她在送我，只是在房間裏向我道了聲「再見」，還用很體貼溫柔的語氣問：

「志清，還會冷嗎？」

湧現自內心深處的感奮，阻塞我的咽喉，我說不出也不知該用什麼話回答她。

李姐姐帶我下樓，打開已上鎖的大門，還送我到巷口，臨別時，她叫我週末再來玩。

我在火車站前等了大約半個鐘頭，直到夜快車來了之後，開往C鎮的小包車，才湊了三四位搭客。

凜冽的寒風在深夜裏侵人肌骨，我不停地發抖，嘴唇不禁發出牙齒相碰擦的聲音，身體上感到難耐的寒冷，可是，翠玉那親切的問語「志清，你會冷嗎？」縈迴著我底耳際，在我的心湖湧現出不盡的暖流。

◈　◈　◈

兩天後，我再度到臺中找李姐姐，除了要帶還給翠玉的棉毛衣以外，同時還帶了我在高中畢業的紀念册。

到達臺中後，我逕自就走去李姐姐的宿舍。

但是，不知何故她的房間漆黑黑的，經過向鄰人打聽的結果，才知道她還在合作社，可能是在加班。

廚房裏有一位太太正在做飯，否則我眞想試試在窗口向底下看看翠玉在做什麼。

我到合作社去，裏面日光燈非常光亮，有四五個人正在收拾帳簿，但見不到李姐姐，看那情形好像是工作剛結束不久似的，我不敢走進去問問，只是在門外瞭望而已。

在合作社門口打了一個轉以後，我再度回到李姐姐的宿舍去，她還是沒有回來，我心裏就迷糊的猜想，她可能是同男朋友約會去了。這使我聯想起何不也設法把翠玉叫出來幽會去呢！於是，我利用公共電話打到她家，碰巧剛好是她接的，但是她說不能立刻出來，要等父親回去，弄熱水給他洗過手臉後才有空，她緩慢有點傷感的聲音說：

「母親感冒了。」

聽到她媽媽生病的消息，我驀地也感到一份憂心，而冷截了今晚本來是興奮的情緒。

我依照翠玉的約定，到戲院門口等她，那是她說儘可能要在第二場電影開映前來到。第一場散場後不久，翠玉果眞的沒有失約，很匆忙地來了，一句話也沒說就往售票處買了兩張票，我隨卽跟在她後面走進戲院。

她坐得很端正，儼然是小學生那般非常規矩的坐法，兩手伸貼在腿上，也不放在扶手上，顯然的，這情景正好是她又在耍脾氣的徵象。

那冷漠的表情，我最討厭也最氣惱，加上整個晚上一下子等李姐姐，一下子又等翠玉，本來就有點急躁性子的我，是最不慣在時間上等候人家。因此，我氣沖沖地也不去理會她，頓時，我們好像變得是陌生人似的。

今晚這部電影演的是幾位科學家如何利用科學機器到月球探險的預言故事，既不是愛情文藝片，又不是滑稽片，所以不至於有感人的鏡頭。

我內心裏一方面氣惱她又搬出那付冷漠型的樣子，另一方面也很埋怨她在浪費時間。

突然，她微微側過身來，很輕聲地說：

「怎麼你都不笑？」

「……」我欲言又止，就不曉得要如何說。

「我也感冒了，眞想要咳嗽！」說罷，她眞的咳嗽了起來。

聽她不很自然的咳嗽聲音，我多少察覺出帶有些虛僞的做作，不禁我暗自好笑，難怪以前同學要給她起了個綽號——弱不禁風的林黛玉。

過了一會兒，她緩慢地移動著身子，逐漸的我已感覺到左邊的胳膊已碰觸到她。我偷偷地窺視了她一眼，藉著銀幕上反映出來的微光，也可以看出她白皙膚色的美麗。頓時，我發現在她那可愛的面貌中，有對於她那麼深切的愛慕，有對於她所給予我的所有的情愛和關切那麼深的感激，又有對我那樣熱烈的一種祈求。使我即使在內心思想中故意對她不服氣，也得要溫和地對待她，不要對她有半點的氣惱。

於是，我輕聲地說道：「請原諒！」

「沒關係！」她很輕脆的回答我，繼之竟伸出右手碰觸了我的左手：「手好了。」

霍然，我感受到有如正負兩電接觸在一起所引起的熱力，心裏砰然地振動了一下。

那也許是應該的禮貌，我這樣設想著，就用左手去撫摸她那在寒冷天氣最易脫皮的手，我假裝要摸撫她前晚在體育場給我看過在手指上脫皮的地方，其實，在黝黯中是看不到，更很難在細嫩的皮膚上用感官的神經察覺出。

說也奇怪，我竟不知怎麼的，伸出右手連同左手，把她的右手壓在兩掌之中，而不斷地擦撫，一種異常興奮的感覺充滿著我的心。

立刻我想起了一位義大利歌劇作家普契尼的一部歌劇作品——「好冷的小手啊！」：

詩人羅道佛正在撰寫一篇詩時，突然米米——他蒼白的鄰居，她的鑰匙丟了，蠟燭也滅了，要來借火。羅道佛很熱心地幫她找到了，但他沒有說，這時一陣風把他手中的蠟燭吹熄了，他們在摸索中兩人的手碰在一起，他感到她的手僵冷如冰，便以柔情萬縷的音調唱出這首好冷的小手。……

「還要看下去嗎？」翠玉的問話，突然打斷了我的遐思。此刻，我所摸觸到的手，不是「好冷的小手」，而是「好溫暖的小手啊！」

看完電影之後，我先到李姐姐家，翠玉直接就回到她家。

李姐姐已經回來了，她正在看一本《西洋哲學史話》，她又很客氣的招待我，泡了一杯可可亞和拿出餅干給我吃。隨之，我把帶來的紀念册拿給她看。

過了不久，翠玉也來了，她帶了兩三本相簿，都是她們家族的相片，一本一本的一張一張的爲我解說，最有趣的是她那些童年的照片。

「想不到，現在妳長得這麼漂亮了！」我情不自禁地說出來。

「嗯，確實越來越漂亮。」李姐姐也附和我的說話。

這一天晚上，又長談了很多的話，當然來不及坐公路客車，又熬到深夜兩點鐘才坐小包車回去。

僅僅只見過兩次面，然而李姐姐給我的印象，卻是非常的深刻。她是多麼的溫和而博學，那使我改變以前認爲在金融界工作的女性大都是沉迷黃金夢的成見。就像今晚她看《西洋哲學史話》這一個例子，在浮華的社會裏，有這樣好學的女性，委實是鳳毛麟角的。她在談吐之間，充滿智慧眞理的話語，更表現出她有崇高的理想，或許，這也是她遲遲還沒結婚的原因。我這樣的思維，感到李姐姐是一位不平凡的女性，而最使我安心喜悅，則倒是翠玉能夠幸運交上她，而在她智慧的薰陶下，給我們在情感上有著莫大的鼓舞與希望。

18

命運之神似乎太寵愛我了，十一月初突然接到公司的調職令，自十一月五日起在臺中分銷處工作，也是擔任會計。

最先告訴我這消息的是張士賢，他說曾課長本來是要讓坐在我隔壁的黃中吉去。因爲黃中吉的家室在C鎭，搬到臺中去有很多的不便，於是我這單身漢就被選上了。

「這一來會情人可就方便了！」張士賢打趣的對我說。

「還是一樣！」我敷衍道。

「像上個月底兩個晚上都要到兩點多鐘才回來，那不累？」

的確以後跟翠玉約會方便得多了，甚至於可以一天見幾次面哩！也免得來回與再受那熬夜的辛酸，不過最值得我興奮的，除了跟翠玉有更多接觸的機會以外，應該是能夠有上補習班補課的機會。

公司在臺中的分銷處，是設在復興路，辦公室與倉庫都是向一位在市政府服務的蔡先生租的，是一座平房。分銷處的主任由公司會計課的曾課長兼任，除外有兩位鄭、林外務員與倉庫管理員老魏，他們都是我早就認識的，那是以前我一度在臺中擔任外務員的時候。分銷處辦公的地方還相當的雅緻，那位房東蔡先生與他的太太以及一個正上初中與兩個上國校與尚未就學一共五個兒女住在後頭。這一座平房上的小閣樓，分成兩間，一間給老魏住，一間是給我住。除非營業特別繁忙時，老魏才住在這裏以便存取貨，否則，他經常都是到他兒子家去的。分銷處的對面有一家飯店，我恰好可以在那裏包飯。

曾主任桌上那架電話機，最吸引我了，似乎一看到電話機，我就能很快速很正確的記起翠玉家的電話號碼。

搬到臺中的第一天，我就立即到腳踏車店買一部車子，我想此後無論是跟翠玉約會或辦什麼事，在這地廣熱鬧的城市，我都會需要它的。

一聲一聲輕盈的「滴達！滴達！」的飛輪轉動聲，彷彿表露出我心底的喜悅。騎著光亮亮的新車子，穿過這條街經過那條路，馳騁在平坦的柏油路上，左衝右閃這種氣概很夠威風，有點像在馬上英勇殺敵的古羅馬戰士一樣。有時緩慢地騎著，好像有萬縷的柔情纏著我的心。

興奮得不知兒了多久，不知不覺騎到翠玉家的那條巷口，這時落日的餘暉，正映照著路旁高聳的建築物，巨大的背影橫過大馬路，天空瀰佈綺彩的紅霞，呈現著一幅美麗的景象，不禁令我深深地讚嘆：

「這眞是一個美麗的城市。」

回到分銷處後，我立刻打電話去翠玉家。我想讓翠玉吃驚一下，昨天還在C鎮，今天已在臺中了。

「喂！喂！」接聽電話的是男人的聲音，我暗地裏吃驚，自嘆倒霉，毫無疑問那是她父親。於是，我立刻急中生智機警地道：「喂，請老王聽電話！」

「我這裏是××合作社經理宿舍，沒有一個老王。」

當我把電話掛斷後，感到一陣不可言喻的歡悅，爲我這一下子的搗鬼而啼笑皆非。

晚上，我到李姐姐住處去，她還把翠玉喊來，我告訴她們調職來臺中的消息，我注視著翠玉那雀躍的表情，使我想起前些天她說的：「一天沒見你，就覺得很痛苦。」我在微笑裏顯示出內心的喜悅：「此後，我們可以天天見面了。」

分銷處的工作，比總公司清閒多了，每日只要把兩位外務員送往顧客的布匹數量，以及收款數額登帳列表寄送公司，不必再像以前在會計課要把一大堆的收支傳票，計算正確編列項目繁多的會計報告表。

兩個外務員每天大約在早上來過一趟，下午收完貨款再送到我這裏，幾乎可以說他們整天都不在分銷處。至於曾主任，雖然這裏擺有他的辦公桌，但是他很少來，就是來了核對我整理的帳簿外，待不了好久就走。老魏時常都在隔壁的倉庫。因此可以說，分銷處這裏是我一個人的天下，剛來的這幾天，我很想叫翠玉過來談談，不過，我生怕那位房東太太會講閒話。

這一天晚上，我正在小閣樓的房間懸掛李姐姐送給我的一幀有一隻帆船乘風破浪的畫片的鏡框，以及翠玉送的一束用彩色膠紙做成的彩花。經過一陣子的打掃與整理，把這間光擺設有一張單人床與一張桌子，以及三張椅子的房間，佈置得還滿不錯。我站在房門仔細的打量一下，覺得我帶來的那幀貝多芬畫像，和兩三排的書架，以及李姐姐與翠玉送的鏡框與紙花，將這房間點綴成無比的清雅與高貴。我也好奇而調皮地站在老魏的房門口想像著他的房間，一定是充滿濃厚的香煙味道與遍地紅痕斑斑的檳榔汁——那是女孩子最不喜歡的。我走回自己的房間，站在門口，設想著翠玉的來訪，我一定要用中古歐洲盛行的那種彎腳叉擺手的姿勢去歡迎她。

突然樓下傳來一陣電話機的鈴聲，我連忙跑下去接，那是翠玉打來的，不出我的所料，她眞的要來參觀我的房間。不知怎麼的我反而感到有點緊張起來了。

過了不久，果眞的她來了，騎單車的速度相當快，當我幫她把車子推進屋裏時，才清楚的看到她今晚的打扮——藍色的太空衣，藍色的牛仔褲，藍色的太空鞋。她看到我有些發楞的情景，立刻輕推了我一下，催我趕快帶她上樓去，免得被住在後頭的房東看到。

走到樓上時，她默然的指著老魏的房間，我搖了一下頭，她就很快地走進房間，本來打算在門口用那歐洲中古式的行禮法歡迎她，可是我卻忘了，因爲她那阿飛女似的裝束，令我感到驚異不已。

「原來，男孩子的房間是這樣子的，嘻嘻！我有生以來還是第一次走進男人的房間。」她剛進來還沒坐定就笑著說。

「有什麼不同？」我問。

「不足爲外人道也。」她故意套出陶淵明的〈桃花源記〉裏一句話說，接著她又說：

「等一下，騎車子陪我去省議會玩，好嗎？」

「妳這樣的打扮，就是爲的去省議會？」

「嗯，女孩子這樣的打扮，最適合騎車子，你不是喜歡藍色的嗎？」

「哦，我知道了！」

「難道你以爲我是太妹型的？」

我怕她動不動又發脾氣，連忙緩和氣氛過來：「不，我很欣賞活潑的女孩子！」

「呸，我不活潑呀，我愛靜的嘛！」她頓了頓氣又說：「但是奇怪得很，一見到你就活潑了。」

的確，我心裏頭也有那種感覺，一看到她，就不禁的在平靜的心湖上掀起活躍的漣漪。

她打開那扇我這房間唯一臨街的窗門說：「你看，一點風都沒有，星星月亮多麼美麗，趕快走！」

「妳騎得到嗎？林黛玉！」

「嘿，別輕視人，現代的林黛玉跟以前的大不相同啦！」

當我們從分銷處騎車子出來後，我對她說：

「妳看，我買的是妳喜歡的綠色的車子。」

「死不要臉，人家可不喜歡你呢！」

於是，我們在輕鬆愉快的氣息中，開始踏上我們的目的地。

在皓月繁星的照耀下，我們一路上有說有笑的騎著車子，她還不甘示弱的同我比賽車子，我故意讓她佔先，一方面爲了讓她當「女王」，一方面也躭憂她過於激烈的運動，料想不到，竟獲得她溫柔的話語：

「志清，你太體貼人了，我喜歡你。」

到達省議會後，來回的兜了幾圈，然後坐在水池邊休息。翠玉有點嘆息地說：

「省議會實在沒有什麼好玩的！」

聽了她的話後，我想起了張士賢曾經告訴過我，晚上在省議會後面的小山上和林家花園都是情侶的好去處，但是我非常困難道出邀她到那比較有「好玩的地方」去！

「你在想什麼？」她擡過頭來望著我問。

「不！我在看日光燈映照在水面上的閃爍的光影。」

「有什麼好看！」她又有點不高興的樣子。

「時間不早了，還是回去吧！」我說。

「回去就回去！」

顯然她的口氣多少有點掃興的。

來的時候，非常快活的，回程卻鬧得好沉默很不開心似的。當然，我猜想得到她心底的氣惱——我都要裝著假惺惺的不對她進一步表示親熱，何況她都已自動地握撫過我的手。

想來想去還是我要遷就她，於是我看到路旁一家小吃店時，我打開僵局：

「吃碗麵好嗎？」

「嗯！」

我留意著她的表情，嘿！眞有趣，她咬著嘴唇瞇著眼兒撒嬌似的帶著笑意。

我們下了車把車子擺好後，剛走進這家小吃店，一個在看攤子的小孩立刻跑進去喊著：

「祖母，祖母，客人來了！」

然後，一個大約六十多的老婦人出來招呼。

我們走進去坐定後，我望著這老婦人的背影，立刻使我想起了祖母。

「志清，你告訴祖母你調職的消息嗎？」翠玉似乎聽了那小孩的叫喊聲後，跟我有了相同的感觸。

「哦，還沒，我正想著她呢！」

這時候，老婦人已把煮好的兩碗熱騰騰的麵端送過來。我有些好奇與出神地注視她。

這老婦人也許對我的態度感到奇異，不禁皺了一下眉頭，用緩慢而很慈祥的語氣說：

「你們要到臺中？」

「是的，我們是到省議會玩的。」翠玉搶著答。

「你們眞好哩！」老婦人笑著走開。

我拿起了筷子，吃過幾口後，禁不住想念祖母的心緒，我又說道：「我祖母有點像這老婦人。」

「我眞想能見見她。」翠玉說。

「妳想見她？」

「有什麼不好？」

我若有所思的：「那麼，我帶妳去。」

「好嘛！」她一點考慮都沒有。

走出小吃店，我們又恢復了原先啓程時那種輕快的氣氛，而商討如何來一次長途旅行。她打算瞞著父親，說是跟幾位同學要到屛東去看一位生病的同學，順便到高雄臺南看看祖母與幾位叔叔。我爲她想不到有更好的辦法，也就同意她的計畫，她還很肯定的保證，父親絕不會查個究竟，因爲他的心都灌注到事業上去，對於子女的事情，向來很少過問。

19

我的靈魂輕快得像一隻飛翔在天空裏的小鳥似的，提著一隻旅行袋和一包臺中名產鳳梨酥木瓜酥和糖果，走在路燈昏黃的街道上，除了偶而看到的清道夫與幾個準備做早晨生意的人以外，看不到白天那熙攘的車輛和人潮，呼吸著清新的空氣覺得輕快得多。走到火車站，對過月臺上那懸吊著的大鐘後，我不禁的感到好笑起來，離火車開車時間還有一個鐘頭呢！我揉揉著昨夜一直沒眞正闔眼睡過的眼睛，多少覺得有點兒疲倦。

站在火車站前的廣場，我悠然地欣賞這黑夜裡城市底靜穆的可愛，眞願將我心底的喜悅告訴人們，就像古羅馬時代的凱撒，站在千萬人的面前，宏亮而有力地演說：「親愛的羅馬人民們……」這多麼神氣多麼有趣呵！

「除非趕時間，否則我都不坐什麼柴油快車！」我想起昨天在李姐姐房裡跟翠玉爭執的情景，爲了給她一點面子表示我的「派頭」，我堅持起碼搭乘平快甚至柴油快車，料不到她卻大加反對。

「我就喜歡普通慢車，我以爲坐快車的人不見得就顯得高貴，父親常勉勵我們，能節省就要儘量節省，何況是我們年輕人！」我又想起了她的大道理。

因此，今天我所興奮的不止是翠玉答應同行，而且更是她不虛榮的美德——那是一般女性很難得的，這也使我對林肯的一句名言：「偉大來自平凡。」有著深刻的感慨。

時間一秒一分的過去，離開車的時間僅有一刻鐘，翠玉還沒有來，一陣憂慮的心緒開始擴展起來，難道她臨時又變了卦或遭受父親的阻礙……

平常我就有點氣惱她不守時間，往往總要比約定的時間遲個半鐘頭或幾十分鐘，她就常那麼俏皮的表示，那是在培養我對她的一種服氣的尊敬。

晨間朦朧的霧氣，站在火車站前大約只能看到六七十公尺遠的景物。我已等候得焦急不已，巴不得跑去她家看個究竟，但時間已來不及了。播音器播出開始剪票的聲音時，我才看到一個熟悉的身影，從白茫茫的霧氣中緩緩走來，我很想跑過去催她走快點，可是我又不能這樣做，因爲昨天我已跟她「約法三章」：在臺中火車站，我們都不能交談一句話，車票她自己會買，等到上了車開動以後才能坐在一起，昨天聽她的話後，我心裏暗自好笑起來，那有點像是「私奔」的計畫。

現在，我無可奈何的只好眼巴巴的看她姍姍地走進車站，買了車票，剪過車票，還慢條斯理的一階一階的步上月臺，一階一階的步下月臺——一點兒慌張的樣兒都沒有，我離她幾公尺遠很看不順眼的心緒跟她走，當她正上車時，火車準備開動的鈴聲正響起，那聲音在清靜的早晨非常響亮的，也好比是我要對翠玉發發火氣的聲音。我剛踏上車廂「嗚！」的一響震耳的汽笛聲，劃破這正沉睡著的城市底天空，車子轆轆的開動了。

我注視著車廂那頭的翠玉，一直到她向我做了一個暗示時——表示在這旅客寥寥的車廂裡，除了我，沒有認識她的人，我才走過去坐在她的身旁。

「我看你那種態度，坐起快車才丟人！」立卽她輕聲說道。

我看了看她似乎沒有生氣的表情，才把適才那種煩燥的情緒輕鬆下來：「請原諒！」我補上了這麼一句。

於是她告訴我：她父親本來要陪送她到車站來，因爲要是到車站來看不到她的同學，一定會有什麼懷疑，所以就跟她父親堅決謝絕，結果只有送她到巷口而已，以致來遲了些。

「其實也用不著慌！我這樣不是上了車？」她滿輕快的說。

「妳父親很愛護妳！」

「當然喲，我是大女兒哩！大女兒是最乖的。」

我們就這樣富有情趣的開始談論著彼此似乎永遠談不完的故事。

東方逐漸發白了，車窗外流動的景物，越來看得越清楚。

「眞美麗！」她看了我一眼：「謝謝你帶我旅行，讓我大開眼界！」

似乎這是很費解的問題，翠玉的家庭環境那麼好，但是他們卻很少到外埠遊玩，像她已是二十歲的大女孩子連海都沒看過，顯然她父親是一位事業心非常重的男人，而且是一位對兒女嚴峻的父親。

「志清，你看太陽出來了！好美，好燦爛呀！」

聽了她天眞的話語，我眞想笑，也的確覺得她的可愛。

「是呀，太陽最美麗的！」我說道。

「你愛太陽？」

「嗯，不但是愛，而且是需要它。」

「是今天才有這個感覺嗎？」她笑了笑說。

我看她一眼：「不是！」

「那是什麼道理？」她表示有點疑惑。

「太陽的本身，總是太陽，美不美是妳自己的感覺。」

「明天的太陽也是一樣啦？」

「嗯，不過要是一個在今天有不如意的人，我想他總會盼望明天的太陽，能帶給他好運氣。」

我頭頭是道的說。

「那明天的太陽，在今天來講還是一個未知數嘛！」

「是呀，然而，妳總不會希望明天是一個沒有太陽的日子吧！」

「……」她嘻嘻的笑個不停。

我從她很自然的笑聲裡體會出她內心的喜悅，那也深深的感染著我，使我不禁相信不知是那一位詩人曾經說過的一句話——「青春是有感染性的。」

火車到達高雄後，我們就先買了兩張開往臺東的公路班車車票，然後在火車站附近的飯店用午餐。

「離開臺中，妳就不怕人家看到我們？」我問道。

「嗯，不過在高雄還是有點怕，要是遇到八叔……」她說著故意望了望左右：「我想他不會怎麼樣，我父親那些兄弟，就光有八叔比較開明，其他的都很頑固。」

「那麼從高雄以後，我們就可以毫無顧忌的，像是眞正的……」我的勇氣似乎還嫌不夠，單是「情侶」兩個字竟也不敢說出來。

不過，也許「靈犀一點通」在青春的男女最爲敏感，我們彼此用眼神交替了心聲。

由高雄開往臺東的公路車是對號入座的，我把靠窗口的位子給翠玉坐，那好讓她欣賞南臺灣以至於東臺灣的風景。坐在我們前排的，從他(她)的裝束與談吐看來，顯然的是一對新婚不久的小夫妻，我心裡暗自欣喜，他們的親密情景，一定會扣動翠玉的心弦，而增添我們旅途的情趣。

十二點車子開動了，陽光強烈地照射著南臺灣，翠玉似乎被車窗外那亞熱帶的景物所迷住，寧願熬受陽光不肯把車窗上的遮光簾拉下。前面的那對小夫妻，剛上車不久，男的就把手臂當做枕頭，讓那女的舒適的靠著休息。幾次，我故意用手輕觸了翠玉一下，要讓她也欣賞一下車內的風光，她就老是咬著嘴唇瞪著眼看我，那表情是叫我別管人家閒事似的。

車子經過枋寮附近時，翠玉好像哥倫布發現了新大陸一樣的興奮，叫出聲來：「哦，海，我看到了！」

幾個旅客都用好奇的眼光看著翠玉，包括前面那對小夫妻。

「這次，算我輸了，以前都是我勝的。」立刻，我假裝是跟她在打賭誰先看到海，而爲她解圍。

翠玉不知是被陽光曝曬的，抑或是剛才被那些可能是第一次聽到一個大女孩子看到海的驚異，以嘲笑「鄉下佬初次進城」的眼光看她而使得她羞赧，白嫩的面頰上兩團紅暈煞是好看，我眞喜悅得不得了，有這樣美麗的伴侶，在這漫長的旅途，是不會感到寂寞的，也想像著當祖母甚至是姑姑他們看到翠玉時，不知將如何的歡愉。

車子按例在楓港站休息十分鐘後，即再開動，由此開始是進入風光綺麗的山路，車子在青山翠谷中蜿蜒前進。翠玉大概由於昨晚沒睡好，加上一大半天的旅程，她有點疲累的樣子，受不住山中那股清涼的氣息，當車子進入山中不久，她就打起瞌睡來了，車子不時的顚簸著，她在酣睡中索興的把頭傾靠在我的肩上，使幾乎也很想閉起眼睛小睡一刻的我清醒百倍，前面那對小夫妻親密的情景不時在引誘著我，於是我伸出手臂想挽住她，但始終我好像都是在學著動作一樣，總不敢碰她一下。

其實，欣賞她雅靜美麗的睡姿，就夠叫我開心了，也令我感到無論她如何的倔強驕傲，總有屈服我的時候。一遍又一遍的端詳她的睡容——多麼美好啊！彷彿是沉醉在柴可夫斯基芭蕾舞曲的「睡美人」中。

車子到達大武後，又休息十分鐘。這時翠玉才醒過來，露著驚異的眼光低聲問我：

「這是什麼地方？」

「颱風登陸最多的地方。」

「咦！」她伸出頭望了望說：「原來大武是這樣子的！」

我下車買了一點吃的，當車子開動了以後，我就遞給她一包菱角。

「大武的菱角非常好吃！海景也很美！」她嚼著菱角但絲毫也不放棄呈現在眼前的一片茫茫的太平洋。看到了海，加上翠玉的胳臂又不時的隨著車子的顚簸振動而碰擦著我，深深的使我感到，我不再是寂寞的人了！

車子抵達臺東時已日落黃昏，簡單的在車站吃了幾個麵包後又搭上開往成功的公路班車。

「怎麼有的人也叫新港。」她看到在途中上車的人，有的說要到成功有的也說到新港而詫異的問道。

「以前叫新港，後來才改爲成功。」我解釋說。

「呵，成功，希望有決心的人都能成功！」她忽然喃喃自語！

從太陽還沒升起，一直到太陽墜入西邊，我們的旅程猶未終了，但在這一相當長的旅途中，我們始終都是喜悅而柔和。

車子在夜色籠罩著的山巒間和海岸邊馳騁，經過兩個鐘頭的時間，突然一片燈火閃爍的夜景出現在汽車行駛的公路下頭。

「那就是成功鎮！」

「哦，好美呀！」她今天說這句讚美的話不知多少次了。

下了車走出車站，她毫無倦容的說：

「這是一個陌生的地方，但我相信也是一個美麗可愛的地方。」

我隨卽說道：「但願這是一個好的開始。」

走了一會兒，我有些顧忌的問她：

「假若遇到朋友，我要說，妳是……」

「同事嘛！」她很輕快的回答。

我那些從小就認識的朋友，他們大都在漁船工作，此刻他們很可能都已入睡，準備明天一大早的出航。所以，從車站下車後，走到我那童年搖籃的家，一直就沒碰到朋友。

我輕輕的在我不知開關過多少次的門扉上敲了幾響。然後，我聽到祖母的問聲，我故意不答話，好讓她驚喜一下。

門緩慢的開了，祖母露出臉來，一看到我們竟木然似的張著嘴一時說不出話來。

「祖母，您好！」我忙奔過去，撲進她的懷裏。

「志……清，你……你回來了！……」她揉揉眼睛似乎不相信的樣子。

「這位是……」祖母指著翠玉問。

「……是……是周小姐！」我有點不好意思的回答她。

我窺視了翠玉一眼，似乎她一點陌生或羞赧的表情都沒有，很恭順地向祖母請安：

「老伯母，您好！」

我偷偷地向祖母作了個眼色，她也好像了解我的意思——上一次離家時，我曾向她說過，下一次回來時一定帶一位女朋友。

於是祖母很殷切的招呼翠玉進去休息。不久，姑姑、姑丈和幾個侄子都來看我們，鬧哄哄的，頓時，這寂靜的屋子充滿了難有的快樂和溫馨。

我帶翠玉到我的房間，我告訴她：我常常如何的坐在靠窗口的書桌上，俯瞰下面進進出出的漁船、指引迷津的燈塔，以及遠遠那波浪洶湧中捕魚的船隻，……想起葬身汪洋中的父親，我就伏在書桌上痛哭。

翠玉凝眸的靜聽我的述說。此刻，我從她的表情，意識到那是比以前她所能說的所能寫的，甚至是她所能想的對待我的感情，要來得更親善、更溫慰。

「我很想下去看看碼頭，或走到燈塔那邊去！」翠玉聽我說完就要求道，於是，我帶了她走向碼頭去。

這個時候只不過是十點鐘，在臺中東海大樓那一帶必定還是霓虹燈閃耀，人車喧嘩的當兒，但是在這深秋的海港卻顯得異常的清靜，除了偶而有幾隻漁船試著開動引擎的馬達聲響以外，似乎聽不到人們的談話聲。停泊在碼頭的漁船，一排一列的井然有序，隨著風浪的吹動，不時的彼起此落，港口裡的一切似乎死寂般的冷清。然而，岸堤外邊海浪的沖擊聲，「嘩喇！嘩喇！」的怒吼著，卻衝破了港口裡的靜穆，也彷彿可怕地施展它的威嚴，迎接即將跟它搏鬥的漁夫。

那一閃一滅的燈塔，似乎在這沉靜與動盪之中，顯出它唯我獨尊的優越，令人不禁感到，假若在浩瀚的大海中一旦迷失了方向，而有了燈塔的指引，那眞是如獲珍寶的，怪不得有人把愛人比喻爲「黑暗中的燈塔」。此刻在我身旁的翠玉，不也正是我「黑暗中的燈塔」？

走到燈塔附近時，風從浩瀚的海上吹來，正在上潮的海浪一個接連一個撲向岸堤來，翠玉看得有點顫抖而嘆道：

「海明威說得眞對，海有時是仁慈，但有時也是殘酷的。」

「這使我想起了法國羅逖所著的《冰島漁夫》的故事。」我跟著她打開文藝的話匣子。

「你同情歌忈嗎？」

「嗯，當然呀！每天傍晚，寒冷的霧氣由地上升起，她總是在窗上凝望，但是她的丈夫永遠沒有回來，這樣整日面對渺茫空泛的大海，失去丈夫的女人，是多麼痛苦呢！」

我們信步地由燈塔步回碼頭，然後爬到碼頭後面的高地上，並肩坐著觀覽蒼茫無邊的海。海風陣陣地吹來，我不時的打著寒噤，翠玉似乎也有點發抖的樣子，還偶而輕輕的咳嗽幾下，我催她還是回去休息，但她卻說要多欣賞一會。

也許，寒冷的感覺，促使我們坐得更靠近，藉著彼此的體溫以抵禦外來的寒氣。

「我忘了帶手套來。」她發抖地說。

我本能的握住她的手：「好冷呵！」

她望著我，微笑著半張著嘴唇在噓噓寒氣，她的手在我手掌裏不斷地抽搐著。我覺得血流在脈管裏與顫抖的手指裏躍動。

周遭除了海浪的怒吼聲，是一片的靜寂而黝黯，月兒不知躲到那裏去了，天空上只有稀疏的幾顆寒星，唯有那燈塔上的光亮，照耀著靜悄悄的港口。

她旋轉過頭來，彷彿那燈塔上的光亮的一閃，我卻好比行駛在黑暗中迷失航道的船隻，瞬刻間望到一絲光亮，而電光般的摟著她的頸項，撲在她的懷裏，於是四片嘴唇接觸在一起。

「……志……清……不要！」

「妳……不喜歡我？」

「不是，我的感冒還沒好，恐怕細菌傳染到你。」她說著慢慢移開身子。

霎時，我感到一陣的不安：「對不起！」也想起了那一次會見她媽媽時，我所答應不跟翠玉做出有過分的事，而更感到一陣莫名的苦痛。

「志清，假使我們做更進一步的朋友，你會後悔嗎？」

「不，相反的，我覺得很榮幸。」

「志清，你實在……。」她說完就把整個身子靠偎過來。

她的呼吸輕輕地吹著我的面頰，我伸出手輕攏她被海風吹散在美麗的前額光滑細膩的髮絲：

「翠玉，妳也很好！」

「可憐的孩子！」她摟著我更緊。

我像一隻軟弱的小綿羊，受著她的撫慰。

「清，今天是幾號？」

「十一月十日！」

「我們把它定為我們兩人的生日好嗎？」

「為什麼？」我問道。

「今天是我永生不忘的，是我有生以來最美麗最興奮的一天。」

「但我有一個要求。」

「什麼？」

「請妳以後不要擺出那付傲慢冷漠的表情。」

她半開著的口浮泛著微笑：「外表冷如冰，其實內心是熾熱的。我要慢慢地訓練你會服從我，因爲，我常覺得母親在舊體敎束縛之下，對待父親是那般的溫順，而萌起身爲女人的不平。」

「我一定會尊敬妳的。」但立刻我被一個自從我們認識以來潛伏著的隱憂，而脫口說出：「不過，將來妳父親不知會不會答應……」

她立刻截住了我的話：「不要去想啦，有志者事竟成，難道你沒有信心？」

這些日子以來，覺得沒有比這句話更明瞭更感動我了。

翠玉似乎對海港有著不可言喻的喜愛，她指著逐漸在淡薄的霧氣瀰佈中的燈塔說：「我想起了那部日本電影「悲歡歲月」。」

「假若，我是一個淸苦的燈塔管理員，妳會嫁給我嗎？」我趁機捉住話題。

「當然呀，忍受自己的痛苦，爲別人服務是最偉大的。」

我稱讚了她一番，卻不禁喟嘆著說：

「將來，我的生活可能就是屬於那一類的，因爲我從來就沒想到發財做官那些事兒。」

「只要看到你在人生的旅途上，不斷的奮鬥，卽使是掙扎在極端的痛苦中，而能看到你發出良善的微笑，就會使我感覺到自己是幸福的。」翠玉滔滔不絕地道出她超人的見解。充滿著互相體諒的眞情，與交互道出彼此綺麗的憧憬，陶醉在這樣溫馨的氣氛中，竟使我們忘卻了今天漫長旅途所感受到的疲憊。回到家裡，已過了十二點，但祖母還很耐心地守在火爐邊保持溫水的熱度，讓我們有暖水洗澡。

翠玉跟祖母睡在一起。當我正打算熄掉燈火時，祖母輕步地走到我的房間來。當然，我是了解她老人家的來意，於是，我就把跟翠玉認識的經過以及家庭情形告訴她，也告訴她調職的事。

她聽我說完，在她皺紋滿佈的慈容上立即露出疑慮來：「人家會看得起我們？」

「祖母，時代不同了！」

「我只有一句話要講，萬一人家不喜歡我們，也別洩氣，必須更加奮鬥。」祖母用很堅毅的語氣說。

而從她告訴我的近況時，才知道祖母已熬不住海風，不再擺香煙攤子了，也很欣喜的告訴我，她已儲備了一點錢，希望我能再升學，開創更美好的前途。

祖母關上了房門以後，岸堤外那洶湧的海浪沖擊聲，又彷彿是一支我幼年、童年、少年，以至現在的催眠曲。

❖ ❖ ❖

一陣輕微但似乎已不間斷地敲打了有些時間的門板聲，交雜著門窗外那一片「噠！噠！……」的引擎發動聲，使我從昨夜疲憊而沉入酣睡之中醒過來。

我揉著惺忪的睡眼打開房門。

「喂，趕快啦，帶我去碼頭！」翠玉已整裝而好像旁若無人似的親密的對我說。

當我們剛跨出家門走了幾步，祖母拿著一條藍色的圍巾追過來：

「周小姐，天氣很冷，妳拿去用免得受涼，這條我幾天前剛打好的，本來早就打算要寄去給志清的。」說罷她就把它裹住在翠玉的頸部，然後，叮嚀我們要早點回來吃飯。

昨天看到的那成排的漁船，大都已出港捕魚去了，只有零落的幾隻仍停泊在港裏。燈塔裏耀耀的燈光，在朦朧的晨色中發出一道一道的光華，好像給那正在海洋上作業的健兒，一個勇敢而安全的鼓舞。

我們走到岸堤邊的海灘，爬到一塊礁石上，欣賞一排一排雪白的浪花，沖激著細沙與岸石所起的泡沫，煞是奇觀。

太陽從海的水平線升起，一輪金黃色的血球緩緩離開水面，道道燦爛的光華映照著粼粼的海面，浮動了五光十色綺麗的朝霞，使得我們眼花撩亂。

翠玉走下礁石，脫掉鞋子走在沙灘上，她說當浪潮沖洗著腳是非常清涼非常有趣。

潮退了之後的海灘，滿是零亂的石子和貝殼的化石，一羣小孩子嬉笑地揀著寄生蟹與貝殼，翠玉也喜悅地撿拾了滿掌亮晶可愛的貝殼。

她在沙灘上大概玩夠了，就要求我講一點關於我以前的故事。於是，並坐在海灘上的岩石，我告訴了她從前跟隨姑丈的漁船出海捕魚，有驚險也煞有情趣的經歷。

「志清，我真欣賞你，也活潑也文靜的氣質，就像古人最喜歡所謂『文武全才』的人。」

我望著她水汪汪的眼神，增添了彷彿那碧藍色的海，在我心目中所佔據的位置。

後來，我帶她去參觀小型漁船的構造，她對於如何把木板弄成彎形與船殼上面的雕刻工藝，驚嘆不已。這時候，剛有一隻漁船捕到一條鯊魚，他們把牠繫在漁市場旁邊的石柱上，中標的魚背上一個紅紅的創痕還不斷的湧出鮮血，在牠那還不時掙扎的身邊，把海水染成了淺紅色。

「很像《老人與海》裏那條魚。」翠玉看了之後輕嘆地說。

「妳搞錯了，老人捕到的是馬林魚，這是鯊魚呢！」

「呸，死鬼，我就說有點像嘛！」她不甘示弱反擊我。

突然，我的肩上有幾隻粗大的手把我纏住，我回頭一看，原來都是從前的好友，他們一夥兒把我拉到旁邊，好奇的問起翠玉，我就告訴他們，是公司裏的同事，他們幾乎異口同聲都說我太有福氣了。

其實，那些朋友的話語並不誇大，當我跟翠玉在碼頭上漫步時，幾乎在我所能看到的人，他們都以羨慕的眼光望著我們，而令我可喜的感到我是世界上最幸運的男人。

快走到家時，翠玉有點失望的嘆道：

「唉，我眞願永遠住在這裏！多麼美麗可愛的地方，可惜就要走了。」

「以後有機會再來！」我只能這樣安慰她。因爲這次旅行，她父親只允許她出來三天，我也因爲剛調到臺中，一些帳簿都還等著整理，未便多請假。

祖母似乎很喜歡翠玉，當用過早餐後，我幫她收拾碗碟到廚房時，她笑著說：「這女孩子很天眞很聰明。」

翠玉對於懸放在客廳中央的那幀我父親在一架新買的漁船旁邊留影的相片，有著深沉的敬意似的，在客廳裏她總不時地看著相片，我趁祖母不在時，偷偷問她，她很敏巧的回答我：「因爲，這是他建立的家。」

祖母親自送我們到公路車站，她把那條圍巾送給翠玉說：「妳來這裏，我沒有什麼好招待的，這條圍巾，就算是我送給妳的紀念品。」

當車子緩緩地開動時，祖母還跟著走了幾步，掩不住內心離別的傷感，我看到她也流出淚來，那佝僂的身軀與揚著的白手帕，在車後沙塵逐漸濃密之中消失。

頓時，使我感到每當回來一次就加深一次莫大的心痛，與未能常侍奉她的不孝。

翠玉的眼眶紅潤潤的，她好像在癡癡地望著東方那已斜掛在天邊的太陽，一時間，我們默默的沒有交談一句話，在無言之中，交替了彼此的心聲。

當車子抵達高雄時，已是萬家燈火了，翠玉打算先跟我逛遊一下高雄的夜景，然後才獨自去他八叔家「報個到」。

翠玉好奇而喜悅得了不得，第一次搭大新百貨公司的自動電梯，然後她在文具器材部選購了一個指南針，她笑著對我說：

「以備將來萬一迷失了你的時候，可以把你找回來。」

後來，坐渡輪到旗津後，又再坐回來。當渡輪在海港中行駛時，她俏皮地倚著欄干裝著一種表情，低聲問我：

「我這樣像不像蘇絲黃？」

「像！」說罷我還靠近她：「那麼我是男主角。」

愛河岸上黃昏的燈光映照在河面上，反射出一排清晰的倒影，天邊上的明月也反映在河面上閃耀著柔光，我們並著肩也偶而拉著手，邁著輕快的腳步在河岸邊走，悠然徜徉在這詩情畫意的美境之中。

「志清，你能原諒我昨晚……」她欲言又止。

「哦，……我們不再去想好了。」似乎我很不好意思談起昨晚那回事。

「我以爲接吻並不能完全表示出眞愛。」她說。

「是的，那只能說是一種形式，不過，妳好像曾經說過，眞愛不只是精神，也要參合肉體吧！」

「但是，我不喜歡接吻，那太俗氣了！我不欣賞這一類的愛情。」她很正經的樣子。

我眞是想笑又不敢笑出來，愛情還有分門別類的！

後來，我住旅館去，她坐上三輪車，就憑著一張紙條上的住址去找她八叔，因爲今天她還是第一次去探訪她八叔的。

❖　❖　❖

在一般家庭大概是吃過早飯不久的時候，翠玉已來旅社會我，她告訴我，她八叔看到她時如何的高興，同時她也說如何巧妙地擺脫了八叔硬要送她到車站的原因。我看到她跳跳蹦蹦的情態，心裏不禁佩服這「林黛玉」雖然經過兩天漫長的旅途，而她的臉部似乎看不出一絲的倦容。從高雄搭公路客車抵達臺南，她又依著一張紙條上的地址，坐三輪車去三叔家「報到」與見見祖母。

下午在赤崁樓會面後，開始走馬看花似的遊歷古城。

她還是堅持到底，回臺中依然坐那發自古城是最後一班開往臺中的普通車。車子從彰化開出後，我們便分開坐了。

車到臺中已是午夜十二時，我們連一聲「再見」都沒說。爲了盡一份「情侶」的義務，我隨後護送她到巷口，當她走到家門前，一手按著電鈴，一手向我擺了幾下，這次的「私奔」便這樣很順利很歡悅的結束。

在歸途中，我像是一個沖洗軟片的人，把這次旅行中的一說一笑一舉一動，拷貝得很完整，一想起來，一個鏡頭，接著一個鏡頭很清晰的映現在我腦海裏記憶的簾幕上。

20

我與翠玉之間的距離，似乎被那次旅行縮短了很多很多，而又加上搬來分銷處的方便，我們見面的機會加多了。有時候她打電話邀我出去，有時也到分銷處找我，或在李姐姐那裏會面，有時候我們也以書信連絡，她說我即使是住在她家的鄰近，也不能不寫點情書，否則就太單調了。

然而，彼此之間的自尊心，常作祟我們，往往隔不了幾天就爲了一句話鬧翻了，甚至於「絕交」。可是，事後，不是她便是我道個歉，又重修舊好，有些時候，我忍耐不住在感情上如此的煎熬，常會有無奈的傷心。

十二月初，一個星期天的下午，她和李姐姐帶了弟妹到公園逛，也邀了我去，她說只要有李姐姐在，就敢跟我在公共場所露面，因此比以前更熟悉的認識了她的弟妹。而幾次在我跟翠玉鬥意氣時，都是她的妹妹充當魯仲連的。

有一次，在她家有「小天使」之稱的三妹，帶了翠玉的信——充當她的和平大使，來分銷處找我，這位才國民學校五年級的小女孩，委實太可愛了，她對我說：

「大姊實在很好，哥哥你不要氣她好不好？」

又有一次，是剛上初中不久的二妹打電話來說：

「大姊晚上哭得吃不下飯，哥哥你們不要再吵了！等一下請你到我家巷口來，我叫大姊騎車子陪你去玩。」

在聖誕節來臨的前幾天，我特地選購了一些聖誕卡寄給翠玉的每一位弟妹，就只有沒寄給翠玉，因爲我們又鬧翻了。

這一天晚上，當我從分銷處對面那家飯店吃過晚飯步出店舖時，隔壁那家可能是基督敎徒的家庭，悠揚地播著「聖誕鈴聲」的歌曲，使我這靈魂空虛疲憊的人，感到一絲溫暖。於是，我故意的來回走過幾趟，甚至站在門窗邊窺視裏面：

一對中年夫婦祥和歡愉地坐在沙發上，客廳正中央放著一株聖誕樹，樹枝上裝飾著金、銀、紅、綠、藍等好幾色的彩紙和還有小小的聖誕老人、有煙囪的房子、金色的星星、銀色的鐘，以及當做雪花的棉絮撒在小松枝上，並且還有幾個小小的燈泡，四、五個男女小孩隨著歌聲，圍著聖誕樹蹦蹦跳跳地兜著圈子，坐在沙發椅上的夫婦，露著笑容有節奏的拍著手。

不看還好，一看之後，淚水不禁噙滿了眼眶，嘴唇不由得微顫著，於是我就急急的跑回臥房，伏在床上讓淚水沖刷掉我內心的痛苦，好在老魏今晚沒住在這裏。

當醒來的時候，被單上濕漉漉的一大塊，這使我意識到自己是一個很脆弱輕易流淚的男人。一般人說流淚是弱者，而弱者的名字是女人，但身爲男人的我，竟然這樣容易流淚，那我也許比女人更爲荏弱了。

昨晚想起了父母也想起了翠玉，整個晚上似乎沉浸在淚海裏，以致今天兩個眼睛紅腫腫的，很不好意思見人。我埋怨上帝給我的力量太少了，我總抱著「明天沒有眼淚！」可是，事實是「明天」的眼淚，往往流得比「今天」多。

窗外零落的傳來「聖誕鈴聲」或「平安夜」的歌聲，在逐漸靜穆的夜裏，那眞善美的歌聲，越爲淸晰而悠揚。「志淸，你是可憐的孩子！」我默認了，啊！上帝幫幫我這善良的人！

我在書桌上，懷著孤寂的心情，一張一張的看著翠玉的弟妹寄給我的卡片。在冥想之中，翠玉發出的卡片一定是寄給前些天她所提起那位姓鄭的男人。

「他還在唸大學，明年就畢業，我父親跟鄭家的人很要好。那天，我去他家玩，他母親硬是要留我吃午飯，當他母親拉著我的手時，一股暖流立刻流貫我受你的氣而變得寒冷的心身。飯後，他告訴我，畢業後要去美國留學。」就是爲了翠玉說這句話我不高興，又鬧翻了。

突然，房門響起了輕微的敲打聲：「碰！碰！」而打斷了我的遐思。

我打開門一看，出乎意料之外竟會是翠玉，她還帶了一盒蛋糕來，儘管我心裏是如何的氣惱她，但是，奇異得很，一見到她，什麼都消失了，只有滿腔的喜悅飄蕩著心房。

良久，她才咧開嘴：「請原諒！」輕輕地說道。

接著，她看到我的笑容，就表現哭笑不得的樣子，一骨碌兒撲進我的懷裏。我用手撫撫她散落在額前的幾根髮絲。

「志清，你怎麼總喜歡撫弄我的頭髮？」

「我的審美觀是注重髮式的，妳打扮的頭髮我最欣賞，像王美惠，人雖然長得不錯，但她的髮式未免太俗氣了，總打扮那種像是三、四十歲的貴婦人似的。」

「妳又要提她，我可不再跟你好。」她撒嬌的說，同時挪開她的身子。

我隨即向前靠近她：「好了，絕不再提！」

「我這種馬尾形的髮式，現在是不流行了，但爲了你我還要繼續打扮下去。」說罷她的馬尾髮結就滑稽地擺來擺去。

「其實，不一定馬尾形的，有時候像妳那種大概是少女型的吧，也非常好看，那才像是年輕人。」

「……」她嘻笑不止：「我也欣賞你這種不擦得油光光而很自然氣派的髮型。」說罷用手在我頭上撫摩了幾下。

霎時，我感到剛才甚至於昨天、前天流那麼多淚水又是浪費了，然而一想起情感上的煎熬，我卻情不自禁的淌出幾滴淚水。

「嘿，你哭了！」

「要是將我這幾天，一顆苦澀的心挖剖出來讓人們看，相信那是熾熱的、滲澹的，很輕易賺人眼淚，實在難過極了。」我哽咽了一下：「而且，一痛苦，什麼ABC、X＋Y都忘光了，還要考什麼大學！」

翠玉從外套的口袋掏出一塊糖果，就往我的嘴口送過來：「志清，不要哭，請原諒我，看到你哭，我眞難過。」

我打開書桌的抽屜，拿出一個糖果盒子：

「妳看，上次妳給我的糖果吃完了，我還把盒子收留起來作紀念，這樣妳可以看出我對妳的感情了！」

她拿了一條手帕，在我眼眶邊輕拭了幾下：「這次算我錯了，看到你流淚，我也快哭出來！」

嘴裏咀嚼著糖果又聽了她的話，一方面我暗自歡喜，她又屈服我了，但一方面也怕她眞的哭了出來，於是，我連忙說道：

「今天是聖誕節，上帝一定歡迎懺悔的人。只要妳發誓以後不要再折磨我，我一定不再哭！而且比以前更尊敬妳。」

「但是，鄭家那回事是眞有的，那麼以後，我不再跟他談話好了，免得你吃醋。」

「我在吃醋？」我提高聲調。

「不打自招。」她嬉笑地說。

她這一說一笑，已好轉了我幾天來惡劣的心緒。但是，我還嫌不夠：

「前天，昨天，妳怎不來？」

「要訓練你……」她頓了頓氣接著又說：「其實我也很痛苦，怕眞的失去了你。」

她說罷，我聯想起前晚去李姐姐那裏時，李姐姐告訴我——「翠玉也很難過的，只要你寫封信去，她就會再跟你好」，當時，我的確夠倔強，忍住內心的痛苦，還把翠玉先後給我的三張相片託李姐姐交還給翠玉，並且說：「我下了最大的決心，不跟她作朋友了」，以表示我的男人氣概。

翠玉沉默了一刻又說：「今天是聖誕節，人家都非常快樂，所以我忍不住孤獨，才跑來跟你談和。」

「那我們該感謝上帝了！」我以明朗的口氣說。

「來，吃蛋糕！」她打開盒子，在加上有Christmas Happy 牛油字跡的部分，切了兩塊，她又了一塊遞給我：「讓我們把快樂吃下去。」

吃完蛋糕後，我拿出了一本日記——幾天前早已預先買好的，送給她，同時要她讀出首頁我所簽寫的字。

她擺出一付很莊重的模樣，像是牧師在讀聖經似的唸出聲：

翠玉：

感激您的安慰與勉勵，對於一個身世飄零孤獨的孩子，那份無上可貴的溫情，將永懷不忘。有智慧的人沒有眼淚，讓我們把生命溶合起來，讓靈魂的伴侶，攜手於人生坎坷的路途，困難時互相慰勉，幸福時互相喜悅。

敬祝

快樂長壽

志清敬上

等她讀完，我就開口問她：

「妳願意嗎？」

「你這模樣像是牧師在證婚時，向新娘問的。當然，我的回答是願意！」

她又在外套的口袋中拿出一張聖誕賀年卡：「沒給你一張，也不好意思。」

「我送的日記算是代替卡片了！」

「OK！你要好好用功呀！最近母親常提起你，她很期望你考上大學。」她的眼睛露著愉快的神色。

「你父親呢？」我問道。

「還不是老樣子，不准我交男朋友。否則，合作社那幾個年輕的，可要把我追死了，還是不說好，等一下你又要吃醋又要再哭。」

我很想親她一個嘴，以表示愛情的禮節，然而，想起在故鄉那晚她的拒絕，我就縮回這個意念，只好老樣子祝福她晚安。

她在下樓梯時，很輕快地哼著「聖誕鈴聲」，蔡太太爲她開門，現在她們已熟悉了，這位蔡太太也滿不錯，但當她問起翠玉時，我總不願明白告訴她翠玉的家庭。

翠玉很愉快的騎著車子走，嘴裏還不停地哼著歌兒，蔡太太又向我說道：

「這位周小姐，實在很好」她這句話不知說過好幾次了。

自從聖誕節以後，一直到農曆年前夕，我回到家鄉過節，一個多月中，我們之間的的確確沒有再發生不愉快的事，就是偶而一兩句意氣的話，也都淡然過去，不再像以前鬧翻了，又和好，又鬧……而能安下心來準備功課，與做好工作。也許，這該感激上帝給我們的恩惠，也證明翠玉聖誕夜發誓的效果，使我在東臺灣的家鄉渡春節的那幾天，深切的想念著在山那邊的翠玉——一個少女的祈禱，在我內心中的溫馨可愛。

21

在家鄉跟祖母渡過農曆新年後，我又匆忙的回到臺中來。在家鄉的那幾天，一時一刻都忘不了翠玉，白天或夜晚，我總在碼頭、燈塔、岸堤上、海灘上漫步，回憶著那段「金玉盟」的溫馨，夜裏也總夢到跟翠玉在一起。儘管如何的想念，如何的夢見，總比不上親見一眼，談一句話來得有意思，來得甜蜜。

於是，當我下車後，立刻就利用車站的公共電話，打到她家去。不知是過分的興奮抑或緊張過度，我覺得我握著話筒的手心，已經滿是汗水。

「喂，我是翠玉……」那聲音對我是多麼熟悉啊！也是幾天來我朝夕所盼望聽到的。

「知道不知道？」我有點提高嗓音說。

「喲，死鬼，再過幾十年，我也聽得出。」

「妳沒出去玩？」我問。

「只有初一出去給幾位老師與同學拜年而已，今天寸步都沒離開家門。」

「為什麼？」我又問。

「眞是，幾天不見，你怎麼變得這樣傻！我在等你嘛！現在，家裏孤單單的只有我一個人，父母與弟妹都到郊野去春遊了。」

顯然，她家人不在，才敢講出絲毫不拘束的話兒。

我極力壓制著聽到她聲音後的歡愉，而裝得好像不在乎的樣子：「妳在等我幹什麼？」

「你這人眞是……眞氣人。」她有點激動。

我連忙說道：「記住，現在是新年不要吵架，否則會倒霉一年！」

「是呀，你有什麼節目？」

我暗地裏覺得欣喜得很，看妳多厲害，這次又輸我了，我故意又擺出滿不在乎的樣子：「隨便！」

「到彰化去！我早已計畫幾天了。」她說。

擱下話筒，步出車站，只見車輛行人熙熙攘攘的，益增添春節的熱鬧。我望著朱紅的紫陽花色天空正廣覆著的市街，不禁又讚道：

「啊！多麼可愛的城市。」

❖　❖　❖

在八卦山玩了一陣之後，她提議要從彰化往北走一段路以鍛鍊身體。

剛走出彰化市郊時，我開口問她：

「妳剛才在山上，有沒有向大佛許個願？」

「有！」她立卽回答。

「是不是將來嫁個好丈夫？」

「呸，今晚能夠不碰到熟人就好了，還想到那麼遠的事。」

的確剛才那一大羣的人潮，使我感到很不放心。尤其在大佛前，我們竟莫名其妙的携手瞻仰佛像，萬一碰到熟人，我們這對情侶一定尷尬不已，因此，走出八卦山公園時，我不禁揑了一把冷汗。

「上天眞是在保佑我們。」我說罷就挽住她的腰部並著肩走。一有汽車經過，我們就立刻分開，然後又再緊靠過來，在夜裏這樣的漫步很有意思的，她還想學學吹口哨，但吹出的盡是噓氣，結果笑得幾乎把眼淚笑出來。

又走了有一段路之後，我有點耐不住白天旅途的疲勞：「到底要走好久？」

「快了，只要能找到有坐的地方，我們就停下來休息然後搭車。」她似乎是胸有成竹的說。

當然，我多少也了解她的含義。

不久，她好像發現了什麼東西似的，叫我跟著她走。走出公路沿著稻田的阡陌曲曲折折的走到一個堆有大疊稻草的地方。

「就在這裏休息一會兒。」她喘著氣說，同時毫無顧忌的就躺了下去。

我稍微在周圍看了幾下，鄉間是黝暗一片，沒有半個人影，遠遠的幾家農舍細弱的燈光在田野裏發抖，星光在漆黑的空中閃爍，一切都好像蒙上一層嫵媚的情調，在這多少含有詩意盎然的時光裏，我突然發覺這世界彷彿只剩下我們兩人。

我隨即坐在翠玉的旁邊，接著她把頭靠在我的腿上，我用手撫摩她的臉龐。在黝暗的陰影裏，我們的眼睛互相凝視，浸透在無比的幸福中。

「翠玉，我們還是回去吧！」我莫名其妙為什麼要這樣講，大概是我放不下心，在這樣僻靜又陌生的地方談情。

「……好！」她說罷真的緩慢地站了起來。

當我懶散地也立起了身時，她卻又躺了下去。

「志淸，我要你拉我起來。」

顯然的，那話兒是充滿著撒嬌與迷人的。

我彎下身，伸出手準備拉起她時，她又說：

「快一點嘛！」儘管她說的話是快的，但她說出的聲音是顫抖緩和的。驀然，我的心房卜卜地跳動得很激烈，腦子昏眩的，接觸到她的手時，似乎失去了有自己存在的意識，只有聽到兩個碰觸在一起的生命，緊促地呼吸著。

我輕輕地移開她的嘴唇，兩眼凝視著她，使我有一種從來不曾感覺到的發現了萬物之美，那春天的微笑有萬種的溫柔。從她眼神中照耀出的光輝，竟是那麼的柔愛與溫情，這純潔的一剎那，一切都改變了。

「翠玉，我愛妳，我愛妳！」

她笑瞇瞇的，彷彿表示著她長久等待我說出這話感到滿足的喜悅。

「妳覺得甜蜜嗎？」

「死鬼，我不告訴你，這是一個大秘密。」

「妳今晚，怎麼願意同我……。」

「不要問好不好，眞不怕害羞！」她說著用手掩遮著面龐。

我拉下她的手，用莊重的語氣說：

「今天，是我最興奮最美麗的一天，我要把它定爲我們的生日。」

「十一月十日，我已經定了！」她搶著說。

「不，今天才眞正是。」

「好了，以後每年的這一天——二月七日，一定再到這裏來！」

「這天正是去年離我們初次見面的那一天，前兩個星期嘛！」

「死鬼，你的記性怎麼這樣好。」

「不過，未來的事總難預料。」我喟嘆著。

「咦，就是萬一我們不能結合，只要我們兩顆心永遠想念著也就夠了！」

「兩顆心？」

她指著我的胸膛說：「你、我兩顆心，連在一起，總比孤獨的一顆心要來得有意思。」

說完，她突然跪下，面仰著明月，雙手合掌做著禱告的姿態說：

「保佑我們。」

我內心裏頭也跟著默默的祈禱——

上天啊，請賜福我們這善良純潔的人！

翠玉，以後，我一定更尊重您、愛護您！

翠玉站起身向我問道：「你相信嗎？」

「嗯！」

然後，我們互牽著手歡悅的蹦跳地走向公路，幾次幾乎在狹窄的曲徑裏跌倒，但卽使腳部撞碰到阡陌上的硬土，也不覺得疼痛，快活到盲目與陶醉的地步了。

❖　❖　❖

五天之後，二月十二日——林肯誕辰的紀念日，這一位出身於偏僻森林裏窮困家庭的子弟，憑他不貧窮的志氣、遠大的思想與熱誠開闢自己的前途。對於這樣一個從艱苦中磨鍊成功的偉人，我是極其虔誠的敬仰與愛慕。

翠玉從平常我們的談話間，也深知我對林肯的敬愛，這一天的下午，我收到她寄來的一本中英對照《林肯傳》，裏面還附了一張小紙條：

志清，親愛的小林肯：

但願您喜歡這贈號，並願您永為此贈號努力！

今天風和日麗，百花齊放，百鳥爭鳴，好像在祝賀著林肯先生的誕辰，我內心有著說不出的愉快，相信您也是吧！

我在日記上寫著：我深信志清將來也能和林肯先生一樣的偉大，因為他的心靈築有一座堂皇富麗的巨城，牢固的矗立著，而那共同守衛這城的人，也已誓決抵禦如何困苦的考驗。

您的翠玉敬上

似乎從彰化八卦山夜遊之後，心靈中情感的雲翳，被眞情的氣息一掃而空，那「心城記」在我腦海裏是清晰的。今天能夠收到她寄給我的一本偉人傳記，那更充分證明翠玉對我的感情是如何的熱誠與深刻。

我更感到，除了也以一顆忠誠的赤心之外，眞不知道該用什麼去感激她——給予我高貴的生命之勉勵和純善的情誼。

對著夜空閃爍著的星辰，撫摸著這份至美的禮物發自心底湧現出的喜悅，使我深切的感到林肯這一類偉人的精靈，彷彿活躍在我的心裏，而領會了他們如何克服痛苦，從連串的不幸中去找尋幸福，從忍耐中去期待黎明的來臨。更覺得這引燃生命潛在力的火焰，只有翠玉才能幫助我去尋得，只有她的智慧，才能啓開我光明的心扉。

22

翠玉的計畫，要由她的弟妹開始跟我認識，以至於母親、祖母、父親。跟她祖母見面是在三月底，翠玉生日那一天，剛好她祖母來她家。因爲生怕她父親回來，只不過在她家坐了一二十分鐘而已，從短暫的會晤中，她祖母給我的印象，是嚴肅的面孔中，含蘊著一股悅人的慈愛，也許，這是老年人的一種特徵。

至於跟她父親認識的方式，我是感到異常的意外，也想像得到翠玉在幕後導演，是極其吃力的。在沒有正式跟她父親認識之前，有過幾次到合作社找李姐姐，我就趁便看看他，而從他紳士般的外表，覺得並不完全像是翠玉所說的那般嚴肅可怕，難道這是爲了招呼顧客他才不得已假裝的嗎？

那是四月上旬的一個黃昏，我正在分銷處整理兩個外務員交來的貨款時，一個高個子接近中年帶眼鏡的男人，突然駕臨分銷處，我立刻對這樣一個素昧平生的陌生人感到奇異，不過，隨即我就定下心來，他可能是要找後面的蔡先生。

「請問陳志清先生在嗎？」他走近我問道，同時也掏出一張名片。

聽到是找我，不禁緊張了一下，我接過他的名片後，才知道來者是翠玉父親那家合作社的專員。

「劉先生請坐，我就是。」

然後，我們客套地寒暄了一陣，他一直就在誇獎我年輕有爲。

過了片刻，他才說出來因：

「我們經理聽說陳先生有點存款，是不是能拿到我們那裏去幫忙一下？」

這話在今日金融界競爭之中，拉攏顧客本不是稀罕的事，然而知道我有一點存款又偏偏會是翠玉父親那家合作社的職員來找我，不禁吃驚了一下，也暗自好笑起來，這一定是翠玉告訴她父親的。

送走這位劉專員後，我感到這是一個很好的開始，我可以先由顧客的身分跟她父親認識，給他好印象，以後……，越想越使我快活極了！但是，不久就被一個隱憂阻斷了，不知他是否還記得我，就是那次被翠玉五叔碰到的那個人。

晚上，我騎車子在她家門前按了三下車鈴——那是我約她出來的信號，來回按了幾下，都見不到她出來。後來，到李姐姐那裏打聽，才知道翠玉傍晚代替她母親，到外祖母家拜壽去了。

第二天，我懷著興奮但也是忐忑不安的心緒，從一家銀行提取出那兩年多以來，所儲蓄的一筆不算少額的款項，走到翠玉父親那家合作社去。

堂皇的佈置，象徵這家金融機構營業情形的良好，我所提携的這包用牛皮紙包住有點沉重的鈔票，使得我的手一陣又一陣地發抖著，好像怕被小偷搶奪去似的。

雖然，我認得出這家合作社經理的面龐，但我想既然答應了那位劉專員的拜託，照理我還是要找他，何況，我對於這位周經理，都不曾正式介紹見過面。

劉專員的位子在翠玉父親的旁邊，他核對帳目的動作甚是快速而敏捷，透過眼鏡上的玻璃片，那兩個活龍龍的眼珠不時的望東望西的察看——從那模樣的判斷，可見得他是一位優秀的職員，我竟莫名其妙地爲翠玉的父親，有這樣一位好助手而欣喜。

當劉專員看到我時，立刻展露著笑容來歡迎我，同時，也忙替我跟翠玉的父親介紹。隨之，她父親也滿客氣的請我到經理室，立刻，我想起了懸掛在翠玉家客廳中那幀她父親的照片來，看到這位的確是道貌岸然的紳士，內心中也不禁有幾分的敬意。從他嚴肅的面孔中，流露出的微笑，更感到有一種很難得親切的善意，而使我消失了他往昔禁止他的女兒跟我來往，所引起的怨憤。

他先是問問我們紡織公司的營業情形以及分銷處的工作，繼之，就問起我個人的事來。我當然不一下子，就在這有權勢富有的紳士面前，透露出我的辛酸身世，故意敷衍地回答他。但幾次，我幾乎被他逼人的眼神所懾服，而立刻本能的意識到，翠玉平時所提起的，她父親果然不是很隨便的人。

辦完存款手續後，他還很客氣的同我握個手，我眞想此後，要是能跟他常這樣親切的握手，不知多有意思。李姐姐在不遠的櫃臺邊向我瞟了一眼——好像給我一個祝福，我也微笑地回報她。

臨走時，翠玉的父親希望我，能把分銷處的甲種活期存款，移到合作社來。不知那是拉攏顧客的一套，抑或是出自眞誠，那話語的和藹與友善，緊緊扣動了我的心弦，我很輕快的跟他話別：

「周經理，再見！」

「陳先生，不送了！你那張存單要保存好，不要遺失呀！」他也滿輕快而含有關懷意味的說著。

這一次的會面，使我放下了很多時候以來心坎上感到最沉重的負荷，就是在家鄉跟翠玉的溫情，或者是八卦山之夜的纏綿，那心靈上的快樂都比不上今天見了她父親，而看到他友善的談笑，與對我有些關懷的意味，要來得興奮。我幾乎輕而易舉的，可以想像得到我與翠玉前途綺麗的美景。

下午，曾主任來分銷處核對帳目，我很誠懇的向他要求，將甲種活期存款移到翠玉父親那家合作社去存，他鑑於我平日工作的勤奮與信實，以及翠玉父親與C鎭翠玉的五叔兄弟之關係，他毫無異議的，就一口答應了。

晚上，我再去李姐姐那裏打聽翠玉的消息，她說還沒回來，並爲我今日翠玉父親，會那樣親切待我而感到欣喜，但是，她提醒我，翠玉的父親，並不盡然像今天我所看到的那般的和好。似乎，我沒有理由接受她的話，因爲我深信翠玉的父親是一個很可親近的人，在我的心目中，又是一個多麼標準的父親，何況明天，我還要去開立分銷處的甲種活期存款戶頭呢！他一定，必將更善待我的。

「昨天是快樂，今天將是更快樂。」一向我總這樣想。今天，我帶的錢數，雖然比昨天屬於我自已幾年累積的款子少，但是，此後，分銷處開立的甲存戶頭，將會增添合作社不少的交易往來，我還自傲的暗想，像我們紡織公司的聲譽，在工商界是頂呱呱的。當周經理見到我去他的合作社開立戶頭時，眞不知要比昨天更加如何親善的招待我。

一踏進合作社的大門時，已沒有昨天那顫慄的心情，代之而起的是滿股的喜悅。

然而，當周經理看到我時就表露嚴肅的面孔，我失望了，因爲，他已不再像昨天，彷彿在濃霧之中一道的陽光，向我展露笑容。當他冷峻而鄙薄似的眼神，注視到我時，一個無暇思索的汛速的恐懼，立刻掠過我歡騰的心湖，激起了一陣一陣不安的漣漪。

看到了李姐姐時，我才有了走向前去的勇氣。我極力按捺住心房不安的跳動，先找劉專員談，他還是一套討人歡心的和氣地招呼我，這使我安下一點心來。但不知周經理是正忙著看帳目，或者是根本有意不理我，卻沒向我打招呼，卽使我剛才進來，他只閃電似的一瞥，沒看清楚我，但現在，我就在他的旁邊，跟劉專員談立戶的事項，至少，他是能聽到我底聲音的。

等到辦完甲存立戶手續後，劉專員走過去向周經理不知說了什麼，我猜可能是向他說，我已來開立分銷處的甲種活期存款戶，劉專員走回來時，就請我過去，說是要跟周經理談談。

他又引領我進入他在營業部座位後面的經理室。

「謝謝你！」他輕微張開嘴，但語氣顯然有點淡漠。

我自謙的說：「我們小公司，來往的錢額不多！」

「錢，多少是沒有關係，不過，人對於金錢是不能忽視的。前幾天，臺北那樁工人為了兩三塊錢，動刀殺人，就是一個例子，金錢到底還是可貴的。」他一邊說，一邊卻目不轉睛地打量著我。

我很詫異他會說出這樣令人聽了不愉快的話，看到他那鄙視人的眼神，一陣厭惡的心情油然而生。我也突然想到，上了你的當了，原來你是笑裏藏刀的陰險人，先是以笑容來迎接顧客，一旦上了門，就報之以冷嘲熱諷。

我實在無法容忍這位堂而皇之的周經理那令人生畏的眼神，以及一套又一套金錢如何重要的宏論。霎時，想起法國大文學家羅曼羅蘭的一句名言——「一切自命高貴而沒有高貴心靈的人，我鄙薄他當他如一塊汚泥。」一時，我眞想爲了維護自己的尊嚴，也拿出一套哲人的智慧話句同他鬥，藉之打擊他，以報復他仗著權勢財富來侮辱我這出身寒門的人。

奇怪的是，我竟始終不敢說出一句話，似乎我已被他的話所拘束，而好像很恭順似的聽他講述現實社會裏錢勢的如何重要。大約有十幾分鐘之後，他才停了下來，我就趁機藉詞回去分銷處工作而辭退，他沒準備跟我握手，我也不再希冀和這樣一位苛刻的現實主義者握手，我想那手是沾滿汚泥的。

劉專員看到我沒有笑容的由經理室走出來，向我發楞地看了幾眼，李姐姐似乎心裏早有數，她看我的眼光，似乎是同情，但也似乎是在嘲笑我昨天固執愚笨的想法。

當我走出大門時，我迷茫的覺得今天的世界，好像跟昨天的世界不一樣，連我自己也覺得好像判若兩人了！

沉浸在迷茫中的時間，好像跟陶醉在快樂的辰光裏，一樣消逝得快。上午從合作社回來後，腦子裏光是盤旋著那現實主義者尖銳的話語與鄙夷的眼神，幾乎使我忘記了其他的一切。

直到晚上接到翠玉的電話，我彷佛才有了正常的知覺，知道自已有一位彼此互相敬愛的人兒，現在又再藉著電話訴聽衷情。

「志清，我痛苦得不由自主的，已經哭了一天，現在我又流淚了。」聲音是低沉而哀怨，隱約之中，我還可聽到她嗚咽的啜泣聲。

「妳，妳在家裡打電話？」

「不，在公共電話亭。」

「到底是怎麼一回事，妳父親……」

「嗳呀，現在不要講！」她的啜泣聲似乎又加大。

我也按捺不住上午所感受的苦楚，但我流不出淚水來，只盼望知心的人能給我安撫。其實，一聽到翠玉的聲音，儘管那不是喜悅的，也令我感到有著莫大的溫慰。

「騎車子到郊外去散散步，好不好？」停了一會兒她又說。

天空烏黑的一片，看不到眨眨眼的星星，月兒偶爾透過烏雲射出淡淡淒清的微光，彷彿在哀愁著我們的處境，這孤寂而黯淡的夜景氣氛，跟此刻我們心底裏的悲痛，有著相似的配合，因此，縱使來到這僻靜的郊野，也忘不了今天所遭受的苦楚。

翠玉躺在我的懷裏，流淚、嗚咽地斷斷續續的道出今早發生的事：

原來，她昨晚十點多鐘回到家，本想立刻來分銷處找我，但因旅途的疲憊，使得她極想及早休息，只有去找李姐姐而已。而從李姐姐的口中，得知我已去合作社存款，跟她父親很歡愉地握過手。而且，還要把分銷處的甲存移到合作社去。今早當她看到第一絲的陽光時，她突然覺得很有詩意，於是，她就提起筆來寫，她在信紙上寫的大意是——我一定能得到她父親的歡心，將來必定沾她父親的光，而有很美麗的前途，而能跟她過幸福的日子。但是，當她去吃早飯時忘了把信收起來。結果，被她父親看到，就問起我的家世，後來他就大發雷霆。

翠玉用手帕拭了拭眼睛，又說：「他罵你沒出息，想得人家的財產，他說要是我還要繼續跟你做朋友，他要我脫離父女關係，把我趕出去。」

說罷，她啜泣得更厲害：「他……他還……還說，隨便找一個人，都……都比你強。」

本來，像這種感情上的波折，我是會忍耐不住的，但是，看到翠玉這般傷心至極的情景，我卻茫然的流不出一滴淚來，也不知道如何是好。

「志清，我……我永遠不離開你。」她說罷還用力緊抱著我，怕我會跑掉似的。

霎時，我想到那部日本電影「君在何處」裡的兩句話——：

愛因真實而綺麗，

愛因純潔而悲傷。

我忍不住這眞實而純潔的愛情，在痛苦中發出絢麗的光芒，而激動地說：

「翠玉，我也永遠不離開妳。」

過了一會兒，翠玉挪開我的懷裏，低微的帶著抽搐的聲調說：「我……我是指靈魂，跟你……你在一起的，身體還是要離開你。」

「妳不是說過，妳不喜歡柏拉圖式的愛情？」我似乎對於她說過有關愛情的話，特別有記憶，特別敏感。

「事到如今，還有什麼辦法？」

的的確確，有什麼辦法呢？聽了她的話，我越加迷惘起來。

她轉過頭背向我，喃喃自語：

「唉，日夜所躭心的事，終於到來了，是的，到來了，就在這『太陽生日』降臨了，降臨在我們身上，使我覺得我是生活在這有痛苦的世界上的人，太陽從今起有了它的生命和光輝，但是，從今天起我卻將掉在黑暗的深淵裡一樣。要怎麼辦？啊，茫茫的前途！」

「妳在學著莎士比亞的吟詩？」

「你！……你還會開玩笑！」她轉過身來，面露苦笑地說。

「光是悲傷有什麼用！」

「我的小林肯！」她又撲進我的懷裏。

許久，她已停止啜泣，而好像有了雨過天青般的清朗，以平穩的口氣問道：

「那麼以後要怎麼辦？」

「我不能確切的說，也許，只有順其自然！」

「我父親是要我跟你斷絕往來，順其自然的話我們不能再做朋友了！」

「不是這樣的意思。」我沉思了一下：「暫時瞞著妳父親，以後有機會，託人向他講情，或者是將來我成功的時候，再向他說，相信他會答應我們。」

「志清，你的話很對，無論如何，我想總要跟你在一起，沒有你，這世界對我是空虛孤寂的。」

這時候，我更相信以前阿秀姊說的，「當一個女孩子眞正愛上男人時，往往她的愛是甚過男人的。」

「那麼，你會恨我父親嗎？」

「……」我沒有立卽回答。

「他實在很好。」她接著很鄭重的說。

「不會的，妳的小林肯，絕不怨恨人家。」說眞的，今晚還沒有跟翠玉見面的時候，我一直有著從未曾有過的氣惱痛恨她父親。但是，她的智慧、她的孝心卻彷彿黑暗中的一盞明燈照亮了我狹窄的心胸。瞬刻間，我轉變得又有了昨天對他的熱誠與親善，油然，心中幻想著他是一位標準的父親，一位我心目中的父親。

從郊野回到分銷處後，我立卽動筆準備寫信給翠玉的父親，那是翠玉要求我這樣做，一方面爲了維持她父女的感情，一方面也要多少討得他的歡心。一張又一張的信紙，不知撕掉了好多，我眞無法想要如何才能寫好。

玻璃窗上淅瀝的雨聲，與一條一條的雨絲下流的情景，好像上天在替我，爲了純潔的愛、爲了眞實的愛遭受的痛楚而流淚。

令我最痛心的，倒是她父親，竟會認爲我跟翠玉做朋友，是有沾污他們周府的家門，貪慕他們的財產，要不是聽翠玉說起，我或許永遠也不會想到這點。記得，年前看完法國史頓達爾所著的《紅與黑》後，我有非常深切的感觸，覺得《紅與黑》這部作品，好比就是一面鏡子，引導著人生——虛榮、野心足以毀滅一個人。要是說，我對他們周府一定有所企慕的，應該是他們的天倫之樂，有那麼熱心事業的父親，有那麼慈愛的母親，有那麼可愛的弟妹……難道我不能享有一個人默默存在於內心中的憧憬的權利？？？？

畢竟，我壓抑了自己的尊嚴，也掩飾了眞實，用委婉的筆法，費了大半夜才完成了要寄給翠玉父親的信，我極力的向他道歉，並很虔誠的告訴他，我跟翠玉的關係不過是很普通的友誼，請他不要再責備翠玉，繼續給她溫暖的父愛，栽培她美麗的生命。

當然，一切都是翠玉要求我這樣做，以及僞造我是看了翠玉因受到她父親的責備後，深表懺悔寄給我的信，才動筆寫給他。

當我仔細的看了看自己所寫的信後，窗外已逐漸發白了，我揉著一夜未曾闔過的眼睛，撫著沉重的頭部，不禁感嘆不幸、倒霉的昨天，已過去了。

兩天後，翠玉告訴我，她父親曾向她母親說，我這個年輕人還懂得道理，但不很清楚表示他有點喜歡我。這多少是值得慶欣的，我那封信並沒有白費心力。

23

翠玉曾經說過，她父親是很信任她們姊妹的，而且往往對於一件事，很少有再第二次提及的習慣，因此，即使她寫信給我那回事被父親發了一頓火氣，過後，據翠玉說，他從沒有再提過，同時，他以爲翠玉已和我斷絕來往。

時間常常是治癒痛苦的最好良方，過不了幾天，我似乎已淡漠地逐漸忘掉那天她父親鄙薄待我的情景，因爲翠玉比以前更體貼我，暗地裡，我們的通信、我們的幽會，比以前更爲頻繁親切。愛的力量，使得我溶解了對她父親的憤恨。每當我到合作社存取款項時，雖然，我不好意思再同他打招呼，但只要他在，我總偷偷的看他一眼，他要是看到我，也彷彿暗暗地注視我。我常在內心裡發笑，彼此這樣的做作比談起富有情趣的話兒，不知要來得多麼幽默多麼有意思。不過，要是他有在合作社的時候，我總按捺不下一股莫名的緊張情緒，一舉一動都表現得不自然；然而，他不在的時候，我卻會非常的想念這位「標準的父親」。

四月底，李姐姐另有高就離開臺中，已回到她家鄉，就職附近的一家麵粉廠，我跟翠玉私下的猜測，都認爲她已經找到對象了。自從李姐姐走後，翠玉似乎非常的難過，她幾次對我訴說，一看到李姐姐的房間就黯然淚下，她也坦白的向我表示，只有愛情是滿足不了她心中的寂寞，她也渴望著有淳厚的友情。

一個星期天的下午，張士賢、郭金德，還有王美惠他們三個人來分銷處找我，原來王美惠已經跟一個臺北商人訂婚了，她是特地親自送禮餅來的。

正當我們一夥兒吃著西瓜，談得很愉快時，突然，翠玉很快速地騎著車子，直到門口才很快利車，下了車往裏面看了一下，就發出愕然的神情，隨著推了車子匆忙地離開。

「喲，這小姐不錯呵！」郭金德張著眼說。

張士賢向我笑了一笑：「小陳，來臺中一定發展不少了吧！」

「剛才，那位就是你的安琪兒？」郭金德伸出手拍著我的肩膀。

我尷尬不已，只好支吾地告訴他們：「……嗯，是的。」我想要是張士賢在C鎮公司的會客室中沒看到過翠玉的話，我還可以瞞住他們，但事實上無可奈何，只好招認了。

「很漂亮！」王美惠露出她特有的微笑。

我不了解她的話是眞正的讚美，抑或是暗地裡在諷刺我好高騖遠。但是，我已開始躭心翠玉這一回又不知要生我好多氣了。

他們走後，我把禮餅切了一點給蔡先生，然後把它包好，以備向翠玉說明王美惠訂婚的事。

從夜幕籠罩著大地開始，我便惶恐地等待著即將降臨的一場感情的爭鬥。

超過了翠玉平時來找我的時刻，人沒有來，郵差卻送來一封限時信——代替了她，我急急拆開信封，信紙上面寫著：

志清：

祈求上帝原諒我這無知的孩子，這世間最卑鄙、最可惡的、侵佔了別人的愛情的人。我敬愛的小林肯，您能否代表上帝的意旨賜諒於我呢？您能否為了原諒我而重回舊情人——那位美麗溫柔而多情的王小姐懷抱中呢？

胡適之先生曾說：「朋友和真理既然都是我們心愛的，我們就不得不愛真理過於愛朋友了。」是的，我雖然敬愛著您，但是，我不能自私的佔有您，我必須維護真理！尊重真理。

志清，去吧！不要使我失望！

一個罪人

翠　玉　敬上

讀罷她的信，我眞是哭笑不得，女人這種強烈的嫉妬心理，竟會是那麼可怕。我只得心平氣和的寫了一封說明誤會的信給她，還把禮餅上的幾粒小蔴子放進信封，請她來我這裏嚐嚐。

第二天晚上，她來了，帶著以往那種冷漠的表情來。

「翠玉，來吃一塊。」我遞給她一塊餅。

「恨不得連她都吃下去！」她狠狠咬了一口。

「嘻……。」聽了她的話我不禁發笑。

她扳起了面孔：「有什麼好笑？」

「笑妳！」

「死鬼，人家昨晚哭得眼淚都乾了，母親還以爲我是身體不舒服呢！你還在笑。」

「妳也會吃醋呵！」

她有一點喃喃自語的樣子：「我還是喜歡愛應該是自私佔有的。」

「佔有我？」

「兩人彼此都互相佔有！」

「不知怎的，自從李姐姐走後，我感到一種未曾有過的寂寞，我實在很渴慕有眞實知心的朋友。」她又說道。

「難道妳沒有以前較親近的同學！」

「不多，而且往往都是想要我父親介紹職業的，也沒有幾個跟我一樣的喜愛文藝，大部分的人，一天到晚總是愛談些什麼流行時裝啦，要嫁怎麼樣英俊富有的丈夫啦，這有什麼意思？人多少應該給世間留下一點生命的精華才對嘛！是不是，志清！」

她的語氣逐漸緩和下來，而且滔滔不絕地又道出她超凡的思想。

我聽了很受感動，霎時聯想起以前看過的一部電影「曲和淚」，描寫蕭狄——名曲「茶花女」的作者，他一生掙扎於潦倒窮途之中，他的音樂才華及正直善良的人格，卻得到成千成萬人的讚揚。他臨終時說了幾句話：「我來時雙手空空，去時一無所有，我沒有什麼財產留給你們，只有音樂——這是我生命的精華。」我有聲有色的對翠玉說蕭狄的故事。

「對了，志清，你說音樂，我才想起父親前幾天提過的，要我從下月起練習鋼琴，你贊成嗎？」

「哦，練習鋼琴很好呀！我希望妳將來能爲我彈出美麗的歌曲，慰勉我的心靈，溫暖人心。」

她的手指頭來回高低地把桌子充當鋼琴，擺出彈奏鋼琴的姿態：「OK，現在就爲你彈一支『少女的祈禱』。」

我跟隨著翠玉哼著歌，徜徉在優美的境域裡。

◈　◈　◈

半個月後，在一次郊外的約會中，我要求她講講練習鋼琴的情形。

「志清，我眞欣慰自己在缺少友誼的寂寞中，能夠再獲得李姐姐似的朋友，那位教我鋼琴的廖小姐，很喜歡我。有一次，練完鋼琴，她突然問我有沒有男朋友，我坦然告訴她，並略述你的身世，但沒有說出你的姓名與工作的地方，她與李姐姐一樣的讚賞你。」

翠玉頓了頓氣又說：「我問她爲何問我此事，她說第一天看到我，就喜歡我了，她說我的五官長得很端正，氣質又高貴，一定有很多人在追我。後來，她以自己的初戀告誡我，要珍惜這份感情！」

「那廖小姐一定很好！」

「等一下，好不好，我還沒說完。」她又繼續滔滔不絕的說：

「後來，我們一起欣賞貝多芬的『命運交響樂』時，我告訴她，我父親已禁止我們通信往來，我聽這張唱片就會悲傷哭泣，她勸我要控制感情，鼓勵你上進。」

我聽得很入神的：「還有嗎？」

「有！」她接著又說：

「在我們那裡練習鋼琴的幾個同學中，有一位她家是開美容院的，聽說她母親常去日本學習最新的美容術，每天總把她打扮得很美，說是她的髮式是東京正流行的，是臺中最新式的，穿的衣服也是最時髦的。她來練習鋼琴的目的，聽廖老師說是將來要嫁到日本去，才配合得高貴些。你想這樣不就失去了音樂的眞正意義了！」

「妳這高超的思想，就是我愛妳的原因。」

「不要臉，我不愛你了！」

「隨便妳！」我漫不經心的說。

「眞的嗎？」她提高聲調。

「我又有什麼地方對不起妳？」

「沒有，這……這很難說哩！」

「妳父親又責罵妳了？」

「不是！」

「那麼是什麼？」

「我還是不講好。」

「那我會讀不下書的。」

她咬咬嘴唇沉思了一下：「我覺得很奇怪，近來對你的感情常有寒熱。」

立刻，我意識到一定有一個相當美好的男人在追她：

「有人在追妳？」

「嗯，是廖老師的弟弟。」她突然變得很坦然。

「什麼樣的人？」我問道。

「在臺北唸大學，現在回家正在寫畢業論文。」

「怎麼樣跟妳認識的？」

「經過她姊姊介紹後，他先是說，畢業後要託我向父親介紹到合作社工作。前天，他還請我看了一場電影。」

「妳跟他去看？」

「有什麼不可以？」她說罷瞪眼看我。

「我為了準備功課，最近沒有時間跟妳相聚，妳就萌芽出那種令我驚異的思想？這並非我怕妳丟棄我，只是我們該如廖小姐所說的珍惜這份感情！」我忍不住她那樣的作法，而厲聲說道。

「我……我很寂寞！」

「寂寞？妳可以跟弟妹玩，看看書看看電影，家裏又是那麼有錢，總有消遣的地方去，或者妳可以幫母親做家事，甚至請妳父親給妳找工作。」

「他怕我到社會上作事，會學壞，跟男人談情。」

「那麼妳沒有告訴廖小姐的弟弟，已經有男朋友了！」

「……」她默默地低下頭不作答。

「什麼愛是自私佔有的？妳光會講、會寫，實際上，妳就做不到！」我激動地怒吼起來。想起電影「美男子勃倫彌爾傳」裏，他感慨地說——「女人都要現在的安全，我是仰望未來，冒險的。」於是我更加痛恨這交往已一年多，而且有著深刻情感的人的變心，益發出我心中的憤怒：

「妳也只能在口頭上說，用筆在紙上寫，妳討厭現實虛榮的主義者，實際上妳也一樣，朋友呀，別裝著是有眞正智慧的人！去吧，去找有錢的人，去找要到外國留學的人。像我這種低微的人沒有資格跟妳做朋友！」

說完話，我沒有耐性也不希望聽她的說話，甚至看她一眼，就騎上車子。我也不再關心她，是否會遇到壞人，不像以前總尾隨其後保護她，氣咻咻地踩著車子走。

❖ ❖ ❖

我沒有寫信給她，也不再去她家門口按車鈴或打電話約她。她也沒有再來找我，與寫信給我。

我極力地設法治療這情感的創痕，於是，我買了架收音機，以陪伴著我解除寂寞，就是想到翠玉，我竟不知怎的，就認爲她是一個水性楊花不專情的女人，這樣的想法，倒有點令我逐漸感到一種純潔神聖的愛情所應該有的條件而不難過。

一星期後，收到李姐姐的來信：

清弟：

翠玉已來信告訴你們最近發生的事，另外，她躭心你無法克服你們之間友誼的痛苦，我安慰她說：志清是一位有理智的人，相信他絕不致因為失去友誼而走上自毀之途，真的，我早就看出你的特長。你富於情感更富於理智，你會專心地愛一個女人，但你不會因為失去一個女人而自毀。為一個女人而自毀，這是不少純潔的男人的缺點，而你沒有這個缺點，我深信著。

對於翠玉的友誼，不要說是絕交，該以普通朋友處之，我想這是最聰明的做法，不會因為它而長久難過這是更聰明的。也不管是你或是翠玉，我覺得你們現在正走在人生旅程上，最險要的一段路程上，一不小心很容易失足，成千古長恨。反之，如能好好地走過它，便容易通往有希望、有光明、成功的途徑。

以你目前的處境，愛情與學業如能兼顧，是最好不過的，否則，我想應以學業為重。一個人可以沒有愛情地生活著，但一個人不能沒有學業或自己的事業地生活著。尤其是一個男人，我並不否認愛情的價值，但它不是人生的全部，何況，愛情也並不難獲得呀！只要本身的條件好，完美的愛情，便自會光臨，先努力充實本身，我想這就是獲得完美愛情的捷徑，你說是不是？

只要不濫施情感，多交幾個女朋友，我想是好的，而且較易獲得理想的伴侶。雖說，這個世間充滿著惡，但人類的本性，到底未全失去，到處仍洋溢著「愛與溫情」，只要自己能給人以「愛」，自己也就可以得到相當的「愛」。給人以「愛」，同時，享受人所給予你的「愛」，我認為這就是人生最大的幸福，你以為對嗎？

幾天來，我一直被工作和情感的重擔壓得簡直要窒息，但我並不氣餒、屈服，我深信堅定的意志，可以勝過其他一切，希望你也有如此的體認。

李　姐

×月×日

我不知道李姐姐是否是一位有先天之見的人，抑或是旁觀者清，她給我的信，冷靜的一想，絕非敷衍的話，而是針針見血的事實。我不禁喟嘆地覺得戀愛是美麗的字眼，但帶給我的卻是錯誤的痛苦和矛盾。

24

日子，是寂寞的日子，極端的矛盾糾纏著我。我的意志叫我和翠玉保持距離，但我的靈魂卻依依盤旋著她的影子，我傾慕她那高尙而文雅的儀態、那純潔無瑕的氣質、和那親切溫暖的情意。將近有半個月沒見面通信，我委實感到異常的苦惱，也奇妙的躭憂著如此眞正地絕交下去。

有些時候，我站在分銷處的門口，注視著來往路過的女孩子，一個一個的端詳她們，也不難發現有些是比翠玉更美好的人，奇異的是，我總認爲翠玉是最完美的，也許那正是一種不可思議微妙的感情，深深地吸住了我全部的心靈。

收音機正播出臺語名曲「送君情淚」，那悽哀的歌韻，緊緊扣住我的心弦。望著窗外天空中綺麗的紅霞，和街道兩旁成列的鳳凰花樹，觸景生情不禁癡癡在想念著翠玉，畢竟，她還是一個可愛美好的女孩子，這意念促使我提起筆寫信給翠玉，請她勿忘「人約黃昏後」。

第二天下午，她收到信後，就打電話給我，一句話就使得我倍覺溫馨珍貴，同時，也表示了她沒有跟廖老師的弟弟做朋友，從她在電話中柔和的聲音，我也察覺得到她的心情，跟我一樣有著無比的喜悅。不禁令我相信一般人所謂——情侶吵了架後會更甜蜜。她約我晚上到以前去過的北屯那個小溪畔。

晚上，當我們在北屯下車後，走出公路，翠玉才開始跟我交談。

「志清，謝謝你給我的教訓，我喜歡你的坦白。」

「我的坦白？」我詫異問道。

「你一點都不虛僞，說出了你的憤怒，說出了我可怕的行爲。」她停了下來：「我想把以往的一切完全結束。」

我走向前去握著她的手：「妳不跟我做朋友了？」

「不是，正相反的，我有決心毀棄以前的一切，再重建眞眞實實屬於我們的。」

「那位廖老師的弟弟呢？」

「不提好了。」

「至少也告訴我一點嘛！」

「我原想跟他做普通朋友，想不到他太輕薄了。我討厭他。」翠玉凝眸注視著我：「志清，你實在很好，你太愛護我了。」說罷就撲進我的懷裏。

一會兒，我看到她的面頰上沾滿了眼淚，我掏出手帕一顆一顆的爲她拭去。

「這半個月中，你一定很寂寞。」

「難道妳不寂寞？」

「……」她默不作答。

「妳怎麼不再來找我，或打電話來？」

「上一次，你理都不理我，把我拋在後頭，你不怕我碰到壞人，我就是氣你這一點，卽使會寂寞，但爲了自尊也只好忍受了。」

「我們吵架了嘛！」我說。

「明知是吃醋，何必那樣打擊我？志淸，你一定很寂寞吧！」

「有眞理陪伴著我，不寂寞的。」

「我不要你這樣講，我要收回那一次在信上寫的胡適之先生的話。我要你愛我勝過眞理。」

「那麼什麼是眞理？」

「眞正的道理，你愛我就是眞理。」說罷她就在我面頰上吻了一下，而露出微笑。

「我最喜歡在月下看到妳的笑容。」

「我喜歡你的眼睛、你的鼻子，更喜歡看到你的笑容。」

「爲什麼？」

「很奇怪，我從來就不曾看過一個男人的笑容，像你這樣美。」她這句話不知說過多少遍了，但我總覺得一次比一次更溫馨。

「可能是情人眼中出潘安？」

「嘻……嘻……」她笑個不止，我也跟著笑了。

我們繼續走到上一次來過的那個有果樹林小溪畔的地方。一抹柔淡的月光，透過樹葉的隙縫，將她籠罩在銀色光華中。不知是因爲半個月沒見過一面而感覺她似乎比以前更美，抑或是她越來越長得成熟？一坐下我就目不轉睛的端詳著她。

「功課準備得怎麼樣？」她滿正經的說出話來，打破幽寂的情調。

「現在就在這裏溫習嘛！」

「死鬼，你要是不努力，我可眞的不喜歡你。」

「只要跟妳一吵，書就唸不下去。」我有點沉重的說。

「唉，我常疏忽了這點。」她咬咬嘴唇而表現得有點懊悔：「那麼，剩下兩個月，有把握嗎？」

「那是說妳保證不再跟我吵？」

「嗯！我絕對讓你專心用功，而且不再常見面，免得浪費你的時間。」

「奇怪，爲什麼我對你的情感，有時候會有不同的感覺。」她又說道。

「什麼樣的不同？」我緊接著問。

「愛與同情。」她頓了頓氣：「我不知道對你是愛，或者只是同情？」

「同情？我絕不要人家的同情。」我有點激奮地又說：「假若妳只是對我同情而不愛我，儘管說好了。」

「喲，你在生氣了，眞是硬骨頭！」她微笑著。

「不過，我覺得愛與同情，都是人間需要的，否則這世界將是充滿著冷酷的。」

「李姐姐就曾經告訴過我，假如我對你只是出於同情的話，應該以普通朋友處之，假若是眞誠的愛你，就要愛得徹底。」她停了一下又說：

「志清，我對你兩樣都有，請你容許我說，同情是包括愛的，我要把虔誠的心以同情與愛全部奉獻給你。」

啊，我的生命竟會是如此的豐美，我從不曾爲了博得翠玉的同情而無病呻吟，爲了博得翠玉的愛而不擇手段，我是如何的維持自己的尊嚴，卻能夠得到這樣堅實的愛，想到了這點，不禁熱淚盈眶。

翠玉用手輕拭去我的淚水，我帶著抽搐的聲調說：「這是快樂的淚水，今晚我們都公平了。」

於是，我們發出會心的微笑，那笑是比藍空更明朗的。

過了一會兒，我想起了上次在這裏曾送她一部《飄》而問道：「《飄》看完了嗎？」

「差不多快讀完了。」

「妳有沒有留意其中一句話——嫁給一個妳不喜歡而他喜歡妳的男人，比嫁給一個妳所喜歡而他不喜歡妳的男人，會來得幸福。」

「在電影『亂世佳人』裏頭就有這樣一句話啦！」
「嗯，妳以爲如何？」
「廢話少說，你喜歡我，我也喜歡你，嫁給你就會幸福，這樣說你該滿意了吧！」
她突然收斂了笑容：「我還要問你一件事，你會恨我父親嗎？」
「以前就說過了，不會！」
「眞的？」
「我可以向月亮發誓。」我舉起手鄭重說道。
「你喜歡他？」翠玉有點疑惑的樣子。
「嗯，喜歡！」
「這是眞心話嗎？志淸！」她表示還不相信。
「當然呀，林肯有一句格言——『每一個人都有長處，只要你去找，就不難可以尋找到。』
我找到妳父親很多的長處，例如責任感、榮譽心等。」
「他的缺點呢？」翠玉又問道。
「一個人要揚善隱惡，我不講！」
「就講一點點可以嗎？」
我思索了一下，最後還是坦然地說：「重錢勢。」

「志清，你不能這樣想，你該原諒他，青年時代他是堅苦的努力，省吃儉用一分一釐的積蓄下來，才有今天這樣的財產，難怪他對金錢的重視。」

「哦！」我恍然有所感悟，接著我問道：

「翠玉，妳能說出妳的缺點嗎？」

「你喜歡聽？」

「看看妳坦白不坦白！」

她咬咬手指，眼睛沒有正視著我，慢吞吞地說：

「最大的，可能是我固執的性格，但你不知道我還有一個更大的缺點——矛盾，這是一年多以來日夜纏著我的缺點，我不知道這是爲什麼……」她忽然停下來眨眨眼睛看了我一下。

「說下去嘛！」我說。

她低下頭，兩手托在下顎：「它奇妙得使我常常感到無限的痛苦，也爲了它的愚弄，我常故意在你面前表現出壞的習性，希望你會討厭我、遠離我，讓我離開你自己一個人孤獨的活下去，但是後來我總會又恨自己的作法，發覺我不能沒有你。」

她說完話，隨即移近身子撲進我的懷裏，我用力的緊摟著她，深深地接了一個吻。

想起李姐姐在信上說的——只要本身的條件好，完美的愛情，便自會光臨，使我覺得目前我是一個條件很差勁的人，而對翠玉說：

「都是因爲我條件太差，才會使妳產生矛盾。」我的話剛一脫口，翠玉就猛力地掙開我的懷裏，有些兒憤然的樣子：「我沒有看輕你呀！」

我接著說：「是妳父親！」

「你騙我，原來你還是恨他的。」

「不，我只是這樣說的，他有很多的長處，夠我敬重的。」我辯解著。

「………」她看了看我，不作聲的。

彼此都沉默了一刻。

「翠玉，我的缺點是什麼，請你告訴我。」我想轉變話題以保持愉快的氣氛。

「喜歡同我吵架！」她怪調皮的。

隨之她又說：「將來我要在項鍊的鷄心裡，把你剛才說的那句林肯格言刻在裏面，當做座右銘。因爲我發現你說這句話時的眼神是虔誠的，我相信你喜歡他。」

「那麼當妳要看鷄心中的刻字時，一定要裝著鬥鷄眼兒才看得出。」

「鬥鷄眼兒大概是這樣子！」她說著一隻眼睛的黑瞳就上下的滾動著。

我把她散落在額前的髮絲撫攏上去：「我喜歡妳這樣的快樂！」

「看到你快樂，我才會快樂。」她補上一句。

當我們在歸途走上幽靜的田徑時，我愉快的用口哨吹出「翠堤春曉」的調子，她緊緊挽住我，一往情深的說：

「這是我夢想的境界。」說罷隨著我的哨聲哼著歌詞——：

「當日青春年華，良辰美景，翠堤春曉，你曾說你愛我，當日青……」

翠玉突然停下步也停止唱歌，卻把她的頭貼近我的面頰，柔和的說：

「志清，我將記得的，不僅在回憶中，而是要永遠眞眞實實地愛你。」

25

自從五月底跟翠玉在北屯郊野見面後，正如她所說的，重新建築起眞眞正正屬於我們的感情，我們不再吵不再鬧，見面是少了，但是一個電話或者一張紙條都彷彿一個有力的靈魂充沛著我，使我在公司的夏季忙碌的營業中，能夠應付裕如，而安心利用業餘的時間準備功課。

這是六月中旬一個傍晚，我在房間溫習代數，費了不少的精力與時間，才解出了一題或然率，頓時感到很輕快。我竟莫名其妙地也把跟翠玉的感情，當做一題或然率的問題，腦子昏昏眩眩地思維，手裏拿著的筆，迷糊的不停地在紙上寫著翠玉的名字，一個接著一個。

驀然，門扉上「碰！碰！」輕敲地響了兩聲。

我以爲是老魏，漫不經心的說：「進來！」

打開門的不是老魏卻是翠玉，這令我感到異常的吃驚，因爲最近幾個月她來我這裏，都不敲門的，她說喜歡突然間看我在房間都在做些什麼，她也不在意我每次罵她缺德鬼。

「什麼事？」看她來勢有點不對，我立刻開口問道。

她隨手關上房門，一骨碌兒竟跑到我的身邊，雙腳跪下，頭部貼伏在我的腿上，一手挽住我的腰部，一手用力抓緊椅子腳，像是要把木條搓斷似的，而有氣無力的樣子緩緩說道：

「志清，父親……父親要……要我嫁人了！」

她說著淚水像一串斷了線的珠子，一顆一顆撲簌落下來。使我相信她那話兒是千眞萬確的。

我感到彷彿天地在旋轉似的，我不知該如何對她說才好。我立起身，把她扶上坐在椅子，我靠到窗邊來，望著窗外比我住的小閣樓還要高的鳳凰樹，那朵朵盛開著紅紅的鳳凰花，不禁使我感慨地相信那句俗語——：「花無百日紅，人無千日好。」

因爲老魏今晚住在隔壁，我們不便談話，於是騎車子沿著復興路向南走，到一處比較幽靜的地方。

剛在一叢草地上並肩坐下來，翠玉就似乎早已打好腹稿，隨之說道：

「志清，也許你要責怪我，在考試前向你提這件事，但是，你可知道我實在是不能再忍耐下去，假若你是我父親的孩子時，我想你一定會諒解我底苦衷的。」

她用肩膀微微的碰觸了我幾下。

「…………」我默默的，我想沉默是比說出傷心的話語，要來得好些。

翠玉看我不表示意見，又繼續說：「你也曾說過——『百事孝爲先』，近來父母親對我的疼愛有加無減，你說我怎麼可以背逆他們？單就他們養育我的恩惠，就……就使我不能不將終身大事，由他們決定。」

我無可奈何忍不住沉默了：「妳變了！」

「志……志清，你不能這樣講呀！」她有點傷感。

我苦笑著：「莎士比亞曾說，對於戀人們的寒盟背信，上帝是一笑置之的。放心好了，我不會阻礙妳。」

「志……清……」她哽咽地哭起來。

我知道我的話已傷了她的心，看到她流淚的樣子，我卻更加痛苦起來，本能的壓住了內心中的氣憤而緊緊的警告自己，無論如何不能打擊她。

我一手圍抱著她，一手輕輕地拭去她的眼淚：「翠玉，答應我，不再哭，妳的眼淚像珍珠一般的貴重。」

「那麼，我要多哭出一點淚水給你。」她抽搐地含著淚水說，此刻我心中陰霾密佈，即使聽了她充滿情感的話兒，我已沒有快樂的感覺了。

「翠玉，告訴我，妳的未婚夫是什麼樣的人？」

「…………」她搖搖頭不作答。

「我早已說過了，我們之間假如有事，一定要說得清楚。」

她輕輕地在我胸前打了一下：「你說我的未婚夫，我不講。」

「那麼，我更正一下，對方是什麼樣的人？」

「我還是不講，永遠不讓你知道。」

我忍不住她的持強：「是鄭家，或者是廖老師的弟弟？」

「你永遠猜不到的。」

「求求妳無論如何一定要告訴我。」我哀懇著。

「那麼重要？」這時她停止啜泣，而逐漸平穩下來。

「嗯！」

「他是臺北人，他家是開百貨公司，聽說在臺北很聞名。」

「怎樣來說親的？」我按捺不住她慢吞吞的說，而搶著問。

「不要迫我好不好，讓我安靜一點。」她說：「來我家說媒的是一位父親的老朋友。那是在去年有一次宴會上，我陪著媽代表父親到金蘭餐廳去，那位老先生當時就很讚美我。想不到在一個禮拜前，突然來我家跟父親談，父親一點也沒跟我商量，一口就答應了。四天前，那位老先生就帶那個男的來我家，我才曉得。」

「是什麼樣的人？」我急著又問。

「長得還不錯，但是很會吸煙，也很豪飲，那是我最討厭的，我父親也不大喜歡他過度的吸煙與酒量。」說罷她撲進我的懷中：「志清，你比他帥，我一眼就可看得出他比不上你的，雖然他富有。然而，你的善良、你的智慧是莫大的財富，我永遠愛你。」

「這件事，妳……妳……，妳怎麼早不告訴我？」

「我怕擾亂你的讀書情緒。」她看了看我：「三四天來，我一直忍耐著，把痛苦埋在心底，當夜闌人靜時，我總躲在被窩裏低聲啜泣，最後，我想這事遲早會給你知道的，所以今晚……。」

「他是不是唸過大學？」沒等她說完，我又問道。

「嗯！但是聽他講話，一點學士的涵養都沒有，倒是一個標準的公子哥兒。」

「呵！原來是這樣，有錢又有一張大學文憑，難怪妳父親會一口答應。」

「前些日子，父親才跟我講過。」她停頓了一下：「他說對男孩子的抉擇標準有三點——：

一、良好的家世：他認爲有良好的家世，才能教育出良好的子弟。

二、豐富的學識和才幹：這是事業成功的基礎。

三、高尚的品德：這是做人的基本，尤其必須要有吃苦耐勞、不爲世俗所汚染的精神。」

「良好的家世，是包括有錢有勢的嗎？」我反問道。

「志清，請你不要再疲勞詢問我好嗎？讓我安靜一點！」

我苦笑著：「嘿！嘿！這就是人生了。」

翠玉更緊緊地抱住我：「我要永遠貼伏在你的懷中，不要講別的！」

一陣發出隆隆震耳的火車疾馳聲響，在離我們不遠的軌道上閃電式的飛逝過去。

「唉！聽到火車聲，我就會回憶起到你家鄉旅行的情景。」翠玉嘆道。

「現在，我恨不得讓火車結束我的生命。」我忍不住內心中的痛楚，而迷糊地說。

「志清，你怎麼可以這樣說？」

「沒有愛的生命是空虛的，那活著的人生還有什麼意義?!」

「想不到，像你這樣有智慧的人……」

沒等她說完，我就截住了她的話：「要是沒有什麼智慧的人，那更不知將是如何的悲慘了！」

她捧住我的臉：「爲愛情而喪失生命的，是最愚蠢、最不值得的。」

「也許，那是妳高超的想法！」我有點在諷刺她。

「要是辜負了你祖母的期望？那麼你就太不孝了！」

「我……我……。」一時間，我說不出話來。

「無論你怎麼想，我總以爲男人的第一生命是事業。也許，你可以用事業的成功來彌補情感的創傷，何況，像你這樣美好的人，是不難找到如意的伴侶。」她的語氣逐漸沉重起來：「也許，是我們開始的不正常，才會落得這般的苦惱。」

「……」我又沉默著。

「志清，笑一笑好嗎？」她逗著我說。

我慘澹地苦笑了一下。

「那不是眞正的笑。」她似乎不滿意。

突然，我想起了那位喜愛看《悲慘世界》有著慈愛和藹心腸的翠玉的母親，而萌起了一絲希望之光，擺開了滿天的陰霾，輕盈地笑著問：

「妳母親呢！」

「她是百依百順我父親的。」翠玉有點悵惘的說：「到目前，她還以爲我們只是普通朋友！」

我似乎世故一點：「她假裝著不知道的。」

「妳祖母怎麼樣？」我又問道。

「她……她很喜歡你，但是她說美中不足的，是你的家庭環境。」

「*Gone with the Wind*，一切都飄走了！」我失望地嘆道。

「志清，不要失望，不要灰心，愛情不是人生的全部，我會時時的想念你，當你將來成功時，我會暗地裏默默地爲你祝賀。我的一顆心永遠屬於你的，請你相信我。」

我迷茫的跟她接著吻，我分不出那吻是甜蜜，抑或是辛酸的。

回到分銷處已是過了十二點鐘了，老魏還沒睡，他在門口的鳳凰樹下乘涼，一看到我回來，露著不安的神情向我說道：

「小陳，那位小姐回去了嗎？差不多，十一點半的時候，有一個男人打電話來問，今晚有沒有一位小姐來過分銷處，我當然說沒有呀！」老魏說著還瞇了一下眼睛：「後來，還問你在不在，我假稱說你在睡覺了。」

「你有沒有問他，是什麼地方打來的？」

「我想你是知道的，我沒問他，他也沒說。」

一陣不安的恐懼霎時掠過我苦痛的心，毫無疑問，那是翠玉的父親。

「絕望！絕望！」我內心裏頭對自己說，記起李姐姐給我的勸告，不禁更感覺到我這條愛情的路途，終點是在懸崖上的，再走下去，那只有陷入無法探測到的痛苦的深淵。

我在淩亂的思緒中，翻開日記，看到今天的箴言是西塞祿的名言——「青年人對於愛情，要提得起，要放得下，才是一個智者。」一陣習習的晚風，從窗外吹拂進來，使我把熱悶的心緒沉浸在那舒爽的氣氛裏，而體認到我是一個在努力做一個有智慧的人。也想到或許將來翠玉的父親，會拒絕那門親事，那我不是還有希望？但是一想到現實，那種希望對我莫非不是像萬縷的遊絲飄渺不定？說不定接著又會是一個更美好的男人去求親，到頭來，我豈不只得到空谷足音的愛情？

「我要提得起，也放得下。」我對著自己安慰地下決心，何況愛情又不是人生的全部呀！這樣的想法，倒使我在受著情感煎熬的心房，逐漸擴展著屬於自己的慰勉。

於是，我提起筆，自願犧牲愛情成全翠玉，寫信給她。雖然，我一再的警告著自己，不要寫出悲傷的字句，讓已爲我而受到不少責罵的翠玉更傷心，可是，畢竟發抒出「海深情更深」的心聲，總是一片虔誠純潔的情感，寫了不久，我就感到滿腔的辛酸，只好一手拭抹著淚水，一手顫動抽搐地寫著，我要她孝順地聽從父母的命令，不要怨恨家長。寫到最後，想起在那鳥語花香美麗的季節裏無意間的邂逅；如今，竟會這樣悲悽的離別，我情不自禁地用李商隱的名詩——「相見時難別亦難，東風無力百花殘。春蠶到死絲方盡，蠟炬成灰淚始乾。」作爲結束，實際上，縱使蠟炬成灰了，我的淚水還是會流不盡的。

很快地，我收到了她的回信：

我敬愛的小林肯：

拜讀您的來信，我熱淚不禁奪眶而出，志清，您實在太偉大了，您那真誠的愛情，我將永遠永遠的牢記著。

「春蠶到死絲方盡，蠟炬成灰淚始乾」。多麼感人的詩句！志清，您的犧牲精神，使我更加地敬愛著您、懷念著您。請原諒我，心愛的人兒，唉！我真想遠走深山盡情一哭……。

生離死別，是人生過程中難免的階段，但我想，只要我們的心靈永遠結合在一起，永不會分離，那便是最大的幸福了，您說是嗎？敬愛的小林肯，讓我們的軀體永別了，也讓我們的精神永結在一起。

您的來信，母親看過了，她也被您的高貴人格感動得直為您嘆息，她對我說：「要是妳起先就和他做兄妹，那就好了！」但我卻認為能獲得您的真摯愛情，卻是我畢生的榮幸。

努力吧！志清，親愛的人兒，請淡忘那甜蜜的回憶，把握現在，一個最重大的任務，在等待您去完成！我虔誠希望著您踏上那輝煌燦爛的前程！我深信您是不會令我失望的。我想一有機會，我還是要見見您。

敬祝

金榜題名

永遠屬於您的一顆心

翠玉　敬上

又：父親最近常注意我的行動，暫時我無法跟您見面。

看到「金榜題名」四個字時，我感到異常的恐懼、羞慚，我已肯定地失去了原先有把握勝利的信心，夏季的忙碌工作，本就夠我累了，如今加上情感的負荷，教我如何能安下心準備功課呢？啊！一個人不能做他希望的事情，是多麼的痛苦！

三天後，翠玉趁父親到外面參加宴會，偷偷跑出來跟我約會。

我們騎著車子，離開喧嚷的市區，走到僻靜的郊外。當我下了車，推著車子走在狹窄的田徑上尋覓一處能夠坐著談話的地方時，夜色朦朧，看不大清楚前頭的路，無意間竟連車子都滑進一個水池裏，翠玉連忙幫我扶上來，鞋子和長褲都濕透了，後來，找到一條小溪，翠玉又幫我洗滌褲子上面的汚泥。

「假如我就淹死在水池裏，妳想……」

「不准你這樣的假設。」她立刻打斷我的說話：「除非我著迷水面上盛開的一朶毋忘草。」

我附和她：「爲了情人，我一定跳下水去摘，萬一溺在水裏不得泅出，我也要費盡氣力把花拋上給妳，而高喊一聲『卿莫忘我』。」

「志清，你還有心情打趣？」

「難道一見面就要說難過的事！」

「跟你在一起，眞是幸福。」

「幸福是過後才感覺到的。」我又說道。

「志清，你是一個詩人！」

「戀愛中的每一個人都是詩人。」

翠玉帶著深沉憂悒的語調：「然而，我是一個淚人。」

我趕緊把她摟進懷裏，安撫她：

「不要想！」

後來，我們在一叢竹林樹邊找到一個可以坐的地方。

「志清，容許我說嗎？」

我無主見的表示：「隨便妳。」

「我寫信給你的那天晚上，那個富商的兒子又從臺北專程來我家，我本來要藉故帶弟弟去看電影不見他，走到門口就給父親阻擋了。這一次，那個富商兒子表現得較斯文一點。」

「妳喜歡他了？」我似乎用嫉妬的口氣問她。

「死鬼閉嘴，呸了，誰喜歡他。不過，他回去就寫了一封信給我，說是看到我，就令他感到卑微起來，他發誓要改掉過度的豪飲與抽煙。我媽說，這孩子還不錯。」

聽到她的母親稱讚那個男的，我不禁也羡慕也惱恨似的說：

「當然嘛，有錢人總被人家瞧得起。像我連到妳們家坐的沒幾分鐘，妳們就提心吊膽恐怕妳父親回來。嘿，我更不能像那富商的兒子，堂堂正正跟妳父親同桌來個乾杯的福氣！」

「志清！你不能埋怨我呀！」翠玉提高聲調。

「……」我低下頭，我想我又太過分了。

我沉默了一刻：「我在信上已寫過了，祝福妳的幸福，我們可以絕交！」

「絕交！」翠玉表示訝異：「這名詞是多麼難聽！你可知道那是指『身心』兩部分的總和嗎？但是，我已不知說過多少次了，我的心靈永遠要跟你結合在一起的。」

她嘆了口氣繼續又說道：「你忘了我們是苦難中的伴侶？你忘了送給我的日記本上所寫的話——：『有智慧的人沒有眼淚，讓我們把生命溶合起來，使靈魂的伴侶携手於人生坎坷的路途。困難時互相慰勉，幸福時相與喜悅。』你都忘了？」

良久，我才咧開嘴：「……對不起！」

「志清，希望你接受我的哀求，不要再給我刺激，不要再給我太多的痛苦。」她的聲音越來越沉重：「也許，我是不再值得你留戀了，因爲我缺乏勇氣去違背父母之命。」說完她哽咽地啜泣起來。

我把她擁進懷裏，面頰不斷地在她的面龐上擦碰，湧現自心底感激摻合著悲傷的淚水奪眶而出，當我們的嘴唇接觸在一起時，分辨不出面頰上的淚水是誰的。

「翠玉，我要分擔妳的痛苦。」

「不必，只要你瞭解我的環境與一切的痛苦就好了！你已經是一個夠可憐的孩子了！」說罷她竟放聲地痛哭起來。

我急急用手掩住她的嘴，然後把她抱得更緊。她的髮香，以及她細嫩的皮膚，卻不禁的刺激著我，那似乎是一種少女特有的芳香，使我幾乎窒息起來。

當她比較冷靜下來的時候，我才鬆開她，但我已感到幾乎快把腦袋膨脹開來的一陣昏眩，我是多麼極其盡力地壓抑了內心中一股奇異的渴望。

「志清，你太愛護我了！」

翠玉沉思了一下又說：「你能不能把我送給你的紀念品，以及書信全部還給我？」

「爲什麼？」我問道。

「女人在感情方面的妬嫉心是很大的，我怕將來你的女朋友看到那些東西會不高興。」

「我決不奉還。我要保存這份剩餘的感情。」

「好了，那麼有一天要是你覺得不便於保存，是不是可以還我？」

「也不！我要把它投進太平洋！」

「唉，……。」她沒有說下去。

「妳的相片，是不是可以再還給我作紀念。」我想起了以前鬥著氣時，交給李姐姐託轉給她的相片。

「都燒掉了，連一些信件。」

「妳眞的這樣！」

「只要有一顆眞誠的心就夠了。」她說著還用手指了指我的心窩。

「我們該在什麼時候開始停止約會。」我問。

她想了想：「不要想這個問題，只要活著，我都想時時刻刻能見到你。」

「要是結婚以後呢？」

「有什麼關係，你是一個善良的道德家呀！」

「我……我想……。」我到底也不知道要如何才好。

「管他，不想這個啦！」她的口氣似乎爽朗得反令我感到這問題存在的可怕。

我看了看錶已經將近十二點，於是我催促她早點回去。

「上一次，我父親可能就知道我跟你約會去，回到家我向他敷衍說是看完末場電影又去吃點心。」她握著我的手：「萬一就是眞的被他知道，我跟你還再來往，我也不怕，駡就駡有什麼關係！」也許，愛已給了她勇氣，她的口氣很強硬。

當我們推著車子，走了幾步，翠玉突然嘆息著：

「眞的，等到離別的時候，我才感覺到以前的幸福。唉！我們以前爲什麼常常要吵，太可惜了！」

我能說些什麼呢？只能把眼淚往肚裏吞。

「志淸，你功課準備得怎麼樣？」她又問道。

「別問了，沒問題的，準會考上。」我不知爲什麼要瞞騙她，也許這是暫時最好的敷衍。

「這一次讓我送你回去。」

我們在行人已稀少的復興路並排地有說有笑的騎著車子，當快到分銷處時：

驀然「翠玉！」一個熟悉而嚴厲的聲音，發自我們的後面。霎時，我有了跟上次在C鎭被翠玉五叔遏住的情景，一樣地感到不安與緊張。

接著，這個半路殺出的程咬金——原來是翠玉的父親，從路旁也騎著車子走過來，停在翠玉的旁邊厲聲說道：「回去！」

我原想向他打招呼，但被他憤怒的聲音所懾慄。

翠玉沮喪地推著車子走了，然後她父親好像用他那很有威武的眼神注視我，我本能的低下頭。

「下次，再給我看到，一定到法院告你！」說罷他氣咻咻地騎著車子跟著翠玉的後面走。受到這晴天霹靂猛烈的打擊，眼淚是不足表徵我那痛創的心窩，我癡癡懵怛的目送他們父女的背影，消逝在迷濛的夜色中。

26

我愛著翠玉，是的，我深深地愛她。毫無疑問的，她也深深地愛著我，這眞實的愛情，顯現出無比的綺麗。但命運之神卻殘酷地折磨著我們，使我悲傷的爲了這純潔的愛情，深嚐了戀愛的苦汁，「凡是可以給人們幸福的事，也可能成爲人們痛苦的根基。」想不到歌德這句話，竟描繪了我的遭遇。

自七月起，我突然被調回到C鎭總公司，但是卻沒有舒適的辦公桌椅享用。整天縈迴在耳際的是隆隆的機器聲，除了休息時間以外，幾乎沒有一刻鐘的安寧。散工後，工人都回去了，我卻還須仔仔細細地盤查一件一件的製成品，與零零散散的原料，這繁重的物料管理員的工作把我煎熬得夠慘了。

我眞是想不到人心會這樣險惡，曾主任與由校長介紹而推薦我到紡織公司來作事的黃董事，他們兩人幾乎是一致的喟嘆：「我們公司實在幾乎是胡經理一個人把持的。」當然，他們都無法幫我仍留在臺中分銷處或回到會計課工作。

記得，在臺中分銷處辦理帳簿移交後，曾主任在小閣樓上告訴我被調職的內幕說：

「這完全是胡經理的意思，大概你自己知道原因。」

是的，我知道原因的，但是，我憤恨以私情來處理公事。打算辭職，又恐怕一時找不到適當的職業，祖母一定會難過的，想到了這點，就只好忍受下去。

於是，我更學會了忍耐，忍耐著跟命運之神搏鬥。

在這樣的情境下，大學聯考只好放棄了，其實，這一連串的打擊，就夠我考驗的。

當我再到楊柳岸，重溫那曾屬於我自己的天地時，我總會拖著一次比一次更加沉重的腳步回去，人還是過去的人，我自問並沒有改變，但這時的感受卻已完全不同，每次走到那裏時，心情也一次比一次的沉重。

張士賢跟他的施小姐，好事可能快成熟了，每當夜幕初上，他們就愉快地並肩在C鎮郊外散步，當我遇到他們時，總會隨著回憶想起昔日會計課樂趣的生活，更會懷念著當我的視線從窗口接觸到王美惠時，她那甜美動人的笑意，如今，她已于歸了，不禁黯然神傷。

這次被調回來，不僅變換了工作環境，連公司的宿舍也沒得住了，幸虧張士賢的幫忙，才租到一間房子。在我這間租屋的鄰近，有幾家販賣色情的茶室，我常看到一些年輕人嘻嘻哈哈的走進去。寂寞也不時的侵襲著我，有過幾次，我也非常的羨慕那些年輕人的享受，加上那茶室裏「妖姬」的賣弄風情，一股尋找發洩苦悶的意念，常在勾引著我，奇妙的是，我竟然始終鼓不起勇氣，踏進那所謂「男人的天堂」。

夏季忙碌的工作，疲勞減輕了我思念過去一段幽情的痛苦，但是會計課、批發處、總務課——那些我以前熟悉的同事，似乎都知道了我遭遇到愛情波折的事情，他們對我絕口不再提起翠玉——來過會客室會我的那位小姐。有時他們交頭接耳細聲地談話，但一看到我走近，立刻就封住話題，而默默的望著我，我猜想不到他們是否在同情我，還是在譏諷我，然而他們不再跟我談笑而表現出的冷淡，總使我感到人心的冰冷。

時間，也許眞正是治療痛創最好的良方，我已能逐漸地淡忘過去，只是每當淸早醒過來時，總會發現昨夜夢魂中所遺留的——枕頭上濕漉漉的一片淚痕。

世間往往有許多事情，是意想不到的。八月初，突然接到翠玉寄來的信件。在信中，她說由三妹的打聽才知道我已回到C鎭。而她好像對別後的心緒表現不多，我想或許她已比以前堅強了，她只是說近來熟讀李淸照的詞，尤最愛〈虞美人〉一首。

也許，她把滿股的憂怨，寄託於哀豔的詩詞中。最後，她希望我應該有「柳暗花明又一村」的盼望心情。

音訊中斷一個多月，能夠再看到她娟秀的手筆，而透過片紙，彷彿再度沉浸在她溫馨的安撫中。

幾經考慮的結果，我還是不敢回信，恐怕眞的受到她父親到法院的控告，其實最主要的還是我不能再打擾人家，因爲我多少已看破了塵世間的一切，澈悟「空卽是色，色卽是空」的眞諦。

接著過不了幾天，又收到她的來信，這次她希望約一個時間見面，她說有要緊的事，必須談談，要我給她回音信。

這「要緊的事」，難道會是黑暗中突現的一道曙光？說不定，我又有了希望，於是，我提起了勇氣鼓起了信心給她回信，並告訴她我新住的地方。

這是八月中旬一個黃昏剛消逝了不久的夜晚。雖然，我已陶醉過、享受過富有羅曼蒂克意味的夜之情調，但是，對著即將再度來臨的聚會，卻有著新鮮的期待，與發抒心聲的暢快。

過了約定的時間半個鐘頭，她才姍姍地走進巷口，向我新租的房間走來，似乎她永遠是一個最不守時的情侶。

我在窗口看到她逐漸走近時，就走出門口歡迎她：

「力行巷二十號，就在這裏。」

「噢！」她好像感到有點吃驚的樣子。

當我的視線接觸到她的頭部時，我也感到一陣的驚異，她的髮式變了，她不再打扮我所喜歡的馬尾式或者那幾種我所欣賞的少女型，而卻打扮成好像一個中年婦女那種貴婦型的，我心裏暗自嘆道：「變了！」

走進屋內，一時我們默默相對坐著。

——沒有笑容，也沒有什麼表示，終於我忍耐不住這種近乎浪費辰光的沉默，而說道：

「近來好嗎？」

「嗯！」也許我那一句話太尋常太客套，引起不了她的談鋒，只輕輕的發出一聲低哼。

我偷偷打量了她一陣之後，除了發現她的髮式不同以外，似乎我感到她全變了，變得好像趨近於非常冷靜的人。在未見面以前，我還幻想著當一見面時，翠玉將會如何的緊擁著我，一個吻又一個吻，與淌不完的淚水………

看到她迥異昔日的模樣，我倒覺得迷惘地不知說些什麼話好。

「咦！收音機怎麼不見了？」她突然咧開嘴問道。

我支支吾吾回答：「………賣………賣給一個工人了！」

「爲什麼？」

「現在，我不喜歡聽音樂，它解除不了我的痛苦。」

「你變了！」她好像逐漸恢復以前的模樣。

「變的應該不只是我。」我衝口而出。

「當然囉！」她露著一絲苦笑：「不過，你好像變得比我更慘，連音樂也不聽了。」

驀地，我低下了頭，把眼淚往肚裏吞，因爲我不願給她看到我脆弱的情態。

「志清，你還難過著？」

「嗯，沒有愛，這世界對我好像是白紙一張。」淚水掉落在我的衣上。

翠玉一骨碌兒跑過來，掀起我的頭，面對著我：

「不要哭了，我會很難過的。」她的音調有點沉重起來。

「要堅強一點！」她好像對著我說，又好像是自言自語的樣子。說罷她掉轉過了頭，凝視著我桌上那枚她送給我的膠紙彩花，在她那美麗白嫩的臉上，彷彿慢慢地擴散著痛苦和悲哀。

「我永遠要保存它！」

我說出這句話後，翠玉的臉上，好像潮水上漲般，又泛濫著更痛苦更悲哀的波浪了。

「志……志清，我相信你比愛你的生命更愛我。」

她撲進我的懷中，我像往昔一樣地撫慰著她。

「你還在會計課工作？」

「……」我沉默了一會兒，才把上次別後的情形簡單的告訴她。

「哼，一定是我父親連絡五叔慫恿你們的胡經理擺佈的。」她的語氣顯然有著幾分的憤怒。

「算了吧，過去就過去了！」

「你不恨他們？」

「有時候會的，因爲我想他們不該以私情玩弄職權來折磨我。」

翠玉思索了一下：「你參加考試了嗎？」

「……」我羞愧的低下頭。

「都是我不好！」翠玉嘆息著。

「不，考試是我自己的事。」

「不過，我希望你，千萬別氣餒，明年再考！」

此刻，在我腦子裏盤旋的，最大的一件心事倒是翠玉的婚姻，於是我顫抖地問道：

「妳怎麼敢來會我？有什麼事？」

「我怎麼會不敢，我一直沒有寫信給你，是因爲恐怕被父親知道，眞的到法院告你。」她頓了頓氣：「不過，我父親已拒絕那個富商兒子的婚事，父親說他的公子哥兒的氣氛太重了，而且看起來還很輕薄油條的樣子。」

聽了她的話，頓時我陰霾的心開朗起來，露著微笑說：「妳父親到底還是很疼愛妳的。」

她跟著也笑了笑，但那種笑容是極其勉強的樣子：「但是……前天……。」她欲言又止。

「什麼？」我緊張了起來。

她苦苦的沉思了一下：「前天又有一個人來提親，對方是……是××醫院院長的兒子，現在他還在醫學院唸書，明年就畢業。」

猛烈的又是當頭一棒，於是，我又沉默下來。

翠玉好像都不會再流淚的樣子，這一個轉變使我感到非常的奇異，而聯想到她的頭髮：

「難怪妳的頭髮，會打扮那個樣子。那家醫院是臺中很聞名的，你們大概快結婚了吧！」也許，嫉妬與怨恨的心理，促成我發洩氣惱去刺激她。

話剛說完，她忽然立起身掉轉頭走到門邊去，伸出手打開栓子。

「翠玉，慢一點，請原諒我說錯了話！」我立刻奔向前去擋住她。

她好像又心軟了下來，讓我扶抱著她，但她卻拒絕接吻。

良久，她開口道：「你實在太狠心，一點諒解我都沒有！」

我開始後悔剛才說的話：「翠玉，請妳原諒。」

「原諒！原諒！多麼動聽，原諒就能夠解決一切嗎？」她激動起來：「我們之間的事，你怎麼就不能原諒我？」

「是的，一句原諒是不能解決痛苦的。」

「你知道我如何的跟父親周旋？」她凝視著我：「本來，我是非常高興的，父親拒絕了那富商兒子的婚事。但是前天再聽到那消息，我哭了一晚，昨天也哭了一個上午，到中午的時候，父親叫我隨他去餐廳會見那個男的，我極力的反抗，但是父親最後向我嚴厲可怕的瞪了一眼，我還是乖乖的跟他去了。」

說罷，她掏出一張鹿港一個廟宇的籤詩：「星期天跟母親到鹿港燒香抽的。」

我從她手中遞過來那張小紙條——

滿目風雲咫尺迷，
胡為惘惘欲何之，
不如急把船頭轉，
省得狂波破膽時。

我唸了一遍，她揷嘴補充說：「婚姻方面到底不佳，適宜別就。」

「妳太迷信了。」

「難道你永遠不相信有神明？」

「就是有，也不應該讓神明來決定我們人類的命運。」

「眞的，不愧爲一個有智慧的人！」翠玉讚嘆著說。

「昨天會見了那個男的，覺得如何？」我還是不離話題。

「我不告訴你，我心裏頭所愛的人，只有——只有你，你是我一生中唯一的男朋友！我將會永遠的懷念你。」

我似乎是沒有興趣去接受她這種柏拉圖式的愛情：

「我虔誠祝福妳得到幸福。」

「志清，你好像都不相信我對你的感情？不過無論嫁給別人與否，我都深深愛著你。我想，出自眞誠的愛，不是恥辱的，也不是罪過。」

「……………」我不知說什麼話好。

「這個世界是有你的幸福存在，你不要頹喪，好人到處都會受人歡迎、需要的。」

她的話太感動我了，我捧住她的臉，淚水不禁潸潸而下：「翠玉，妳這樣說，使我更難受，……。」

「志清，我希望你當一個眞正的古羅馬戰士，只流一次英雄淚就夠了。」她用溫暖的手撫摸著我的頭髮：「志清，請賜給我最後一次的光榮，奉獻出你最後的一滴眼淚，眞正的笑給我看，我一直覺得只要看到你眞純的笑容，就以爲人間再沒有比你的笑容更美好。」

我嚥下了最後一口愛情的苦汁，拭乾了最後一滴辛酸的眼淚，接受她的深情，緩緩地微笑著，然後闔上眼睛，深深地跟翠玉接了一個吻。

「不知道，這個吻會不會是最後的一吻。」我閉著眼睛說，更加上了一句：

「翠玉，妳永遠存在我的心靈。」

「志清，我眞願永遠不離開你。」

說罷，她淌出了幾滴眼淚：「我的眼淚大概是快哭完了！」

「珍惜妳的眼淚，那是比珍珠還要貴重的。」

她看了一下錶：「啊！時間不早了，要是晚回去，碰到五叔，又難以應付，剛才出來時，我敷衍對他說，是要出去找朋友的。」

「我希望能再見到你，將來看到你成功。」當跨出門檻時，她握著我的手說。

「我希望妳要多保重身體，並祝妳幸福快樂。」我感到她眞實的愛，已在我心版上烙印了深刻的痕迹，我不該再埋怨她，而必須虔誠的祝福她。

當我送她走到巷口時，碰然地，我的心湖掀起了一個狂浪，——不知何時，翠玉的五叔已站立在那裏。

「時間不早啦！」他微微露著猙獰的笑容，雖然，他沒有上一次顯得嚴肅可怕的表示，但鄙薄的話語，已足夠我捱受了。

「下次再被我看到，哼！當心你的工作。」繼之他變得冷冷說道。

當他說完話，立卽向翠玉瞪了一眼，她就沮喪地跟著他走了。

我發楞的在那兒，不知呆站了多久，好像一個犯下重大罪狀的人，聽到法官最後一聲的判決——死刑。

……………………

❖　❖　❖

日子一天一天的飛逝，我再也沒得到翠玉的音信，有時激動地想寫信給她，或者到她家去探望一下，然而，總被一種恐懼與道德觀念所拘束。

雖然，我獲得了翠玉的一顆心，但是今後漫長的歲月中，孤寂、空虛、頹傷，都將一齊掩上我的心頭，而也不知怎麼的，始終實行不了她給我的慰勉，於是，我嚐到了一種生命悲悽的苦痛。

我常徘徊在楊柳岸上，雖然那樣會增添我的痛苦，然而，追尋著往日的歡笑，望著悠悠的白雲、隨風飄拂的柳枝、潺潺不停的流水，以及那定情的水閘，倒能令我感到一絲片刻的歡悅。

十一月十日這一天——我們的第一個生日，我懷著一絲希望的等待，一直到夜闌人靜，天使依然沒有帶給我美麗的佳音。

我夢幻似的坐在水閘上，回憶起去年的今天，那「金玉盟」的情景。

「志清，志清，我永遠愛著你。」

我彷彿聽到她的呼喚，也吶吶自言：

「翠玉，翠玉，我也永遠愛著妳。」

瞬息，聲音消失了，四周景物依舊，於是，我記起了那情感波折的經過，我們的歡笑和眼淚，以及我們最後的歡聚，歷歷如走馬燈似的，映現在我的腦海。我的嘴唇上，彷彿還遺留著吻的感覺，我的身體，彷彿印著她底手掌安撫的痕迹，這些遺留的感覺，與美麗的回憶，使我更加悲痛。

突然間，我也彷彿看到翠玉，在怒吼的風聲與交加飄落著暴雨之中，她在哭，那悽愴的悲聲混爲一片，好像奏著人生的哀曲，頓時，我覺得一股來自宇宙的寒氣冷冷的襲來，冲淡了人間的溫暖——

「翠玉，啊！我們都是沉浸在苦難中的人！」

27

十二月初，一個初冬的黃昏，夕陽收斂了最後一絲殘暉，郵差突然送來一張姑丈發自成功鎮的緊急電報：

志清吾侄：

你祖母突患急性肺炎，見字速回。

雖然是短短的幾個字，但它使我情緒的影響，眞有如面前的山崩地裂，使我感到這世界的突然改變，人生的一切，彷彿在一片刻之間，由永恒而歸於幻滅一樣。

我急速的搭上夜快車，經過長途的跋涉，到達成功鎭時，已是第二天的黃昏。

遠遠的，我就看到家門圍著一羣人，斷斷續續的傳來一陣哭聲，唉！難道祖母已迫不及待殘忍的丢棄了我？我急速的跑過去，奔進祖母的房間。

祖母好像安祥的躺在床上，面龐上罩著一條白色的布巾，我顫抖地掀開那條白布：「祖母！

祖母！……」我叫啞了聲音，卻再也聽不到她慈藹的回音，要不是姑姑在旁邊放聲的大哭，我幾乎不相信此刻安祥靜躺著的祖母，是患了急性肺炎致死的。

撫著她僵冷的手，不禁懺悔著自己未盡孝道的罪行。

天色還未全黑，落日最後的餘暉照在室內，燃著的蠟燭、搖曳的火焰和慘淡的暮色交雜之下，室內顯得無比的悽涼，使我的心靈更悲傷地，為這老人未能享有幸福的晚年而哀痛欲絕。

料理完祖母的喪事，我踽踽地沿著昔日偕同翠玉漫步過的地方，坐在碼頭上端的高地——那曾遺留有我們溫馨美麗的痕跡的地方。

寒星點點，上弦的月兒發出淡淡的柔光、颯颯的晚風、怒吼的波濤、忽明忽滅的燈塔、成排的漁船、靜寂的碼頭，以及那偶而噠噠的馬達聲……這一切一切的景物，使我無法抵制撩起那綺麗回憶的想望。而彷彿從海浪的盡處、從天的盡頭，可聽到翠玉在呼喚，相互追求的兩顆心，聽到她哀怨地唱著歌——：

總是忘不了你那微笑的面影，
像珍珠的淚水，在黑暗中閃耀，
我悲慘的命運，我明明知道，
但我只要那不變心的人，

當我離開成功鎭這一天的淸晨，我摘了幾朶種在屋旁祖母心愛的菊花，來到她的墳前，我不知該祈求她原諒我的不孝，抑或是祈求她的保佑，但望著這一堆隆起的土坵，就使我感到幽明星路、人天永隔，從今以後，我將更孤獨了。我後悔沒把最近跟翠玉的情形，向她老人家逑說，爲了免得她的掛慮，我竟一次又一次在信中，瞞騙她，說不定我把實情告訴她，或許，她還會苟延殘喘地活下去，給我鼓舞的力量，一絲人間的溫暖。…………啊！我簡直不敢再想下去。

初冬的陽光，給人一絲溫暖的感覺，但現在對於我好像是在讓我看著人間的苦難。我披著這條祖母臨死前交給姑姑的藍色毛線圍巾，隨著車子的開動，眼淚一顆一顆地滴落在圍巾上，我再也看不到一個佝僂慈祥的老人，揮著手帕向我送別，我懺悔著未曾盡了侍奉她的孝道，我更遺憾著未能聽見她最後的一聲叮嚀。僅僅留下了她臨死前才完成的圍巾，它卻徒有更增添我的哀傷，使我永遠無法磨滅那往日一切值得回憶的綺夢。

◆　◆　◆

同事們雖不斷的給我安慰，似乎世界上的苦難，絕非片言片紙所能排除掉的，生離加上死別，這眞是人間最難堪的際遇，而今都一起而來，我感到世界是空的，人生是空的，一切都是空的，多活著一天，痛苦就更加深沉的壓迫著我，這是到了我無法再忍受下去的地步了！

過去我曾想到了一般人認爲可怕愚昧的行徑——自殺。但是，此刻卻覺得那是唯一解除我痛苦的良方，只要呼吸一斷絕，什麼都沒有了。

然而，服毒、上吊，往往會被人發覺，一旦死不成，那更是在痛苦上面又加上一層痛苦。跳水吧，自己又是從小就在海裏頭翻滾的。給汽車、火車輾死吧，死狀卻太慘了。想到學習那些失意投入空門的人，細想之下，卽使隱居於遠離煩囂的深山密林，當那暮鼓晨鐘之際，必然難免會有一絲一點的回憶，何況我又是一個年輕熱情的人？所以最後，還是決定選擇躺臥在軌道上一瞬間的解脫。

月兒透過薄薄的雲層，射出微微的淡光，沒有滿天的星斗，只有幾顆好像很熟悉的寒星在眨著眼，心想，它們一定在預先爲我哀悼！

沿著臺中火車站北上的軌道走，北風有點刺骨的陣陣迎面吹來，兩條又長又直看不到盡頭的鐵軌，在淡弱的月光照耀下，只反映出兩道柔光，彷彿它就是通往陰府的路徑，是一條不歸路。

像遊魂一般的，拖著疲乏而沉重的腳步，經過一座還不算短的鐵路橋，我停下步來，看到月光把我的影子投射在鐵軌上，我彷彿看到那就是自己的屍體，被壓扁了的，四肢分離面目模糊。

「就只一刹那，隨著火車開過去，無論什麼痛苦都跟著生命而消失了。」我心裏對著自己說，不禁感到這是一個最好的解脫。

鐵路橋下的水流好像不很大，但是溪底下滿佈嶙峋的石頭，爲了顧及到萬一從鐵輪下逃生，也還有一個機會跳下去，撞擊在石頭上，一定腦袋開花。於是，我就踏上鐵路橋，一直走到橋中，坐在那橋墩上面凸出來的一塊沒有欄干，可能是爲了給過橋人避車站立的木板，我想只要車子一來，向前一仰，就可立刻永別這無可留戀的人世了。

我滿意這樣的安排自己的生命，古往今來不是沒有一個人能夠逃避死亡的招手？人一生下來，就向著死亡進發，人活著，也終究要死。如今我也步上這條路，一絲的遺憾也沒有，我倒對著自己慘然地笑了笑。

人生，也眞是奇妙，爲什麼要生，又爲什麼要死。我的人生，儘管籠罩在痛苦之下，但想起了往事，我也有著太多的怨懟，太多的不平，和太多的憤恨，我原想把這些寫個遺書，讓報紙上披露，讓那些要找刺激的人看，但是，可能他們只是一笑了之，那麼我的遺書，是白寫了。然而，想到要是翠玉看到新聞上我自殺的消息，不知她將會如何的悲傷。「志淸，我永遠愛你。」這句話似乎是鞭策我的一種力量，既然我也愛著她，就不能讓她悲傷，或者可能那會是我死後唯一的遺憾，那麼，在地下也不得安息，那我這個解脫，不就失去了意義？可是，我畢竟還是苦惱著她給我不完全的愛。

一聲汽笛的吼叫，打破了我的沉思，不知什麼時候火車已經由北端開到橋上來了，猛烈的震動，尖銳的風力，使我畏縮了向前一仰的勇氣。

火車已疾馳過去了，我已失去了一次解脫的機會，但突然間我感到死的微妙，假若這次我來得及結束生命，現在我的屍首就碎散在鐵橋上了。然而，此刻我卻還呼吸著，我還感到痛苦隨著生命的存在，接著，我立刻又安慰著自己，不久會有北上的快車來。

北風仍是颯颯的吹，也許是我一顆心熾熱著尋求死亡，而沒有寒冷的感覺。於是，我鬆了鬆祖母遺留給我的圍巾，我摸撫著又慘然地一笑，心想我快要去陪伴祖母了。

「嗚！嗚！」遠遠的，又傳來火車的汽笛聲，在靜夜裏，那聲音顯得特別的淒清，也好像在給我一個預先的準備。

我把頭躺靠在鐵軌上，而兩腳跨在另一端的鐵軌，這樣的躺著雖然比不上在床鋪上的舒服，但畢竟只是一刹那的時刻。

一些細微茸茸的東西在我面頰上徐徐搖動，我用手摸觸了一下，才知道那是一叢小草，我覺得它們好像在向我告別似的。但是，猛然的，我卻想起了在那堂皇的建築物周圍，總是豎起個牌子「請勿踐踏」以保護草兒，在這全是鋼鐵的橋身上，在這日夜鐵輪之下，這些小草卻還能夠堅強地生長著，不由得使我感到它們生命力的堅強，而默默地問它們：「在這惡劣的環境裏，你們怎麼能生長下去？」

小草默默的在微風中搖曳著，也好像在回答我：「難道你們人類就沒有在惡劣的環境下奮鬥的勇氣嗎？」

忽然一道「我竟比不上小草」的意識掠過我歇斯底里的心坎。於是，我立起了身，坐在鐵軌上跟它逗著玩，我想我可以一手就把它們糟蹋的。不過，瞬即我卻感到一陣的奇妙，它們怎不會自滅，人卻爲什麼會自己走上毀滅之途？何況人又是萬物之靈？

火車已開到鐵橋的南端了，突然，我憬悟了生命的本身就是有意義的，而不値這種毀滅生命的作爲。於是，我拼命的跳到橋墩上頂的木板上，慌張之間，幾乎跌了下去。

火車開過去了，我走近小草，它們依然頑強的在鐵輪下活著，我咬咬手指也察覺我還呼吸著。但是頸項間卻感到有些寒意，我才發現祖母那條爲我編織的圍巾，在剛才奔躍之中，已丟落在溪流裏了。

我急速走出鐵路橋，沿著溪岸走下去，只聽到潺潺的流水，只看到黯淡的月光，在水面上粼粼的水波，而見不到圍巾的踪影。我卻彷彿聽到祖母在啜泣的聲音，而勾起了生前她對我的勉勵，湧起了常繫念著我的抱負——我們陳家日後的門楣，只有依賴我的努力。

……………………

當我走上了鐵路橋邊，望著那隨風搖曳著的小草，不禁，記起了朗費羅那首「生命之歌」：

不論遇到什麼命運，

不要灰心，

要行動起來，

不斷地努力，

不斷地前進，

學會勤勞與等待。

我抖擻地又沿著鐵道走回來，當我回過頭望著鐵路橋，彷彿看見了自己的屍體躺臥在鐵道上，那是自殺而死的，那是已死去的陳志清，現在的我，是一個從那死去的軀殼裏蛻變出來的一個新的生命，一個新的陳志清。

陽光從東方放射出萬道光芒，照射到我的身軀時，像是得到無限的溫暖，使我感到用陽光洗了臉的人，就有活下去的必要。

走到離旱溪街不遠的鐵道旁的這所花園，不由得記起了當初跟翠玉在一個月夜漫步到這裏時的情景。現在雖然不是春天，然而，園內還是開滿了各色各樣的花兒，啊！活著能夠聞到芬芳的花香，看到一切美麗的事物，死雖然能夠解決一切，但活著總是比死要強！

28

「聖誕鈴聲」的歌曲，又在街頭巷尾響起，我買了幾張美麗的卡片，打算寄給翠玉的弟妹——那曾經親切稱呼過我「哥哥」的小天使，但是直到聖誕日的前夜，他們不再像去年一樣的一個人寄一張給我，這中斷的摯愛，使我放棄了寄給他們的念頭。也許，他們眞的把我這個哥哥忘了！

我接受了李姐姐賜給我歌德在詩歌〈浮士德〉中的一句——「我有敢於入世的膽量，下界的苦樂，我要一概承當，我要跟暴風雨搏鬥，卽使在破船中也不張惶。」同時，也接納了她的勸告，離開紡織公司，換一個環境，從頭努力做起。

的確，我不能讓人家在生命的舞臺之幕背，聽到我空虛的笑聲，和失望與痛苦的呼籲，沒有根而生活，是需要勇氣的。

張士賢他們都去參加聖誕舞會，我獨自在孤燈的陪伴下，凝視著那朶彩花，不覺掀起了回憶的漣漪：去年的今天，我曾在臺中分銷處小閣樓上，爲了跟翠玉的鬥意氣而痛哭一陣，她拿著手帕爲我拭去淚水的情景，依然是那麼樣的清晰而溫馨。咀嚼著那美麗的回憶，使我深深的體會到，能夠獲得一顆心眞實的愛，縱使我再也接觸不到那顆心。然而，那春花秋月不渝的永愛，無論在天之涯地之角，我都深信她時時刻刻的在懷念著我。果眞如此的話，啊！這該是人生多麼寶貴的一件事呀！

爲了不願看到摯友們爲我送別傷感的面容，爲了減輕一點來日回憶的痛苦，我終於默默的提攜著行李，在這聖誕夜離開C鎭。

汽車站的擴音機一遍又一遍的播送著「聖誕鈴聲」的歌曲，我跟隨著那聖善悠揚的音韻，在心房內感到我的生命在跳動，我的心靈是祥和的。

公路車經過横街時，我投下了最後的一瞥，望著王美惠家的百貨店、紡織公司，以及轉過彎後，教堂的小花園，與那曾屬於我自己天地的楊柳岸，這些都可以探尋出我昔日有歡笑也有著眼淚的遺跡。

到達臺中後，我先把行李寄放在火車站的行李房，離北上的夜快車還有兩三個鐘頭。於是，我利用這兩三個鐘頭到街道漫步。

懷著一份莫名的心情走到翠玉家，他們的屋燈都熄滅了，此刻他們可能正沉睡中，我奇妙地站在門前幻想著，假若我再到這裏來按車鈴，當她還沒出嫁之前，不知她是否會再出來？但也不知道，她會不會忘了那車鈴聲。無論她父親爲她選擇了如何美好如何理想的對象時，也不知她會不會再懷念著我，爲我唱一支「君在何處」或「我比誰都愛你」？

最後，我步上車站的天橋，橋下那迷濛的夜色中，發出幾道銀灰色交雜著的軌道，好像一幅人生的圖畫，人生是錯綜複雜的，有著歡樂，也有著辛酸。我不禁哼起「夢幻曲」那支歌，而感到人生彷彿就是一場夢幻似的，而我所做的夢境，是一場慘痛的景象，也許那正可當做我來日磨鍊的借鏡！

火車轆轆地開動了，鐵輪在堅硬的鋼軌上滾動的聲音，在寒夜裏顯得格外的清脆。窗外黝黑的夜景，與疏疏點點的光亮，逐漸的閃過。臺中！臺中！那可愛也可恨的城市，漸漸的遠離了。車裏的燈光照著玻璃窗，映出我兩頰沾著幾顆晶瑩的淚珠的面孔。

一陣隆隆火車經過鐵橋的聲響，令我想起鐵橋上平躺著舊時的自己──一個尋求解脫痛苦的人。坐在車上的新的自己，已是從那死去的軀殼裏重生，像一隻蟬從蟬蛻裏出來，正等待著振翼飛去，當黑夜過去，黎明到來的時候。

無論是愛過我的人，或恨過我的人，我都願寬恕他們，儘管我這寬恕的聲音，在這廣大的世間是多麼的渺小。或著，我只有比以前更愛他們，在這人與人相處的社會，或許只有愛才能縮短距離。雖然，我遭遇了不幸，屈辱了我人生的尊嚴，我仍然愛著他們。

❖　❖　❖

儘管我生下來，就躑躅在崎嶇的人生旅途，然而，我總是面對著太陽升起的地方，朝著光明的方向行進，但願世間所有的人，都能陪伴著我。

五十一年一月十一日脫稿於臺中綠窗畔

後記

沒有天才，沒有學識，光憑持著一股愛好文藝的傻勁，寫下《明天的太陽》這部長篇小說，對於我來說，無疑的是一次最大膽的嘗試！當我寫完了最後一個字時，我吐出了悶鬱在心底的一口大氣，好像壓抑在心頭的一塊大石被拿下來一樣。當然我自認這篇東西還太幼稚，幼稚得連我自己都感到有很多地方尚待補正，但我仍很珍視它，因爲它畢竟是花費了我不少心血的結晶！

故事中的男主角陳志清，是杜撰的，當然不會是我本人，只是我爲了寫作的便利，用第一人稱來寫，並賦予他一些我所喜愛的性格而已。我可以這樣說：故事和故事中的人物，都是在我想像中所熟悉的。所以，這部長篇是我憑想像所描繪結構出來的，因此故事本身也許跟現實很接近，故事中的人物也許類似某些人。

我是一個本省籍年事尚輕的人，在文藝的領域裏，自問還未踏入過一步，我愛好文藝，醉心寫作，由於工作環境，我經常和文藝作品接觸，和它結下「不解緣」。我在寫作時盡量用國語來思維，用國語來寫作，但總是感到意境上和詞藻上，還有很多表達不夠的地方，所以，我熱誠的盼望文藝先進和讀者諸君能給我以指教。

本文承蒙陳慕椿（夢眞）先生的熱心指導，以及孫鳳鳴恩師，與啓發我寫作的畢珍先生和姚姮女士，還有許許多多朋友們不時的鼓勵，這種盛情除了在此一併深致謝意外，也使我虔誠的永誌不忘。

最後，感謝許耀南先生的鼎力幫助，才能使《明天的太陽》出現在大家的面前。

許文廷五十一年一月三十日燈下於臺中民聲日報社

滄海叢刊書目㈠

國學類

中國學術思想史論叢㈠～㈧	錢　穆　著
現代中國學術論衡	錢　穆　著
兩漢經學今古文平義	錢　穆　著
宋代理學三書隨劄	錢　穆　著
論語體認	姚式川　著
西漢經學源流	王葆玹　著
文字聲韻論叢	陳新雄　著
楚辭綜論	徐志嘯　著

哲學類

國父道德言論類輯	陳立夫　著
文化哲學講錄㈠～㈤	鄔昆如　著
哲學與思想	王曉波　著
內心悅樂之源泉	吳經熊　著
知識、理性與生命	孫寶琛　著
語言哲學	劉福增　著
哲學演講錄	吳　怡　著
後設倫理學之基本問題	黃慧英　著
日本近代哲學思想史	江日新　譯
比較哲學與文化㈠㈡	吳　森　著
從西方哲學到禪佛教——哲學與宗教一集	傅偉勳　著
批判的繼承與創造的發展——哲學與宗教二集	傅偉勳　著
「文化中國」與中國文化——哲學與宗教三集	傅偉勳　著
創造的詮釋學到大乘佛學——哲學與宗教四	
[illegible]	傅偉勳　著
懷德海	東海大學哲學研究所主編
[illegible]	錢　穆　著
[illegible]	錢　穆　著
[illegible])	錢　穆　著
[illegible]	蘇昌美　著
[illegible]	張身華　譯

邁向未來的哲學思考　項退結

逍遙的莊子　吳怡

莊子新注（內篇）　陳冠學著

莊子的生命哲學　葉海煙著

墨子的哲學方法　鍾友聯著

韓非子析論　謝雲飛著

韓非子的哲學　王邦雄著

法家哲學　姚蒸民著

中國法家哲學　王讚源著

二程學管見　張永儁著

王陽明——中國十六世紀的唯心主義哲學家　張君勱著、江日新譯

王船山人性史哲學之研究　林安梧著

西洋百位哲學家　鄔昆如著

西洋哲學十二講　鄔昆如著

希臘哲學趣談　鄔昆如著

中世哲學趣談　鄔昆如著

近代哲學趣談　鄔昆如著

現代哲學趣談　鄔昆如著

現代哲學述評㈠　傅佩榮編譯

中國十九世紀思想史（上）（下）　韋政通著

存有・意識與實踐——熊十力體用哲學之詮釋與重建　林安梧著

先秦諸子論叢　唐端正著

先秦諸子論叢（續編）　唐端正著

周易與儒道墨　張立文著

孔學漫談　余家菊著

中國近代新學的展開　張立文

哲學與思想——胡秋原選集第二卷　胡秋

從哲學的觀點看　關

中國死亡智慧　鄭

宗教類

天人之際

佛學研究

佛學思想新論

現代佛學原理	鄭金德 著
絕對與圓融——佛教思想論集	霍韜晦 著
佛學研究指南	關世謙 譯
當代學人談佛教	楊惠南 編著
從傳統到現代——佛教倫理與現代社會	傅偉勳 主編
簡明佛學概論	于凌波 著
修多羅頌歌	陳慧劍 譯著
禪話	周中一 著
佛家哲理通析	陳沛然 著
唯識三論今詮	于凌波 著

自然科學類

異時空裡的知識追逐——科學史與科學哲學論文集	傅大為 著

應用科學類

壽而康講座	胡佩鏘 著

社會科學類

中國古代游藝史——樂舞百戲與社會生活之研究	李建民 著
憲法論叢	鄭彥棻 著
憲法論集	林紀東 著
國家論	薩孟武 譯
中國歷代政治得失	錢穆 著
先秦政治思想史	梁啓超原著、賈馥茗標點
當代中國與民主	周陽山 著
釣魚政治學	鄭赤琰 著
政治與文化	吳俊才 著
世界局勢與中國文化	錢穆 著
海峽兩岸社會之比較	蔡文輝 著
印度文化十八篇	糜文開 著
美國的公民教育	陳光輝 譯
美國社會與美國華僑	蔡文輝 著
文化與教育	錢穆 著
開放社會的教育	葉學志 著

大衆傳播的挑戰	石永貴 著
傳播研究補白	彭家發 著
「時代」的經驗	汪　琪、彭家發 著
書法心理學	高尚仁 著
清代科舉	劉兆璸 著
排外與中國政治	廖光生 著
中國文化路向問題的新檢討	勞思光 著
立足臺灣，關懷大陸	韋政通 著
開放的多元化社會	楊國樞 著
臺灣人口與社會發展	李文朗 著
財經文存	王作榮 著
財經時論	楊道淮 著

史地類

古史地理論叢	錢　穆 著
歷史與文化論叢	錢　穆 著
中國史學發微	錢　穆 著
中國歷史研究法	錢　穆 著
中國歷史精神	錢　穆 著
憂患與史學	杜維運 著
與西方史家論中國史學	杜維運 著
清代史學與史家	杜維運 著
中西古代史學比較	杜維運 著
歷史與人物	吳相湘 著
共產國際與中國革命	郭恒鈺 著
抗日戰史論集	劉鳳翰 著
盧溝橋事變	李雲漢 著
歷史講演集	張玉法 著
老臺灣	陳冠學 著
臺灣史與臺灣人	王曉波 著
變調的馬賽曲	蔡百銓 譯
黃　帝	錢　穆 著
孔子傳	錢　穆 著
宋儒風範	董金裕 著
增訂弘一大師年譜	林子青 著
精忠岳飛傳	李　安 著

唐玄奘三藏傳史彙編	釋 光 中 編
一顆永不殞落的巨星	釋 光 中 著
新亞遺鐸	錢 穆 著
困勉強狷八十年	陶 百 川 著
我的創造・倡建與服務	陳 立 夫 著
我生之旅	方 治 著

語文類

文學與音律	謝 雲 飛 著
中國文字學	潘 重 規 著
中國聲韻學	潘重規、陳紹棠 著
詩經研讀指導	裴 普 賢 著
莊子及其文學	黃 錦 鋐 著
離騷九歌九章淺釋	繆 天 華 著
陶淵明評論	李 辰 冬 著
鍾嶸詩歌美學	羅 立 乾 著
杜甫作品繫年	李 辰 冬 著
唐宋詩詞選——詩選之部	巴 壺 天 編
唐宋詩詞選——詞選之部	巴 壺 天 編
清眞詞研究	王 支 洪 著
苕華詞與人間詞話述評	王 宗 樂 著
元曲六大家	應裕康、王忠林 著
四說論叢	羅 盤 著
紅樓夢的文學價值	羅 德 湛 著
紅樓夢與中華文化	周 汝 昌 著
紅樓夢研究	王 關 仕 著
中國文學論叢	錢 穆 著
牛李黨爭與唐代文學	傅 錫 壬 著
迦陵談詩二集	葉 嘉 瑩 著
西洋兒童文學史	葉 詠 琍 著
一九八四	George Orwell原著、劉紹銘 譯
文學原理	趙 滋 蕃 著
文學新論	李 辰 冬 著
分析文學	陳 啓 佑 著
解讀現代・後現代——文化空間與生活空間的思索	葉 維 廉 著

中西文學關係研究	王潤華 著
魯迅小說新論	王潤華 著
比較文學的墾拓在臺灣	古添洪、陳慧樺 主編
從比較神話到文學	古添洪、陳慧樺 主編
神話即文學	陳炳良等 譯
現代文學評論	亞菁 著
現代散文新風貌	楊昌年 著
現代散文欣賞	鄭明娳 著
實用文纂	姜超嶽 著
增訂江皋集	吳俊升 著
孟武自選文集	薩孟武 著
藍天白雲集	梁容若 著
野草詞	韋瀚章 著
野草詞總集	韋瀚章 著
李韶歌詞集	李韶 著
石頭的研究	戴天 著
留不住的航渡	葉維廉 著
三十年詩	葉維廉 著
寫作是藝術	張秀亞 著
讀書與生活	琦君 著
文開隨筆	糜文開 著
印度文學歷代名著選(上)(下)	糜文開 編譯
城市筆記	也斯 著
歐羅巴的蘆笛	葉維廉 著
移向成熟的年齡——1987～1992詩	葉維廉 著
一個中國的海	葉維廉 著
尋索：藝術與人生	葉維廉 著
山外有山	李英豪 著
知識之劍	陳鼎環 著
還鄉夢的幻滅	賴景瑚 著
葫蘆・再見	鄭明娳 著
大地之歌	大地詩社 編
往日旋律	幼柏 著
鼓瑟集	幼柏 著
耕心散文集	耕心 著
女兵自傳	謝冰瑩 著